D1924230

Der Mann lag ausgestreckt im Sessel...

...seine Augen blickten starr zur Decke...

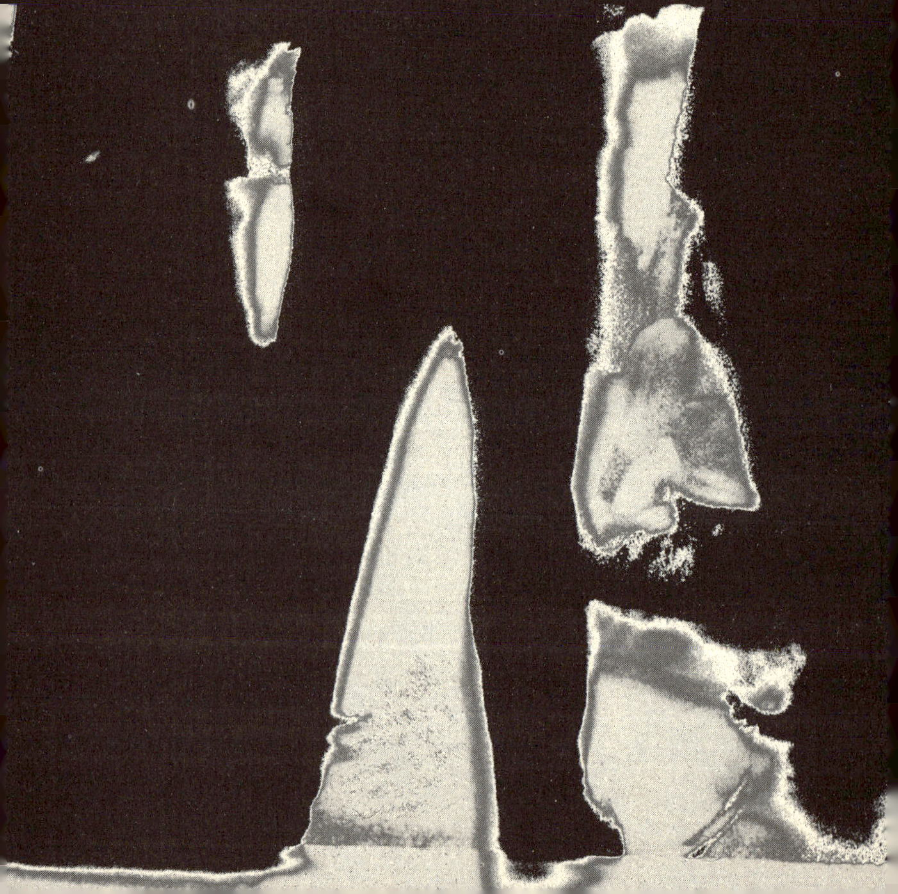

...sein Mund
stand offen.

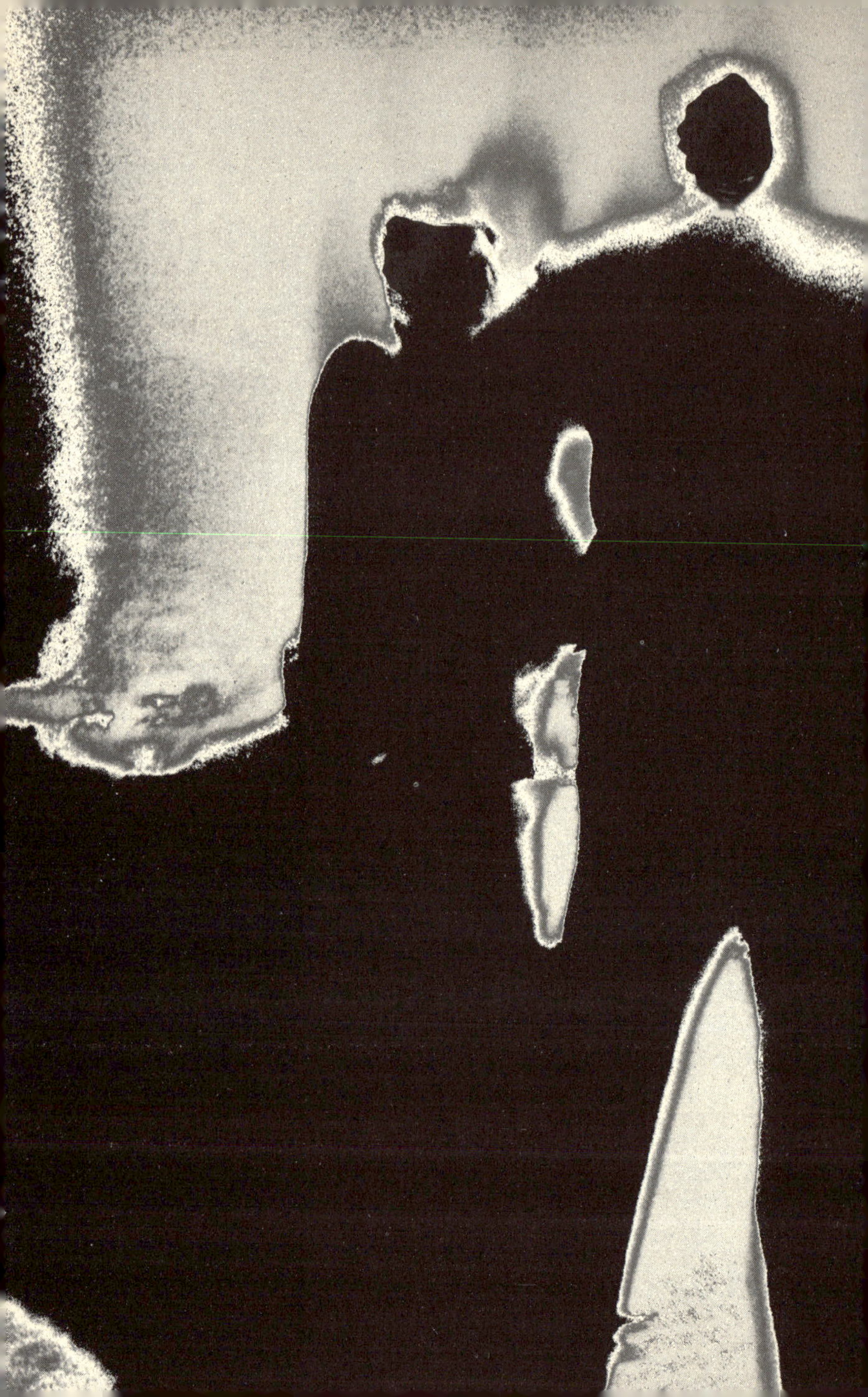

Er war tot – nichts als
eine Leiche, die uns
vor Probleme stellte.

Ross Thomas

Der Ein-Weg-Mensch

Roman

WUNDERLICH
TASCHENBUCH

Veröffentlicht im Rowohlt Taschenbuch Verlag GmbH,
Reinbek bei Hamburg, Januar 1998
Copyright © 1966 by Ross Thomas
Übersetzung Copyright © 1970 by
Verlag Ullstein GmbH, Frankfurt/M. – Berlin – Wien
Umschlaggestaltung Walter Hellmann
(Foto G + J Photonica/Edward Holub)
Copyright © der Seiten 1 – 6
by Tina Merandon/G + J Fotoservice/photonica
Satz Sabon PostScript (PageOne)
Gesamtherstellung Clausen & Bosse, Leck
Printed in Germany
900-ISBN 3 499 26030 1

I

Er kam als letzter an Bord des Flugzeugs von Tempelhof nach Wahn, dem Flughafen von Köln und Bonn. Er hatte sich verspätet und wurde verwirrt und schwitzte, als er seinen Flugschein nicht finden konnte, bis die Suche endlich seine innere Jackentasche erreichte.

Die englische Stewardess war geduldig und lächelte sogar liebenswürdig, als er ihr ihn schließlich mit gemurmelten Entschuldigungen reichte. Der Sitz neben mir war frei, und er kam darauf zu, stieß dabei mit seiner schäbigen Aktentasche gegen die Arme der Passagiere, als er hastig durch den Mittelgang stolperte. Mit einem Schnaufen ließ er sich auf den Sitz fallen. Er war nicht groß; untersetzt, vielleicht sogar fett, und trug einen dicken braunen Anzug, den ein Klempner zugeschnitten haben mochte, und einen dunkelbraunen Hut ohne besondere Fasson oder Merkmale, wenn man von der Tatsache absah, daß er gerade auf seinem Kopf saß, fast, wie es schien, abgemessen waagerecht.

Er stopfte die Aktentasche zwischen die Beine, schloß den Haltegurt, nahm aber nicht den Hut ab. Er beugte sich vor, um aus dem Fenster zu spähen, als das Flugzeug zum Startpunkt der Landebahn rollte. Während des

Starts wurden seine Hände an den Knöcheln weiß, weil er die Lehnen seines Sitzes fest umklammerte. Als er erkannte, daß der Pilot nicht zum erstenmal flog, lehnte er sich zurück, zog eine Packung Senoussis und zündete sich eine mit einem Streichholz an. Er blies den nicht eingeatmeten Rauch aus und betrachtete mich mit dem forschenden Blick, der unterhaltungsbedürftige Mitreisende kennzeichnet.

Ich war für ein dreitägiges Wochenende in Berlin gewesen, an dem es mir gelungen war, zuviel Geld auszugeben und einen prächtigen Kater zu erwerben. Ich hatte im Hotel am Zoo gewohnt, wo die Martinis so gut sind wie in jedem anderen Lokal Europas, ausgenommen vielleicht Harry's Bar in Venedig. Sie hatten ihren üblichen Zoll gefordert, und jetzt brauchte ich für die ungefähre Stunde, die der Flug von Berlin nach Wahn dauerte, Schlaf.

Aber der Mann auf dem Platz neben mir wollte sich unterhalten. Ich spürte fast, wie sein Verstand arbeitete und nach einer Eröffnung suchte, während ich mich so weit zurücklehnte, wie der Sitz sich nach hinten stellen ließ, die Augen geschlossen hielt und mein Kopf in inniger Harmonie mit dem Summen der Motoren brummte.

Als er seinen Eröffnungszug gefunden hatte, erwies er sich nicht als sonderlich originell.

«Wollen Sie nach Köln?»

«Nein», antwortete ich und behielt die Augen geschlossen. «Ich will nach Bonn.»

«Sehr gut! Ich will auch nach Bonn.»

Das war nett. Dadurch wurden wir Reisegefährten.

«Mein Name ist Maas», sagte er, packte meine Hand

und schüttelte sie kräftig nach deutscher Art. Ich öffnete die Augen.

«Ich heiße McCorkle. Sehr erfreut.»

«Ach, Sie sind kein Deutscher?»

«Amerikaner.»

«Aber Sie sprechen sehr gut deutsch.»

«Ich lebe schon lange hier.»

«Der beste Weg, eine Sprache zu lernen», sagte Maas und nickte beifällig. «Man muß in dem Land leben, wo sie gesprochen wird.»

Das Flugzeug flog seine Bahn, wir saßen da und unterhielten uns über dieses und jenes, über Berlin und Bonn, über das, was manche Amerikaner von der deutschen Situation hielten. Mein Kopf schmerzte nach wie vor, und ich fühlte mich miserabel.

Selbst wenn es nicht bewölkt ist, gibt es zwischen Berlin und Bonn nicht viel zu sehen. Der Flug ist grau und düster wie einer über Nebraska oder Kansas an einem Februartag. Aber die Dinge entwickelten sich freundlicher. Maas wühlte in seiner Aktentasche und brachte eine halbe Flasche Steinhäger zutage. Das war aufmerksam. Steinhäger trinkt sich am besten, wenn er eiskalt ist und mit einem Liter Bier nachgespült wird. Wir tranken ihn warm aus kleinen Silberbechern, die er gleichfalls zur Verfügung stellte. Als die Doppeltürme des Kölner Doms in Sicht kamen, standen wir beinahe auf du und du, aber noch nicht ganz. Doch wir hatten uns schon so weit angefreundet, daß ich Maas anbot, ihn mit nach Bonn zu nehmen.

«Sie sind zu freundlich. Es ist sicher eine Belästigung.

Ich danke Ihnen sehr. Aber keiner kann auf einem Bein stehen. Machen wir die Flasche leer.»

Wir machten sie leer, und Maas verstaute die beiden Silberbecher wieder in seiner Aktentasche. Der Pilot setzte die Maschine mit nur zwei Stößen bei der Landung auf, und Maas und ich stiegen unter der gedämpften Mißbilligung der beiden Stewardessen aus. Meine Kopfschmerzen waren verschwunden.

Maas hatte nur seine Aktentasche, und nachdem ich auf meinen Koffer gewartet hatte, gingen wir zum Parkplatz, wo ich zu meiner freudigen Überraschung meinen Wagen intakt vorfand. Deutsche jugendliche Kriminelle – oder Halbstarke – bringen einen Wagen innerhalb einer Frist in Gang, neben der ihre amerikanischen Gegenstücke Stümper sind. In diesem Jahr fuhr ich einen Porsche, und Maas geriet darüber aus dem Häuschen. «Was für ein wunderbarer Wagen. Diese Maschine. Und so schnell.» Er murmelte weitere Lobpreisungen, während ich den Wagen aufschloß und meinen Koffer auf dem Rücksitz verstaute, wie dieser optimistisch genannt wird. Ein Porsche kann mehrere Vorteile ins Feld führen, die kein anderer Wagen aufzuweisen hat, aber Dr. Ferdinand Porsche hat ihn nicht für Dicke entworfen. Er muß die langen hageren Rennfahrertypen wie Moss und Hill vor Augen gehabt haben. Herr Maas versuchte mit dem Kopf zuerst, statt mit dem Hinterteil, einzusteigen. Seine braune zweireihige Jacke klaffte auf, und die Luger, die er in einem Schulterhalfter trug, war, wenn auch nur eine Sekunde lang, zu sehen.

Ich fuhr über die Autobahn nach Bonn. Der Weg ist etwas länger und weniger malerisch als die übliche Strecke, die besuchende Ministerpräsidenten, Staatsoberhäupter und Potentaten einschlagen. Der Wagen lief gut, und ich hielt ihn auf gemäßigten hundertvierzig Kilometern in der Stunde; Herr Maas summte vor sich hin, während wir an Volkswagen, Kapitänen und gelegentlich einem Mercedes vorbeizischten.

Wenn er eine Waffe bei sich tragen wollte, war das seine Sache. Es gab einige Gesetze dagegen, aber es gibt schließlich auch Gesetze gegen Ehebruch, Mord, Brandstiftung und Spucken auf den Bürgersteig. Es gab alle möglichen Gesetze, und ich kam, durch den Steinhäger milde gestimmt, zu der Überzeugung, daß ein fetter kleiner Deutscher wahrscheinlich gute Gründe dafür hatte, wenn er mit einer Luger herumlief.

Ich war noch dabei, mir zu dieser überlegenen, weltklugen Haltung zu gratulieren, als mein linker Hinterreifen platzte. Mit dem, was ich nach wie vor als meisterhafte Selbstbeherrschung betrachte, hielt ich den Fuß von der Bremse zurück, trat sanft auf das Gaspedal, übersteuerte etwas und brachte den Wagen wieder in gerade Richtung – auf der falschen Fahrbahn vielleicht, aber zumindest unbeschädigt und in einem Stück. An dieser Stelle hatte die Autobahn keinen Mittelstreifen. Ein ebenso großes Glück war, daß wir im Augenblick keinen Verkehr aus der Gegenrichtung hatten.

Maas sagte kein Wort. Ich fluchte fünf Sekunden lang und fragte mich gleichzeitig, ob die Garantie von Michelin sich wohl bezahlt machen würde.

«Mein Freund», sagte Maas, «Sie sind ein ausgezeichneter Fahrer.»

«Danke», antwortete ich und zog an dem Knopf, der die vordere Haube öffnete, unter der das Reserverad untergebracht war.

«Wenn Sie mir sagen, wo Sie das Werkzeug haben, werde ich den Reifen wechseln.»

«Das ist meine Arbeit.»

«Nein. Eine Zeitlang war ich mal ein recht guter Automechaniker. Wenn Sie nichts dagegen haben, übernehme ich den Reifenwechsel.»

Der Porsche hat an der Seite eine Halterung für den Wagenheber, aber das brauchte ich Herrn Maas nicht erst zu sagen. Er hatte das Rad mit dem geplatzten Reifen in drei Minuten abmontiert, und zwei Minuten später zog er die letzte Mutter des Reserverads mit einem abschließenden Ruck fest, drückte mit der Miene eines Mannes, der weiß, daß er gute Arbeit geleistet hat, die Radkappe auf. Er hatte nicht einmal die Jacke abgelegt.

Die vordere Haube war noch geöffnet, und Maas rollte den geplatzten Reifen vor den Wagen und hob ihn an seinen Platz. Er knallte den Deckel zu und stieg wieder in den Wagen, diesmal mit dem Hinterteil vorweg. Als wir wieder über die Autobahn rollten, dankte ich ihm für seine Mühe.

«Nicht der Rede wert, Herr McCorkle. Es war eine Freude, Ihnen helfen zu können. Wenn Sie so freundlich wären, mich am Bahnhof abzusetzen, sobald wir nach Bonn kommen, bleibe ich nach wie vor in Ihrer Schuld. Ich kann mir dort ein Taxi nehmen.»

«So groß ist Bonn nicht», antwortete ich. «Ich bringe Sie an die Stelle, wo Sie hinwollen.»

«Aber ich muß nach Bad Godesberg. Das ist vom Stadtzentrum von Bonn weit entfernt.»

«Ausgezeichnet. Da fahre ich ja sowieso hin.»

Ich fuhr über die Viktoriabrücke zur Reuterstraße und dann zur Koblenzer Straße, einem Boulevard mit zwei Fahrbahnen, den die eingeborenen Witzbolde «Diplomatenrennbahn» getauft haben. Morgens konnte man dort den Kanzler in seinem Mercedes erhaben vorbeirollen sehen, eskortiert von einem Paar kräftig gebauter Polizisten auf Motorrädern; eine weiße Sonderanfertigung von Porsche, die den Begleitschutz anführte, scheuchte das gewöhnliche Volk zur Seite, während die Prozession ihren Weg zum Palais Schaumburg feierlich zurücklegte.

«Wo wollen Sie in Godesberg hin?» fragte ich.

Er wühlte in seiner Seitentasche und zog ein blaues Notizbuch heraus. «Zu einem Café. Es heißt Mac's Place. Kennen Sie es?»

«Gewiß», antwortete ich und schaltete vor einer roten Ampel in den zweiten Gang zurück. «Es gehört mir.»

2

Wahrscheinlich kann man ein paar tausend Lokale wie Mac's Place in New York, Chicago oder Los Angeles finden. Sie sind dunkel und still, die Möbel schon etwas abgewetzt, der Teppich durch verschüttete Getränke und Zigarettenasche zu einem unbestimmbaren Farbton verblaßt, der Barmann freundlich und flink, aber taktvoll genug, keine Bemerkung zu machen, wenn man mit der Frau eines anderen hereinkommt. Die Getränke sind gut gekühlt, reichlich bemessen, wenn auch etwas kostspielig, der Service ist bemerkenswert, und die Küche, obwohl die Speisekarte sich auf Hähnchen und Steaks beschränkt, serviert wirklich sehr gute Hähnchen und Steaks.

In diesem Jahr gab es in Bonn und Bad Godesberg noch einige andere Lokale, in denen man einen anständig gemixten Drink bekam. Eines war der American Embassy Club, in dem man Mitglied oder Gast eines Mitglieds sein mußte. Ein anderes war der Schaumburger Hof, wo man für zwei Zentiliter Scotch Preise bezahlte, die man sich nur auf Spesenkonto leisten konnte.

Ich hatte das Lokal in dem Jahr eröffnet, als Eisenhower zum erstenmal zum Präsidenten gewählt wurde. Und da er in seiner Wahlkampagne versprochen hatte, nach Korea zu gehen und so weiter, kam die Army zu der Überzeugung, daß die nationale Sicherheit nicht erheblich darunter leiden würde, wenn die in der ausgedehnten amerikanischen Botschaft am Rhein untergebrachte Military Assistance Advisory Group auf meine Dienste verzichtete. Tatsächlich waren schon verwunderte Überlegungen angestellt worden, warum ich überhaupt zum zweitenmal einberufen worden war. Ich fragte mich das auch, da während der angenehmen zwanzig Monate meines Aufenthalts in der Botschaft, die in ein Krankenhaus umgewandelt werden sollte, falls und wenn die deutsche Hauptstadt je nach Berlin zurückverlegt werden würde, mich nie jemand aufgefordert hatte, bei irgend etwas Wichtigem zu beraten oder zu assistieren.

Einen Monat nach meiner Entlassung in Frankfurt war ich wieder in Bad Godesberg und saß auf ein paar Kästen Bier in einem niedrigen Raum, der einmal eine Gaststätte gewesen war. Er war durch Feuer zerstört worden, und ich schloß mit dem Hausbesitzer einen langfristigen Mietvertrag, nach dem er nur die grundlegenden Reparaturen vorzunehmen hatte. Jede zusätzliche Renovierung und jeder Ausbau gingen auf meine Kosten. Ich saß auf den Bierkästen, von Kisten mit Geräten, Möbeln und unausgepackten Gläsern umgeben, behandelte schonend eine Flasche Scotch und füllte auf einer Reiseschreibmaschine in sechsfacher Ausfertigung meinen achten Antrag auf eine Lizenz aus, Speisen und Getränke feilzubieten – das alles im warmen Schimmer einer Petroleumlampe. Für den Stromanschluß mußte ich einen weiteren Antrag stellen.

Als er hereinkam, war er sehr leise. Er hätte erst eine Minute dasein können, aber es hätten auch schon zehn sein können. Ich fuhr zusammen, als er mich ansprach.

«Sind Sie McCorkle?»

«Ich bin McCorkle», bestätigte ich und tippte weiter.

«Sie haben hier ein hübsches Lokal.»

Ich drehte mich um, um ihn anzusehen. «Meine Güte, einer von Yale.»

Er war nicht ganz einsachtzig groß und mußte um hundertsechzig Pfund wiegen. Er zog sich einen Kasten Bier heran, um sich zu setzen, und die Art, in der er sich bewegte, erinnerte mich an einen Siamkater namens Pajama Cord, den ich einmal besessen hatte.

«New Jersey, nicht New Haven», sagte er.

Die Tracht stand ihm gut: das schwarze Haar im Bürstenschnitt; das junge, sonnengebräunte, freundliche Gesicht; die dreiknöpfige Jacke aus weichem Tweed zu einem durchgeknöpften Hemd und einer gestreiften Krawatte in Regimentsfarben, deren Knoten in der Größe einer kernlosen Traube elegant gebunden war. Er hatte auch die kappenlosen Schuhe aus Korduanleder an, die im Licht schwärzlich glänzten. Seine Socken konnte ich nicht sehen, nahm aber an, daß sie nicht weiß waren.

«Vielleicht Princeton?»

Er grinste. Es war ein Lächeln, das beinahe seine Augen erreichte. «Warm, mein Freund. Tatsächlich war es die Blue Willow Bar and Grill in Jersey City. Jeden Samstagabend hatten wir nette Gäste zum Tanz.»

«Und was kann ich sonst noch für Sie tun, außer Ihnen einen Bierkasten als Sitz und einen Schluck auf Kosten des Hauses anzubieten?» Ich reichte ihm den Scotch, und er tat zwei kräftige Züge, ohne sich erst die Mühe zu machen, den Hals der Flasche abzuwischen. Ich fand das höflich.

Er reichte sie mir zurück, und ich trank auch einen Schluck. Er wartete, bis ich mir eine Zigarette angezündet hatte. Er schien jede Menge Zeit zu haben.

«Ich möchte mich an Ihrem Lokal beteiligen.»

Ich sah mich in dem Durcheinander um. «Ein Anteil an nichts ist nichts.»

«Ich möchte mich einkaufen. Mit der Hälfte.»

«Einfach mal so, wie?»

«Einfach mal so.»

Ich griff nach dem Scotch, reichte ihm die Flasche, und er trank einen Schluck, und dann trank ich noch einen.

«Vielleicht hätten Sie ganz gern ein bißchen seriöses Geld», meinte er.

«Ich kann mich nicht erinnern, daß ich je davon gesprochen hätte.»

«Ich habe davon reden hören», sagte er, «aber ich habe nicht sonderlich darauf geachtet, von wem.» Er griff in die Innentasche seiner Jacke und zog ein Stück Papier heraus, das sehr nach einem Scheck aussah. Er reichte es mir. Es war ein Scheck, und er war in Dollar auf eine New Yorker Bank ausgestellt; beglaubigt. Er trug meinen Namen. Und er lautete genau über die Hälfte des Kapitals, das ich brauchte, um die Pforten zu Bonns neuester und freundlichster Bar mit Grill zu öffnen.

Ich reichte den Scheck zurück. «Ich brauche keinen Partner.»

Er nahm den Scheck, stand auf, ging zu dem Tisch hinüber, auf dem die Schreibmaschine stand, und legte den Scheck darauf. Dann drehte er sich um und sah mich an. Sein Gesicht war ausdruckslos.

«Wie wäre es mit noch einem Drink?» fragte er.

Ich reichte ihm die Flasche. Er trank und gab sie mir zurück. «Danke. Jetzt werde ich Ihnen eine Geschichte erzählen. Es wird nicht lange dauern, aber wenn ich fertig bin, werden Sie wissen, warum Sie einen neuen Partner haben.»

Ich trank einen Schluck. «Nur zu. Ich habe noch eine Flasche für den Fall, daß die hier leer wird.»

Sein Name, sagte er, als er dort in dem unordentlichen, halbdunklen Raum saß und sprach, lautete Michael Padillo. Er war halb Este, halb Spanier. Sein Vater war in Madrid Rechtsanwalt gewesen, hatte sich im Bürgerkrieg auf die Seite der Verlierer gestellt und war 1937 erschossen worden. Seine Mutter war die Tochter eines estnischen Arztes. Sie hatte Padillos Vater 1925 bei einem Urlaub in Paris kennengelernt. Sie heirateten, und er, der Sohn, wurde im folgenden Jahr geboren. Seine Mutter war eine beeindruckende, ja, schöne, hochkultivierte und hochgebildete Frau.

Nach dem Tod ihres Mannes erreichte sie mit Hilfe ihres estnischen Passes Lissabon und schließlich Mexico City. Dort ernährte sie sich durch Klavierstunden und Sprachunterricht in Französisch, Deutsch, Englisch und gelegentlich Russisch.

«Wenn man Estnisch sprechen kann, kann man alles sprechen», sagte Padillo. «Sie sprach akzentfrei acht Sprachen. Sie sagte mir einmal, daß die drei ersten Sprachen am schwersten zu lernen sind. Einen Monat lang sprachen wir nur Englisch, im nächsten Französisch. Dann Deutsch oder Russisch oder Estnisch oder Polnisch und zurück zu Spanisch oder Italienisch und danach das Ganze wieder von vorn. Ich war jung genug, daß es mir Spaß machte.»

Padillos Mutter starb im Frühjahr 1941 an Tuberkulose. «Ich war damals fünfzehn und sprach sechs Sprachen, darum sagte ich mir, zum Teufel mit Mexiko, und wandte mich in die Vereinigten Staaten. Ich kam bis nach El Paso, wurde Hotelpage, Fremdenführer und Gelegenheitsschmuggler. Außerdem schnappte ich die Grundkenntnisse eines Barmanns auf. Mitte 1942 kam ich zu der Überzeugung, El Paso hätte mir alles gegeben, was es mir zu bieten hatte. Ich beschaffte mir eine Sozialversicherungskarte und einen Führerschein und meldete mich beim Wehrersatzamt, obwohl ich noch nicht im wehrpflichtigen Alter war. Ich klaute mir ein paar Briefbogen mit Firmenkopf von zwei der besseren Hotels und schrieb mir hymnische Zeugnisse als Barmann aus. Auf beiden fälschte ich die Unterschriften der Geschäftsführer.»

Per Anhalter schlug er sich durch das Big Bend Land von Texas nach Albuquerque und von dort über die Bundesstraße 66 den ganzen Weg bis nach Los Angeles durch. Padillo sprach von dem Los Angeles der glorreichen, gehetzten, kriegsfiebernden Tage des Jahres 1942 wie von einem privaten, aber lange verlorenen, gelobten Land.

«Es war eine verrückte Stadt, voller Betrüger, leichter Mädchen, Soldaten und Irren. Ich bekam eine Stellung in einer Bar. Es war ein nettes Lokal, man behandelte mich gut, aber es dauerte nur kurze Zeit, bis sie mich erwischten.»

«Wer?»

«Das FBI. Es war im August 1942. Ich öffnete gerade die Bar. Sie kamen zu zweit, höflich wie die Pfarrer. Sie zeigten mir ihre kleinen schwarzen Ausweise, die nur zu eindeutig bestätigten, daß sie vom FBI waren, und fragten, ob ich etwas dagegen hätte, mal mitzukommen, weil die Wehrersatzbehörde mir schon seit einer Ewigkeit Briefe schrieb, die regelmäßig mit der Bemerkung ‹Empfänger unbekannt› zurückkämen. Und sie wären überzeugt, das Ganze sei nur ein Irrtum, aber sie hätten ganze fünf Monate gebraucht, um mich ausfindig zu machen, und so weiter. Ich ging also mit und erzählte irgendeine Geschichte. Ich gab eine Aussage zu Protokoll und unterschrieb sie. Ich wurde fotografiert, und meine Fingerabdrücke wurden aufgenommen. Dann brachten sie mich zu einem stellvertretenden Generalstaatsanwalt, der mir einen Vortrag hielt und mich vor eine Wahl stellte: Ich konnte entweder zum Militär oder ins Gefängnis, wegen Wehrdienstverweigerung.»

Padillo ging zur Armee und meldete sich zur Fachschule für Köche und Bäcker. Ende 1942 bediente er zufrieden an der Bar im Offizierskasino einer kleinen Infanterie-Ersatz-Einheit in Nord Texas, nicht weit von Dallas und Fort Worth entfernt, ehe jemand darauf kam, sich seine Personalpapiere vorzunehmen und zu entdecken, daß Padillo sechs Sprachen sprechen und schreiben konnte.

«Sie kamen in der Nacht», sagte er. «Der Hauptfeldwebel und der Kompanieführer und dieser Kerl in Zivil. Es war alles wie in einem miesen Fernsehkrimi im Nachtprogramm. Der olivgrüne Packard, die schweigende Fahrt zum Flugplatz, die verschlossenen Piloten, die dauernd auf die Uhr sahen, während sie unter dem Flügel der C-47 auf und ab gingen. Der reine Kitsch.»

Das Flugzeug landete in Washington, und Padillo wurde von Büro zu Büro weitergeschoben. «Manche dort trugen Zivil, andere Uniform. Wenn ich mich recht erinnere, rauchten sie in diesem Jahr alle Pfeife.»

Sie prüften seine Sprachkenntnisse. «Ich kann englisch sprechen, entweder mit einem Mississippi-Akzent oder mit einem Oxford-Akzent. Ich kann wie ein Berliner Lude oder wie ein Zuhälter aus Marseille sprechen. Bei Berlitz würden sie mich liebend gern haben. Dann schickten sie mich nach Maryland, wo ich von ihnen ein paar Tricks lernte und wo ich ihnen ein paar beibrachte, die ich in Juárez aufgeschnappt hatte. Es war alles sehr geheimnisvoll, mit Decknamen und verschwiegener Identität. Ich behauptete, ich wäre Toilettenjunge in einem mexikanischen Hurenhaus gewesen. Die anderen Burschen kamen nie dahinter, wer ich wirklich war, aber sie stellten mir gern detaillierte Fragen nach meinem Beruf.»

Nach der Ausbildung in Maryland wurde Padillo wieder heimlich nach Washington zurückgebracht. Er kam in ein Haus in der R-Street, unmittelbar westlich von der Connecticut Avenue. Man sagte ihm, daß der Colonel ihn zu sprechen wünsche. «Er sah ganz so aus wie der Hollywoodschauspieler, der den Colonel in den Schulungsfilmen über Geschlechtskrankheiten spielte, die sie uns bei der Grundausbildung vorgeführt haben», sagte Padillo. «Ich glaube, das war ihm peinlich. Er sagte, ich könne einen sehr wichtigen Beitrag zur nationalen Anstrengung leisten, wie er es nannte. Wenn ich mich bereit erklärte, würde ich vom Militär entlassen, bekäme die amerikanische Staatsbürgerschaft, und bei der American Security and Trust Company würde auf meinen Namen ein gewisser Betrag eingezahlt. Wenn ich zurückkäme, könnte ich das Geld abheben. Darum fragte ich ihn, von wo zurück. Aus Paris, sagte er und zog an seiner Pfeife und blickte aus dem Fenster. Als ehemaligem Hilfsprofessor für Französisch an der Staatsuniversität von Ohio ging es ihm wirklich ganz gut.»

Padillo verbrachte zwei Jahre bei der Untergrundbewegung in Frankreich, die meiste Zeit in Paris, wo er als Verbindungsmann der Amerikaner zum Maquis arbeitete. Nach dem Krieg wurde er in die Vereinigten Staaten zurückgebracht. Er hob sein Geld von der Bank ab, erhielt einen Militärausweis, auf dem stand, daß er 4-F sei, und wurde vom General persönlich auf die Schulter geklopft.

«Ich fuhr nach Los Angeles. 1945 ging es da immer noch wild zu, aber es war nicht mehr so wie früher. Doch der Grund, weshalb es mir gefiel, ist vielleicht, daß es so verdammt verlogen war. Von der Wirklichkeit hatte ich genug. Ich hatte auch genug Geld, daß ich mich eine Weile am Strip herumtreiben konnte. Ich wurde paarmal in kleinen Rollen beschäftigt und fing dann an, in einem kleinen Lokal in Santa Monica an der Bar zu arbeiten. Ich hatte sogar einen Anteil an dem Lokal erworben, als sie kamen. Sie wissen schon: jung, einreihige Anzüge, Hüte. Sie hätten einen kleinen Auftrag, sagten sie, der zwei oder drei Wochen in Anspruch nehmen würde. In Warschau. Niemand würde je erfahren, daß ich fortgewesen wäre, und für mich seien zweitausend drin.»

Padillo trat seine Zigarette auf dem Boden aus und zündete sich eine neue an. «Ich ging. Dieses Mal und vielleicht noch weitere zwei Dutzend Male, und als sie das letzte Mal in ihren dunklen Anzügen und mit ihren Akademikermanieren kamen, sagte ich nein. Sie wurden nur noch höflicher und einsichtiger und kamen immer wieder. Sie fingen an, Andeutungen fallenzulassen, daß sich in Washington Fragen nach der Gültigkeit meiner Staatsbürgerschaft ergeben hätten, aber sie wären sicher, daß alles geregelt werden könnte, wenn ich diesen einen Auftrag noch einmal übernähme. Ich bekam einen Teil des Geldes zurück, das ich in dem Lokal investiert hatte, und wandte mich nach Osten. Ich arbeitete in Denver in der Senate Lounge, aber auch dort fanden sie mich. Darum ging ich nach Chicago und von Chicago nach Pittsburgh und von dort nach New York. In New York hörte ich von dem Lokal in Jersey. Es war hübsch und still. Gäste waren junge Leute vom College und aus der Umgebung. Ich leistete eine Anzahlung.»

Draußen war es vollständig dunkel. Die Petroleumlampe strahlte mit ihrem sanften, warmen Schimmer. Der Scotch in der Flasche ging zur Neige. Die Stille erschien mir schwer und gedankenbeladen.

«Sie kamen noch einmal, und diesmal waren sie nicht höflich. Darum mache ich jetzt mit Ihnen das, was sie mit mir gemacht haben. Ich brauche einen Unterschlupf in Bonn, und Sie waren so aufmerksam, mir einen perfekten zu beschaffen.»

«Was wird, wenn ich nein sage?»

Padillo musterte mich zynisch. «Hatten Sie nicht

Schwierigkeiten, die erforderlichen Genehmigungen und Lizenzen zu erhalten?»

«Einige.»

«Sie würden sich wundern, wie leicht es ist, wenn man die richtigen Verbindungen hat. Aber wenn Sie weiter auf Ihrem Nein bestehen wollen, stehen die Chancen fünfhundert zu eins, daß Sie jemals auch nur einen Martini verkaufen werden.»

«Aha. So ist das also, wie?»

Padillo seufzte. «Ja, genauso ist es.»

Ich trank noch einen Schluck, zuckte die Schultern, obwohl mir gar nicht danach zumute war. «Na schön, es sieht also so aus, als ob ich einen Partner hätte.»

Padillo blickte zu Boden. «Ich bin mir nicht sicher, ob ich das von Ihnen hören wollte, kann aber auch nicht das Gegenteil behaupten. Sie waren in Burma, nicht wahr?»

Ich bestätigte es.

«Hinter den Linien?»

Ich nickte.

«Da hat es ein paar harte Burschen gegeben.»

Ich nickte wieder. «Ich habe einiges gelernt.»

«Das könnte sich als nützlich erweisen.»

«Wie?»

Er grinste. «Um Samstag abends die Betrunkenen hinauszuwerfen.» Er stand auf, ging zur Schreibmaschine, nahm den beglaubigten Scheck und reichte ihn mir wieder. «Gehen wir in den Klub hinüber und verwenden einen Teil davon, um uns vollaufen zu lassen. Selbstverständlich wird das denen nicht passen, aber viel dagegen tun können sie auch nicht.»

«Sollte ich fragen, wer mit ‹sie› gemeint ist?»

«Nein. Nur vergessen Sie nicht – Sie sind das Gewand, und ich bin der Dolch.»

«Ich glaube, das kann ich auseinanderhalten.»

Wir betranken uns an diesem Abend, doch ehe wir in die Bar des Klubs eintraten, griff Padillo nach dem Telefon und führte ein Gespräch. Alles, was er sagte, war: «In Ordnung.» Dann legte er den Hörer zurück und sah mich nachdenklich an. «Sie armes Schwein», sagte er. «Ich glaube wirklich nicht, daß Sie das verdienen.»

3

Während des nächsten Jahrzehnts ging es mit uns bergauf, und wir erwarben solche Symbole des Erfolgs wie einen Hauch Grau an den Schläfen, eine Reihe schneller, kostspieliger Wagen, eine weitere Reihe schneller, kostspieliger junger Damen, handgearbeitete Schuhe, Anzüge und Jacketts aus London und ein paar wohltuende Zentimeter mehr um die Taille. Es gab auch jene bewußten Tage, an denen ich gegen zehn Uhr vormittags ins Lokal kam und Padillo bereits an der Bar fand. Er saß vor einer Flasche Scotch und starrte in den Spiegel.

Alles, was er je sagte, war: «Ich habe einen.»

Alles, was ich je fragte, war: «Wie lange?»

Er antwortete dann: zwei Wochen oder zehn Tage oder

einen Monat, und ich sagte nur: «In Ordnung.» Es war sehr wortkarg, sehr britisch, genau wie Basil Rathbone und David Niven in *Dawn Patrol.* Dann bediente ich mich aus der Flasche, und wir saßen nebeneinander da und starrten in den Spiegel. Ich glaube, an diesen Tagen regnete es immer.

Nachdem Padillo mir die Grundlagen des Gastwirtgewerbes beigebracht hatte, wurden wir ein gutes Geschäftsteam. Er war ein vorzüglicher Wirt, und seine Sprachkenntnisse machten das Lokal zum Lieblingsaufenthalt des Personals der Botschaften, einschließlich der Russen, die manchmal zu zweit und zu dritt kamen. Ich betrieb die geschäftliche Seite des Unternehmens, und unser Konto bei der Deutschen Bank in Bad Godesberg schwoll beruhigend an.

Zum Ausgleich für Padillos «Geschäftsreisen» flog ich gelegentlich nach London und in die Staaten, angeblich auf der Suche nach neuen Ideen. Ich kam mit Katalogen für Küchengeräte, blickfangende, zeitgemäße Möbel und kleine Raffinessen für die Ausgestaltung der Cocktailstunde zurück, aber wir veränderten das Lokal nicht. Es wurde langsam ein bißchen schäbiger und ein bißchen geruhsamer. Unseren Gästen schien das zu gefallen.

Der Flug nach Berlin war vermutlich eine wirkliche Geschäftsreise gewesen. Ich wollte mich um einen Barmann bemühen, der Drinks im amerikanischen Stil mixen konnte. Er arbeitete im Hilton Berlin, aber als ich sagte, er würde in Bonn leben müssen, lehnte er ab. «Diese Rheinländer sind Verrückte», sagte er und fuhr fort, Mister Hiltons Apfelsinen aufzuschneiden.

Herr Maas behielt seine Gesprächigkeit bei, als ich mit ihm durch die engen Straßen von Godesberg fuhr und auf einem der beiden reservierten Plätze parkte, die wir den Stadtvätern hatten entreißen können. Wir stiegen aus, und Herr Maas murmelte immer noch seine Dankesbeteuerungen, während ich ihm die Tür aufhielt. Es war drei Uhr dreißig nachmittags, noch zu früh für die Cocktailstunde. Im Lokal war es gedämpft und dunkel wie immer, und Herr Maas blinzelte, um seine Augen an die schwache Beleuchtung zu gewöhnen. An Tisch Nummer sechs in der hinteren Ecke saß ein Mann mit einem Glas vor sich. Maas bedankte sich noch einmal und ging auf ihn zu. Ich trat an die Bar, wo Padillo stand und Karl, dem Barmann, zusah, der Gläser polierte, die nicht poliert zu werden brauchten.

«Wie war Berlin?»

«Sehr naß», antwortete ich, «und er kann die Rheinländer nicht leiden.»

«Ein in der Wolle gefärbter Berliner also?»

«Völlig.»

«Was trinken?»

«Nur einen Kaffee.»

Hilde, eine unserer Kellnerinnen während der Cocktailzeit, kam heran und bestellte für Herrn Maas und den Mann, den zu treffen er nach Bonn gekommen war, Steinhäger mit Cola. Sie waren die einzigen Gäste im Lokal.

«Wer ist dein Freund?» fragte Padillo und nickte mit dem Kopf in die Richtung von Maas.

«Ein fetter kleiner Mann, der eine große, dicke Pistole bei sich trägt. Sagt, er heißt Maas.»

«Für Pistolen habe ich nichts übrig», sagte Padillo, «aber noch weniger für den Mann in seiner Gesellschaft.»

«Kennst du ihn?»

«Weiß nur, wer er ist. Steht irgendwie in Verbindung mit Jordaniern.»

«Gefährlich?»

«Mit Ärger sollte man rechnen.»

Karl schob meinen Kaffee vor mich hin.

«Schon mal von einem Seven-layer Mint Frappé gehört?» fragte er.

«Nur in New Orleans.»

«Vielleicht kommt die Puppe da her. Sie kommt zum Lunch und bestellt einen. Mike hat mir nie beigebracht, wie man das Seven-layer Mint Frappé macht.»

«Den Seven-layer Mint Frappé», verbesserte ich automatisch. Karl war Kriegswaise und hatte sein Englisch überwiegend vor der riesigen PX der amerikanischen Armee in Frankfurt aufgeschnappt. Dort hat er sich, gerade etwas über zehn Jahre alt, seinen Lebensunterhalt dürftig durch den Handel mit Zigaretten verdient, die er amerikanischen Soldaten abluchste und sie auf dem schwarzen Markt weiterverkaufte. Er war ein guter Barmann, aber seine Grammatik bedurfte gewisser Verbesserungen, wenn er auch amerikanisch praktisch ohne deutschen Akzent sprach.

Er kam nicht dazu, es mir zu erklären. Padillo packte mich an der linken Schulter, schlug mir die Beine unterm Körper weg und warf mich zu Boden. Ich drehte mich im Fallen und erwischte einen flüchtigen Blick auf das Paar.

Sie hatten sich die Gesichter mit weißen Taschentüchern verdeckt und liefen auf den Tisch zu, an dem Maas und sein Freund saßen. Sie feuerten vier Schüsse ab. Ihr Knall tat mir in den Stirnhöhlen weh. Padillo hatte sich auf mich fallen lassen. Wir richteten uns noch rechtzeitig auf, um Herrn Maas durch die Tür hinausrennen zu sehen. Seine schäbige Aktentasche schlug ihm dabei gegen ein fettes Bein. Hilde, die Kellnerin, stand erstarrt in einer Ecke, ein Tablett wie vergessen in der Hand. Dann schrie sie gellend, und Padillo befahl Karl, zu ihr zu gehen und sie zum Schweigen zu bringen. Karl, bleich unter der Höhensonnenbräune, kam schnell hinter der Bar hervor und begann auf das Mädchen in Tönen einzureden, die besänftigend sein sollten. Sie schienen sie noch mehr zu verstören, aber immerhin hörte sie auf zu schreien.

Padillo und ich gingen zu dem Tisch, an dem Maas und sein gewesener Freund gesessen hatten. Der Freund lag ausgestreckt im Sessel, seine Augen blickten starr zur Decke, sein Mund stand etwas offen. Es war zu dunkel, um Blut erkennen zu können. Er war ein kleiner, dunkler Mann gewesen, mit glattem schwarzem Haar, das er ohne Scheitel zurückgekämmt getragen hatte. Seine Gesichtszüge waren scharf, mit Hakennase und fliehendem Kinn, das anscheinend einer Rasur bedurft hatte. Seine Bewegungen mochten flink, seine Redeweise lebhaft gewesen sein. Jetzt war er nur tot – nichts als eine Leiche, die uns vor Probleme stellte.

Padillo sah ihn ausdruckslos an. «Wahrscheinlich werden sie vier Geschosse im Herzen finden, je zwei in einem Zoll Abstand. Anscheinend waren es Profis.»

Ich konnte noch das Kordit riechen. «Soll ich die Polizei rufen?»

Padillo sah mich gedankenverloren an und nagte an seiner Unterlippe. «Ich war nicht hier, Mac», sagte er. «Ich war in Bonn auf ein Bier. Oder auf dem Petersberg, die Opposition beaufsichtigen. Nur hier war ich nicht. Es würde ihnen nicht sehr passen, daß ich hiergewesen bin, und ich muß heute abend ein Flugzeug erwischen.»

«Mit Hilde und Karl bringe ich das in Ordnung. Das Küchenpersonal hat noch Mittagspause, nicht wahr?»

Padillo nickte. «Wir haben noch Zeit, schnell einen auf den Weg zu nehmen, ehe du anrufst.» Wir gingen zur Bar zurück, und Padillo trat hinter die Theke, griff nach der Haig-Flasche mit den Einbuchtungen und goß zwei kräftige Drinks ein. Karl stand noch in der Ecke bei Hilde und redete besänftigend auf sie ein. Ich bemerkte, daß seine Hände sie an den richtigen Stellen streichelten.

«Wenn ich das Flugzeug heute abend erreiche, sollte ich in zehn Tagen zurück sein, vielleicht in zwei Wochen.»

«Warum sagst du ihnen nicht, du hättest dir eine schwere Erkältung zugezogen?»

Padillo trank einen Schluck aus seinem Glas und lächelte. «Ich bin nicht sehr scharf auf diese Reise. Es geht diesmal um mehr als um reine Routine.»

«Sollte ich sonst noch etwas wissen?»

Er sah aus, als ob er etwas sagen wollte, zuckte dann aber nur die Schultern.

«Nein, nichts. Halte mich nur draußen. Laß mir zwei Minuten Zeit und rufe dann die Polizei. Klar?»

Er leerte sein Glas und kam hinter der Bar hervor.

«Viel Spaß», sagte ich.

«Danke, gleichfalls.»

Wir gaben uns nicht die Hand. Wir taten es nie. Ich beobachtete Padillo, wie er aus der Tür trat. Er schien nicht mehr ganz so schnell zu gehen wie früher; er schien sich auch ein bißchen weniger aufrecht zu halten.

Ich leerte ebenfalls mein Glas, ging dann in die Ecke und half Karl, Hilde zu beruhigen, und klärte mit beiden, daß Padillo nicht anwesend gewesen war, als der kleine, dunkle Mann seine letzte Cola trank. Dann ging ich zur Bar zurück, griff nach dem Telefon und rief die Polizei an.

Danach saß ich an der Bar und dachte über Padillo nach und wohin er diesmal wohl ging. Dann dachte ich an Herrn Maas und seinen schlanken, dunklen Freund und an das maskierte Paar, das hereingekommen war und seinem Leben ein Ende gemacht hatte. Als die Polizei eintraf, stellte ich mir Fragen nach mir selbst, und ich war froh, daß sie kamen, weil ich nun einem anderen etwas vorlügen konnte.

4

Sie kamen in großem Stil: Ihre Sirene kündete volle zwei Minuten im voraus ihre Ankunft an – für einen geübten Einbrecher reichlich Zeit, über die Hintertreppe und durch eine Seitengasse zu verschwinden. Zwei gestiefelte, grünuniformierte Polizisten stürmten herein und blinzelten gegen die Dunkelheit an. Nummer eins stelzte zur Bar herüber und fragte, ob ich der Mitbürger sei, der angerufen hätte. Als ich bejahte, drehte er sich um und verkündete diese Tatsache stolz seiner Nummer zwei und den beiden Zivilisten, die mit ihnen gekommen waren. Der eine Zivilist nickte mir zu, und dann gingen alle zu dem Toten, um ihn anzusehen.

Ich blickte auf meine Uhr. Seit der kleine, dunkle Mann erschossen worden war, waren siebzehn Minuten vergangen. Während die Polizisten die Leiche betrachteten, um Spuren oder Hinweise zu finden, rauchte ich eine Zigarette. Karl stand inzwischen wieder hinter der Bar, und Hilde befand sich in der Nähe der Tür und zerknitterte ihre Schürze.

«Haben Sie das mit Hilde in Ordnung gebracht?»

Karl nickte. «Sie hat ihn den ganzen Tag nicht gesehen.»

Einer der beiden Zivilisten löste sich von der Gruppe, die um den Toten herumstand, und kam zur Bar herüber.

«Sind Sie Herr McCorkle?» fragte er und gab meinem Namen einen hübschen gutturalen Klang.

«Ganz richtig. Ich habe gleich angerufen, als es passierte.»

«Ich bin Inspektor Wentzel.»

Wir schüttelten uns die Hand. Ich fragte ihn, ob er einen Drink wolle. Er meinte, einen Kognak würde er nehmen. Wir warteten, während Karl einschenkte, sagten Prosit, und er trank. Dann kam er zur Sache.

«Haben Sie es gesehen?» fragte Wentzel.

«Zum Teil, nicht alles.»

Er nickte. Der Blick seiner blauen Augen war offen und fest, sein Mund eine dünne gerade Linie, die weder Mitgefühl noch Argwohn verriet. Er hätte nach einer eingedrückten Stoßstange fragen können.

«Würden Sie mir bitte den Vorgang genauso schildern, wie Sie sich daran erinnern? Lassen Sie nichts aus, auch wenn es Ihnen noch so geringfügig erscheint.»

Ich erzählte ihm, was sich seit meinem Abflug von Berlin ereignet hatte, und überging nur Padillos Anwesenheit, was vermutlich alles andere als geringfügig war. Während ich sprach, trafen die Kriminaltechniker ein, machten Aufnahmen, stäubten Fingerabdruckpulver, untersuchten die Leiche, legten sie auf eine Bahre, breiteten eine Decke über sie und schafften sie dorthin, wo Tote hingebracht werden. Vermutlich ins Leichenschauhaus.

Wentzel hörte mir aufmerksam zu, machte sich aber keine Notizen. Wahrscheinlich hatte er ein scharfes Gedächtnis. Er drängte mich weder, noch stellte er Fragen. Er hörte einfach nur zu, blickte gelegentlich auf seine Fingernägel. Sie waren sauber wie auch sein Hemd, dessen breitgeschnittener Kragen durch eine in doppeltem Windsorknoten geknüpfte braunschwarze Krawatte zusammengehalten wurde. Sie paßte nicht besonders gut zu seinem dunkelblauen Anzug. Er hatte sich irgendwann im Verlauf des Tages rasiert und roch leicht nach Rasierwasser.

Schließlich hatte ich alles gesagt, aber er lauschte weiter. Die Stille wuchs, und ich widerstand der Versuchung, hier und da noch ein paar kleine Ausschmückungen hinzuzufügen. Ich bot ihm eine Zigarette an, die er akzeptierte.

«Also dieser Maas …»

«Ja, bitte?»

«Haben Sie ihn schon jemals gesehen?»

«Noch nie.»

«Aber es ist ihm gelungen, Sie in der Maschine von Tempelhof kennenzulernen, sich mit Ihnen anzufreunden, sich die Fahrt mit Ihnen nach Godesberg zu sichern – sogar zu genau demselben Bestimmungsort –, und hier haben Sie gesehen, wie er aus Ihrem Lokal hinauslief, nachdem sein Bekannter erschossen worden ist. Stimmt das nicht?»

«Doch, das ist richtig.»

«Merkwürdig», murmelte Wentzel, «merkwürdig. Aber finden Sie nicht, Herr McCorkle, finden Sie nicht auch, daß es ein seltsames Zusammentreffen ist – ein wirklich verblüffendes Zusammentreffen –, daß dieser Mann sich neben Sie setzte, daß Sie ihm anboten, ihn mitzunehmen, daß er in Ihr Lokal ging, um sich dort mit einem Mann zu treffen, der dann erschossen wurde?»

«Es hat mich auch stutzig gemacht», bestätigte ich.

«Ihr Partner, Herr Padillo, war nicht hier?»

«Nein, er ist auf Geschäftsreise.»

«Aha. Falls dieser Maas auf irgendeine Weise versucht, sich mit Ihnen in Verbindung zu setzen, wollen Sie uns bitte sofort benachrichtigen.»

«Das werde ich auf der Stelle tun.»

«Und wird es Ihnen morgen möglich sein, zu mir in mein Büro zu kommen und ein Protokoll über Ihre Aussage zu unterschreiben? Das gilt auch für Ihre Angestellten. Sollen wir sagen, um elf Uhr?»

«Gut. Sonst noch etwas?»

Er sah mich prüfend an. Noch in zehn Jahren würde er sich an mein Gesicht erinnern.

«Nein», antwortete er. «Im Augenblick nicht.»

Ich bot den drei anderen ebenfalls einen Drink an. Sie blickten Wentzel an, der nickte. Sie baten um Kognak und tranken ihn mit einem Schluck. Es spielte keine Rolle, Karl hatte ihnen nicht den besten eingeschenkt. Wir schüttelten uns ringsum die Hand, und Wentzel marschierte mit seinem Gefolge in den Nachmittag hinaus. Ich starrte auf den Ecktisch, an dem Maas und sein Freund gesessen hatten. Jetzt war das Lokal leer. Nur eine Anzahl Tische mit Sesseln, die beinahe einladend aussahen.

Wenn das Geld nicht wäre, sagte ich mir, würde ich verkaufen und nach Santa Fe oder Kalispell gehen und eine Bar aufmachen, bei der das einzige Problem sein würde, an Samstagabenden den alten Jack Hudson wieder auf seine Ranch zurückzuschaffen. Aber es gab große Unterschiede in der Führung einer Kneipe. Hier im Siebengebirge, im violetten Schatten der sieben Hügel, wo einst Schneewittchen und die sieben Zwerge gelebt und Siegfried den fürchterlichen Drachen erschlagen haben soll, war ich mehr oder minder der Sherman Billingsley vom Rhein. Eine öffentliche Institution, Freund und Vertrauter von Ministern und Quatschköpfen in gleicher Weise. Respektiert. Sogar bewundert.

Ich verdiente auch eine Menge Geld und konnte mich

wahrscheinlich mit fünfundvierzig zur Ruhe setzen. Die Tatsache, daß mein Partner Geheimagent im Dienst eifriger Wichtigtuer war, die durch die Welt schwirrten und in Gott weiß welchen Ecken und Winkeln nach den Konstruktionsplänen für das nächste russische Raumschiff zum Saturn suchten, war nebensächlich – sogar unwichtig. Und die Tatsache, daß mein Lokal in Wirklichkeit unser Lokal – das des Geheimagenten und meines – war, und die Tatsache, daß sie es nach allem, was ich wußte, als internationale Nachrichtenbörse benutzten, wo die Geheimcodes in Zwiebeln versteckt waren –, das alles konnte nur als Plauderthema vor hohen Gästen mit langen, gutgekühlten Drinks dienen.

Und die Tatsache, daß zwei maskierte Desperados in die Bar eingedrungen, irgendeinen kleinen Mann totgeschossen und dann, von einem fetten Fremden gefolgt, dem ich in einem Flugzeug begegnet war, davonliefen, würde der Unterhaltung nur internationalen Glanz und Reiz verleihen. Und das war ganz entschieden ein Vorzug. Es war wie das Nachkriegs-Wien im Film, wo Orson Welles herumstrich und so leise und so schnell vor sich hin brummelte, daß man nichts davon verstand, außer daß er nichts Gutes im Schilde führte.

Da war das Geld. Da waren die guten Wagen. Und die importierten Anzüge, die dicken Steaks, die ausgesuchten Weine, die gratis auf meinen Tisch kamen, die Geschenke freundlicher Kellereien von der Mosel, der Ahr und dem Rhein. Und dann war da die Tatsache, daß es in Bonn Mädchen in Fülle gab. An diesem Punkt nahm ich das in Gedanken bereits aufgehängte Schild «Zu verkaufen» wieder ab, sagte Karl, er solle auf die Kasse aufpassen, kontrollierte, ob der Küchenchef nüchtern war, und trat auf die Straße hinaus mit dem Ziel, das Apartment einer jungen Dame namens Friedl Arndt aufzusuchen.

5

Es war gegen halb sieben, als ich in Fräulein Dr. Arndts Apartment ankam. Es lag in der obersten Etage eines zehnstöckigen Hochhauses und bot einen prächtigen Blick auf den Rhein, das Siebengebirge und die verwitterte rote Ruine der Burg Drachenfels.

Ich drückte auf ihre Klingel, sagte ihr über die fast unverständliche Sprechanlage, daß ich es sei, und stieß die dicke Glastür auf, als sie den Türöffner betätigte. Sie erwartete mich unter ihrer Tür, als ich aus dem Fahrstuhl trat, der an diesem Tag zufällig funktionierte.

«Guten Abend, Fräulein Doktor», murmelte ich und beugte mich tief über ihre Hand, eine kontinentale Sitte, die ich während einiger verregneter Nachmittage unter den wachsamen Augen einer alten ungarischen Gräfin vervollkommnet hatte. Die würdige Dame entwickelte ein Faible für mich, als sie erfuhr, daß ich eine Bar betrieb. Ich polierte meine Manieren auf, während die Gräfin eine beträchtliche Rechnung an der Bar ansammelte. Gegenseitig sehr befriedigt, hatten wir uns voneinander getrennt.

Friedl lächelte. «Was führt dich denn hierher, Mac? Nüchtern, meine ich.»

«Dagegen läßt sich was tun», antwortete ich und reichte ihr eine Flasche Chivas Regal.

«Du kommst zur Frühvorstellung gerade noch rechtzeitig. Ich wollte mir das Haar waschen und dann schlafen gehen.»

«Dann bist du heute also schon verabredet?»

«Solo, wie das für ein Mädchen auf der falschen Seite der Dreißig hier in Bonn üblich ist.»

Zwar traf es zu, daß in diesem Jahr die weibliche Bevölkerung die müde, aber glückliche männliche an Zahl überwog, doch Friedl gehörte nicht zu jenem Teil, der neben dem Telefon saß und darauf hoffte, daß es klingeln und sie zu einer Party eingeladen werden würde. Sie war eindeutig hübsch, auf diese merkwürdige europäische Weise, die fast ewig zu währen scheint und dann langsam in Schönheit übergeht. Und sie war klug. Ihr Doktortitel war rechtmäßig erworben. Sie berichtete für eine Frankfurter Zeitung, die intellektuelle übrigens, über Politik, hatte ein Jahr in Washington verbracht und war den größten Teil dieser Zeit dem Weißen Haus zugeteilt gewesen.

«Mach uns was zu trinken. Das befreit einen von den Jahren.»

Sie zog sich mit der Flasche in die Kochnische zurück. Ihr Apartment bestand aus einem einzigen großen Raum und rühmte sich eines kleinen Balkons für Sonnenanbeter. Eine Wand war vom Boden bis an die Decke voller

Bücher. Davor stand ein riesiger antiker Schreibtisch, dessentwegen ich schon daran gedacht hatte, das Mädchen zu heiraten. Ferner waren ein hellbeiger Teppich, zwei Bettcouchen, ein paar bequeme schwedische Sessel und ein kleiner Eßtisch vorhanden. Die Balkonwand bestand fast vollständig aus Glas, und an den beiden anderen Wänden hingen ein paar gute Drucke und eigenwillige Originale. Es war nicht ein Raum, in dem man eben mal seinen Hut aufhängte. Hier lebte jemand.

Friedl stellte die Gläser auf einen niedrigen Ebenholztisch, der in der Luft zu schweben schien, weil seine Beine raffiniert versteckt angebracht waren. Sie setzte sich neben mich auf die Couch und küßte mich auf die Schläfe.

«Du wirst immer grauer, Mac. Du wirst alt.»

«Bald lebe ich nur noch von Erinnerungen. Wenn wir alten Knaben uns dann in ein paar Jahren in der Kneipe an der Ecke treffen, um unsere Sozialrente auf den Kopf zu hauen und uns gegenseitig vorzuflunkern, was für Mädchen wir gehabt haben, dann lasse ich den Film meiner Erinnerungen ablaufen und murmle vor mich hin: ‹Bonn, herrliches, herrliches Bonn.›»

«Wen kennst du in den Staaten, Mac?»

Ich überlegte einen Augenblick. «Eigentlich niemanden. Niemanden, den ich sehen will. Ein paar Journalisten und Leute von der Botschaft vielleicht, aber die habe ich hier kennengelernt. Ich hatte eine verrückte alte Tante, die ich sehr gern mochte, aber sie ist schon vor Jahren gestorben. Von ihr bekam ich das Geld für das Lokal oder zum Teil wenigstens.»

«Wo bist du denn jetzt zu Hause?»

Ich hob die Schultern. «Geboren wurde ich in San Francisco, aber das ist keine Stadt, in der man zu Hause sein kann. Ich mag New York und Chicago. Ich mag auch Denver. Ich mag sogar Washington und London und Paris. Padillo hält Los Angeles für das Paradies. Wenn es nach ihm ginge, würde er die Autobahn mitten durch das Zentrum von Bonn führen und an den Rändern mit Palmen bepflanzen.»

«Wie geht es Mike?»

«Gut. Er ist verreist.»

«Und wie war es in Berlin, du Schuft? Du weißt doch, daß ich ein paar Tage frei hatte.»

«Eine reine Geschäftsreise, aber erfolglos und mit zu vielen Martinis gewürzt – und einem Meuchelmord, der auf mich wartete, als ich zurückkam.»

Friedl hatte den Kopf an meine Schulter gelehnt. Ihr blondes Haar kitzelte mich am Ohr. Es roch sauber und feminin und frisch. Ich sah nicht ein, warum es gewaschen werden sollte. Ich ließ meine letzte Bemerkung wirken, und sie setzte sich mit einem Ruck auf. Beinahe hätte ich mein Glas umgeworfen.

«Du machst wohl wieder mal Witze.»

«Also, es hat sich folgendermaßen abgespielt. Zwei Männer kamen in die Bar und schossen auf einen anderen. Er ist tot.» Ich setzte mich zurück und zog an meiner Zigarette. Plötzlich war Friedl nur noch Journalistin. Sie feuerte Fragen auf mich ab, machte sich auch keine Notizen, und es fiel mir schwer zu entscheiden, ob am Ende Fräulein Dr. Arndt oder Inspektor Wentzel mehr über den Mord wußte. Wahrscheinlich wußten sie gleich viel.

«Weiß Mike das?»

«Ich habe ihn heute nicht gesehen», log ich. «Wahrscheinlich wird er es für geschäftsfördernd halten. Und Gott allein weiß, wie die Korrespondenten morgen mittag über uns herfallen werden. Wenn sie dann davonschwanken, werden sie ein Dutzend Theorien und vertrauliche Informationen verbreiten, die von einem politischen Attentat bis zum Racheakt zweier ausgedienter SS-Leute reichen.»

«Das hängt von der Zeitung ab, für die sie arbeiten», sagte Friedl.

«Und davon, wieviel sie getrunken haben.»

«Das könnte auch ganz interessant sein. Lädst du mich morgen zum Essen ein?»

«Selbstverständlich.»

«Dann darfst du mich noch einmal küssen.»

«Ich habe dich überhaupt noch nicht geküßt.»

«Ich bin zu stolz, das zuzugeben.»

Ich küßte sie, und wie immer war es so, als ob ich sie zum erstenmal küßte – als ob alles neu wäre und wir noch sehr, sehr jung, aber mit einem hohen Maß an technischer Perfektion auf die Welt gekommen wären.

«Mach Licht, Liebling», flüsterte Friedl.

«Beide Lampen?»

«Eine genügt. Du weißt ja, ich sehe gern, was ich tue.»

Widerstrebend verließ ich Friedl um vier Uhr morgens. Sie schlief, ein leichtes Lächeln auf den Lippen, das Gesicht etwas gerötet, aber entspannt. Das Bett sah warm und einladend aus. Einen langen Augenblick fühlte ich mich versucht, mich wieder hinzulegen. Statt dessen trottete ich barfuß und pudelnackt in die Kochnische, griff nach dem Scotch und nahm einen tiefen Zug aus der Flasche, ging in den Wohnraum zurück und zog mich leise an. Dann beugte ich mich vor und küßte Friedl sanft auf die Stirn. Sie rührte sich nicht. Das irritierte mich, darum küßte ich sie noch einmal, diesmal auf die Lippen. Sie bewegte sich, schlug die Augen auf und lächelte.

«Ich wollte nur, daß du weißt, was dir entgeht», sagte ich.

«Mußt du schon weg, Liebling?»

«Ja.»

«Komm wieder ins Bett, bitte.»

«Ich kann nicht. Ich muß doch zur Polizei. Vergiß das Mittagessen nicht.»

Sie lächelte, und ich küßte sie noch einmal. «Schlaf weiter», sagte ich. Sie lächelte wieder, schläfrig und zufrieden. Ich verließ das Apartment, fuhr mit dem Fahrstuhl nach unten und stieg in meinen Wagen.

Um vier Uhr morgens wirkt Bonn wie eine verlassene Hollywood-Dekoration. Tatsächlich haben die meisten guten Bürger ihre Türen um zehn verschlossen und verriegelt, ohne daran zu denken, ja sogar gleichgültig gegenüber der Tatsache, daß ihre Stadt eine der wichtigsten Hauptstädte der Welt ist. In gewisser Hinsicht ist Bonn Washington sehr ähnlich. Darum schaffte ich es von Friedls Haus bis zu meiner Wohnung in weniger als zehn Minuten, ein neuer Rekord in Anbetracht der Tatsache, daß wir gute zehn Kilometer voneinander entfernt wohnten. Ich brachte den Wagen in die Garage, schob das Klapptor zu und schloß ab. Dann ging ich die Treppe zu meiner Wohnung hinauf.

Nach fünf Umzügen in acht Jahren hatte ich schließlich eine Wohnung gefunden, die mir zusagte. Sie lag in einem zweistöckigen Haus oben in den Bergen, gerade außerhalb von Muffendorf. Das Haus hatte sich ein Fahrradfabrikant aus Essen gebaut, der in den frühen fünfziger Jahren reich geworden war, als Fahrräder im Nachkriegsdeutschland zu den wichtigsten Fahrzeugen für den Personenverkehr gehörten. Er hatte eine Vorliebe für moderne Architektur, aber seit er Witwer war, verbrachte er den größten Teil seiner Zeit damit, hinter Mädchen und der Sonne herzujagen. Im Augenblick hielt er sich, glaube ich, in Florida auf, aber es kann auch Mexiko gewesen sein. Seine häufige und langdauernde Abwesenheit gab mir die ungestörte Ruhe, die ich wünschte, und selbst wenn er in Deutschland war, verbrachte er viel von seiner Zeit in den Cafés von Düsseldorf, wo er mit seinen Freunden klatschte oder einfach nur den vorbeigehenden Mädchen nachsah. Er war Sozialdemokrat, und manchmal saßen wir zusammen, tranken Bier und stellten Spekulationen an, wie lange es dauern würde, bis Willy Brandt Bundeskanzler werden würde.

Das Haus bestand aus dunkelrotem Stein, hatte ein rotes Biberschwanzdach und an zwei Seiten auf der ganzen Länge das, was meine Eltern eine Veranda genannt hätten. Der Besitzer bewohnte die untere, kleinere Wohnung. Ich hatte die obere, die aus einem Schlafzimmer, einem kleinen Arbeitszimmer, einer Küche und einem großen Wohnraum mit Kamin bestand. Ich mußte zwölf Stufen hinaufsteigen, um zu meiner Wohnungstür zu gelangen. Ich steckte den Schlüssel ins Schloß und drehte ihn um.

Die Stimme kam aus dem tiefen Schatten links von mir.

«Guten Morgen, Herr McCorkle. Ich warte schon eine ganze Zeit auf Sie.»

Es war Maas.

Ich stieß die Tür auf. «Die Polizei sucht nach Ihnen.»

Er trat aus dem Schatten heraus. In der einen Hand trug er die mir bekannte Aktentasche, in der anderen hielt er die Luger. Er hatte sie nicht auf mich gerichtet. Sie hing einfach locker an seiner Seite.

«Ich weiß. Eine bedauerliche Affäre. Ich muß mich bei Ihnen einladen.»

«Das ist nett», sagte ich. «Das Bad liegt rechts, und frische Handtücher sind im Wäscheschrank. Frühstück gibt es um zehn, und wenn Sie irgendeinen besonderen Wunsch haben, sagen Sie es nur dem Hausmädchen.»

Maas seufzte. «Ihr Englisch ist sehr treffend, Herr McCorkle, aber mir scheint, daß Sie Witze machen. Das war doch ein Witz, oder?»

«Ich nehme an.»

Wieder seufzte Maas. «Wollen wir hineingehen? Sie zuerst, wenn Sie nichts dagegen haben.»

«Ich habe nichts dagegen.»

Wir gingen hinein, ich zuerst. Ich trat an die Bar und schenkte mir ein Glas ein. Maas sah mir mißbilligend zu. Vielleicht weil ich ihm nichts anbot. Sollte er doch zum Teufel gehen. Es war *mein* Schnaps.

Ich trank den ersten und füllte mir gleich nach. Dann setzte ich mich in einen Sessel, legte ein Bein über die Armlehne und zündete mir eine Zigarette an. Bestimmt führte ich eine sehr gute Schau vor. Gelassen, nonchalant. Der Inbegriff eines weltgewandten Barwirts. Maas stand mitten im Zimmer, fett, in mittleren Jahren, müde. Die Aktentasche hielt er mit der linken Hand, in der rechten baumelte nach wie vor die Luger. Sein brauner Anzug war zerknittert, sein Hut war verschwunden.

Ich sagte: «Ach, zum Teufel auch. Stecken Sie die Waffe fort, und nehmen Sie sich was zu trinken.»

Er sah auf die Pistole, als wäre ihm gerade ein zweiter Daumen gewachsen, und schob sie in den Schulterhalfter zurück. Er schenkte sich ein Glas ein.

«Darf ich mich bitte setzen?»

«Legen Sie die Füße hoch, wenn Sie wollen. Fühlen Sie sich wie zu Hause.»

«Sie haben eine sehr hübsche Wohnung, Herr McCorkle.»

«Vielen Dank. Ich habe sie mir ausgesucht, weil ich ungestört sein wollte.»

Er schlürfte von seinem Glas. Sein Blick wanderte durch den Raum. «Vermutlich wundern Sie sich darüber, daß ich hier bin.»

Das schien mir keine Antwort zu erfordern.

«Wissen Sie, die Polizei sucht nach mir.»

«Ich weiß.»

«Dieser unglückselige Vorfall heute nachmittag.»

«Er war besonders unglückselig, weil er sich in meiner Bar abspielte. Und nur aus Neugier, wer hat sich den

Treffpunkt ausgesucht? Sie oder Ihr verstorbener Freund?»

Er sah mich nachdenklich an. «Ihr Whisky ist ausgezeichnet, Herr McCorkle.»

Ich bemerkte, daß sein Glas leer war. «Bedienen Sie sich ruhig.»

Er ging zur Bar und drehte mir den Rücken zu, während er sich eingoß. Ich sah mir den Rücken an und dachte, daß er ein schönes Ziel für ein Messer bieten würde, wenn ich ein Messer gehabt und mich daran erinnert hätte, wie man es wirft. Oder ich hätte ihn mit dem Schüreisen niederschlagen können. Oder mit einem Hammergriff packen. Ich hätte eine Menge tun können, aber ich blieb in dem Sessel sitzen, trank meinen Whisky, rauchte meine Zigarette, bot das vollkommene Bild der Untätigkeit, die der Unentschlossenheit entspringt. Maas drehte sich mit dem Glas in der Hand um, ging erschöpft durch den Raum und ließ sich in einen Sessel sinken. Er trank einen Schluck und seufzte anerkennend. An diesem Abend schien er voller Seufzer zu sein.

«Es war ein so langer Tag», sagte er.

«Da Sie schon die Sprache darauf bringen, ich muß Ihnen beipflichten. Es tut mir auch leid, daß ich Sie auf die unfreundliche Tour mit ‹Hier ist Ihr Hut, warum haben Sie es so eilig?› drängen muß, aber ich bin müde. Ich habe heute vormittag bei der Polizei eine Verabredung, die mir ein paar Fragen stellen will. Und dann geht es auch darum, daß das Lokal weitergeführt werden muß. Damit decke ich meinen Lebensunterhalt. Wenn Sie also nichts dagegen haben, wäre ich Ihnen sehr verbunden – Sie ahnen nicht, wie sehr –, wenn Sie freundlicherweise verschwänden.»

Maas lächelte flüchtig. «Ich fürchte, das ist unmöglich. Wenigstens für einige Stunden. Ich brauche einen Platz, wo ich schlafen kann. Die Couch hier genügt mir völlig. Gegen Mittag bin ich fort.»

«Sehr gut. Um elf Uhr bin ich bei der Polizei. Ich bin kein verschwiegener Mensch, ich rede gern. Es würde mir nichts ausmachen, der Polizei zu erzählen, daß Sie, zu einer festen kleinen Kugel zusammengerollt, auf meiner Couch liegen.»

Maas spreizte entschuldigend die Hände. «Aber ich fürchte, das ist unmöglich. Wie ich schon gesagt habe, sosehr ich Ihren Wünschen nachkäme, ich fürchte, daß ich bis Mittag hierbleiben muß. Erst dann habe ich meine Verabredung. Hier bin ich sicher.»

«Nicht, wenn ich Sie verpfeife.»

«Das werden Sie nicht tun, Herr McCorkle», erwiderte Maas leise. «Das werden Sie ganz gewiß nicht tun.»

Ich starrte ihn an. «Sie haben wohl alle Trümpfe in der Hand, wie?»

«Ich habe Quellen, Herr McCorkle. Innerhalb der Polizei. Die haben Zugang zu gewissen Gesprächen, Akten. In einer dieser Akten war ein Exemplar des Berichts, den der Polizeiinspektor heute abend vorgelegt hat. Sie haben das, was geschehen ist, durchaus wahrheitsgetreu und mit allen Einzelheiten berichtet – mit einer Ausnahme. Sie versäumten zu erwähnen, daß Ihr Partner – Herr Padillo ist es doch? – ebenfalls anwesend war. Das, Herr McCorkle, ist ein schwerwiegendes Versäumnis.»

«Aber es bringt Ihnen nicht einmal für zwei Sekunden ein Bett und einen Unterschlupf ein. Ich werde einfach sagen, ich hätte es vergessen. Ich werde sogar zugeben, ich hätte gelogen.»

Maas seufzte wieder. «Lassen Sie es mich anders ausdrücken – und kann ich noch einen Tropfen von Ihrem ausgezeichneten Whisky haben?»

Ich nickte. Er stand auf und watschelte zur Bar hinüber, drehte mir wieder den Rücken zu, und wieder dachte ich an das Messer, das Schüreisen oder den Hammergriff. Oder auch nur an einen schnellen, kräftigen Tritt ins Kreuz. Und wieder blieb ich behaglich in meinem Sessel sitzen, sah zu, wie der Kerl meinen Whisky trank. Währenddessen lastete der Gedanke an Gewalt schwer und abstoßend auf mir, und ich redete mir das Schuldgefühl wegen meiner Untätigkeit durch steigende Neugier aus.

Maas wandte sich von der Bar ab und ging zu seinem Sessel zurück. «Wie ich schon sagte, anscheinend muß ich mich anders ausdrücken. Sie haben versäumt zu berichten, daß Ihr Partner bei der beklagenswerten Angelegenheit gegenwärtig war. Ich könnte das der Polizei durch einen Telefonanruf melden, nicht einmal mit verstellter Stimme, nur zwei oder drei Worte. Das nennt man beim Schachspiel ‹Schach›.» Maas neigte sich in seinem Sessel vor. Sein rundes Kartoffelgesicht glänzte und war vom Alkohol und der Müdigkeit etwas gerötet. «Aber ich weiß auch noch folgendes, Herr McCorkle. Ich weiß, wo Herr Padillo hingeht und warum. Und das ist zweifellos ‹Schachmatt›.»

6

Auch falls das nur Bluff war, entschloß ich mich, die Polizei nicht anzurufen. Ich gab Maas eine Decke, sagte ihm, er solle zum Teufel gehen, und legte mich schlafen. Es war nicht die geruhsamste Nacht, die ich je gehabt habe.

Am nächsten Morgen traf ich Inspektor Wentzel in seinem Büro. Er schien mir weitgehend unverändert zu sein. Er saß hinter seinem Schreibtisch aus gelber Eiche, der mit einem Telefon, einer Schreibunterlage und Körben für Eingang und Ausgang, in denen sich nichts befand, ausgestattet war. Er trug denselben Anzug zu einem frischen schneeweißen Hemd und einer apfelgrünen Krawatte. Seine Fingernägel waren unverändert sauber, und er hatte sich schon wieder rasiert.

Er deutete auf den Stuhl vor seinem Schreibtisch. Ein weiterer Mann, den ich nicht kannte, saß am Fenster. Er sah mich nicht an, er sah zum Fenster hinaus. Die Aussicht zeigte eine Ziegelmauer irgendeiner Fabrik oder eines Lagerhauses. Vielleicht zählte er die Ziegel.

Ich machte meine Aussage vor einem Stenographen, den Wentzel hereinrief. Ich hielt sie so kurz und knapp wie möglich. Wentzel entschuldigte sich, und ich saß da, rauchte Zigaretten und drückte sie auf dem Fußboden aus. Einen Aschenbecher gab es nicht. Der Raum war in dem gleichen Grün gestrichen, das Kartenzeichner benutzen. Der Fußboden bestand aus dunkelbraunen, geölten Dielen. Die Decke war schmutzigweiß. Es war ein Raum, in dem die Arbeit einer Regierung von Leuten verrichtet wird, die sie dafür einstellt. In ihm herrschte auch diese Atmosphäre der Unbeständigkeit, wie in den meisten Behördenräumen auf den unteren Ebenen. Wahrscheinlich ist sie darauf zurückzuführen, daß die meisten Inhaber dieser Räume entweder auf dem Weg nach oben oder nach unten oder hinaus sind und daß sie wissen, ihre Stellung, ihr Auftrag, ihre Arbeit ist nur vorübergehender Natur. Deshalb gibt es keine Fotos von Frauen und Kindern in Lederrahmen, keine persönlichen Utensilien, die dem Büro einen Anschein ständiger Besetzung verleihen.

Wentzel kam mit dem Stenographen zurück, als ich wieder eine Zigarette ausdrückte. Er las mir meine Aussage vor. Ich hatte sie auf deutsch abgegeben, und sie erschien mir länger, detaillierter, pedantischer und methodischer, als ich sie in Erinnerung hatte. Sie hatte den merkwürdigen Klang der eigenen Stimme, die aus dem Mund eines anderen kommt.

«Erscheint Ihnen das so korrekt, Herr McCorkle?»

«Ja.»

«Ihre Angestellten, der Barmann und die Kellnerin, sind bereits bei uns gewesen und haben ähnliche Aussagen gemacht. Wollen Sie sie lesen?»

«Nur wenn sie weitgehend von meiner abweichen.»

«Das tun sie nicht.» Ich nahm die Feder, die er mir reichte, und unterschrieb drei Kopien. Die Feder kratzte etwas. Ich reichte sie Wentzel zurück.

«Ich nehme an, daß Sie von Maas nichts gehört haben?»

«Nein.»

Wentzel nickte. Er schien weder überrascht noch enttäuscht zu sein. «Ihr Kollege, Herr Padillo – war er über den gestrigen Vorfall sehr besorgt?»

Es hatte keinen Sinn, in diese Falle zu gehen. «Ich habe noch nicht mit ihm gesprochen. Ich nehme an, daß es ihm Sorgen machen wird.»

«Aha.» Wentzel stand auf. Ich stand auf. Der Mann am Fenster blieb, in den Anblick der Ziegelmauer versunken, sitzen.

«Falls sich Weiterungen ergeben, die Sie betreffen, Herr McCorkle, werden Sie von uns hören.»

«Selbstverständlich», sagte ich.

«Und sollte dieser Maas versuchen, mit Ihnen Kontakt aufzunehmen, werden Sie uns doch gewiß benachrichtigen?»

«Ganz gewiß.»

«Dann ist das wohl alles, glaube ich. Vielen Dank.» Wir schüttelten uns die Hand. «Auf Wiedersehen.»

«Auf Wiedersehen», sagte ich.

«Auf Wiedersehen», sagte der Mann auf dem Stuhl am Fenster.

Maas hatte, auf der Couch zusammengerollt, fest geschlafen, als ich an diesem Morgen meine Wohnung verließ. Nach allem, was ich wußte, war er wohl noch da. Es war noch nicht Mittag, der Zeitpunkt seiner Verabredung. Ich verließ das Polizeigebäude im Zentrum Bonns und ging um die Ecke in eine Bierstube.

Ich stellte mich zu den übrigen morgendlichen Trinkern an den Tresen und bestellte ein Pils und einen Weinbrand.

Ich sah auf meine Uhr. Es war elf Uhr fünfundzwanzig. Meine Vernehmung bei Wentzel hatte keine zwanzig Minuten in Anspruch genommen. Der Weinbrand war leer, aber mein Bierglas noch fast voll. Ich entschloß mich zu einem weiteren Kognak. «Noch einen Weinbrand, bitte.»

«Ein Weinbrand», wiederholte der Barmann, stellte ihn mit einer schwungvollen Handbewegung vor mich und murmelte: «Zum Wohlsein.»

Es war Zeit für einige nüchterne Überlegungen, für Raffinesse und für die Schläue der Füchse. Hier stand McCorkle, ein friedlicher Kneipenwirt, und hatte einige der bösartigsten Charaktere Europas gegen sich. Maas zum Beispiel. Er mußte ein bösartiger Charakter sein. Ich dachte an den kleinen fetten Mann, konnte mich aber nicht dazu bringen, ihm feindlich gesinnt zu sein; schon gar nicht dazu, ihn zu hassen. Wenn ich mich darum bemüht hätte, dann hätte ich wahrscheinlich einige Entschuldigungen für sein Verhalten finden können. Dann war da Padillo, Gott allein wußte, auf dem Weg wohin. Wie gut kannte ich Padillo? Nicht besser als den Bruder, den ich nie gehabt hatte. Es taten sich eine Menge Fragen auf, für die eine Antwort nicht gerade auf dem Boden eines Glases zu finden sein schien, deshalb trat ich auf die Straße hinaus, stieg in meinen Wagen und fuhr nach Godesberg.

Die Routinearbeiten für die Öffnung des Lokals, die Überprüfung der Speisenkarte, der Abrechnung, das Ausschreiben von Bestellungen nahm die nächste halbe Stunde in Anspruch. Karl stand etwas mürrisch hinter der Bar.

«Ich hab die Polente noch nie angelogen.»

«Sie bekommen eine Prämie.»

«Das wird mir im Gefängnis viel nützen.»

«Sie kommen doch nicht ins Gefängnis. Dazu sind Sie nicht wichtig genug.»

Er fuhr sich mit dem Kamm durch sein langes blondes Haar. Weiß der Himmel, wem er in dieser Woche ähnlich zu sehen versuchte. «Also, ich hab mir das überlegt, und ich sehe nicht ein, warum wir wegen Mike lügen sollen.»

«Was heißt hier ‹wir›?» fragte ich. «Haben Sie sich schon wieder mit dem Personal eingelassen?»

«Ich habe Hilde gestern abend nach Hause gebracht. Sie war noch ganz verstört und hat angefangen, mich auszufragen.»

«War das, bevor oder nachdem Sie sie aufs Kreuz gelegt haben? Ich habe Ihnen gesagt, Sie sollen Ihre Finger vom Personal lassen. Sie gehören schließlich zur Geschäftsführung.» Das tat ihm gut. «Wenn Hilde sie noch einmal fragen sollte, sagen Sie ihr einfach, Padillo hätte Ärger wegen Weibergeschichten.»

«Das ist nicht mal gelogen», antwortete Karl.

«Sagen Sie ihr, er wäre vor einem eifersüchtigen Ehemann davongelaufen. Sagen Sie ihr, was Sie wollen, aber sorgen Sie dafür, daß sie den Mund hält. Und gehen Sie ihr nicht an die Wäsche.»

«Mein Gott, das habe ich ihr doch alles schon gesagt, aber sie macht sich trotzdem Gedanken.»

«Erzählen Sie es ihr noch mal. Und jetzt hören Sie zu: Ich habe in Berlin einen getroffen, der weiß, wo ein Lincoln Continental von 1940 zu haben ist, nämlich in Kopenhagen. Er wurde unmittelbar vor dem Krieg geliefert, und der Besitzer konnte ihn vor der Besatzung verstecken. Schaffen Sie mir Hilde vom Hals, dann finanziere ich Ihnen den Wagen.»

Karl war verrückt auf alte Autos. Er hielt sich alle einschlägigen Zeitschriften und fuhr ein dreifenstriges Ford Coupé aus dem Jahr 1936, das er einem amerikanischen GI für eintausendfünfhundert Mark abgekauft hatte. Ich glaube, er lackierte den Wagen gerade eigenhändig zum elftenmal. Er hatte einen alten Oldsmobile-Motor und ließ meinen Porsche mühelos hinter sich. Wenn ich ihm eine Goldmine angeboten hätte, hätte er nicht glücklicher sein können.

«Machen Sie keine Witze», sagte er.

«Ich mache keine Witze. Ich bin einem Air-Force-Captain begegnet, der mir davon erzählt hat. Der Mann will tausend Dollar dafür. Wenn sich die Geschichte hier beruhigt hat, gebe ich Ihnen tausend Dollar, dann können Sie hinfahren und sich das Ding holen. Er läuft gut, wurde mir gesagt.»

«Und Sie wollen mir das Geld leihen?»

«Wenn Sie Hilde ruhighalten.»

«Mach ich, selbstverständlich. Was für eine Farbe hat er denn?»

«Mixen Sie die Manhattans.»

Karl versank in eine Art Glücksrausch, und ich setzte mich an einen Tisch und steckte mir eine Zigarette an. Ich überlegte, ob ich etwas trinken sollte, entschied mich aber dagegen. Es war kurz nach zwölf, noch zu früh für Gäste.

Ich begann die Zigarettenlöcher auf dem zwei Quadratmeter großen Teppichstück links von meinem Sessel zu zählen. Dann zählte ich die rechts. Zusammen waren es sechzehn. Ich überlegte, wieviel ein neuer Teppich kosten würde, und kam zu der Ansicht, daß es sich nicht lohnte. In der Stadt gab es eine Firma, die Teppiche reparierte, indem sie kleine Flicken in fast passendem Farbton an den Brandstellen einsetzte. Durch verschüttete Getränke würden sich die neuen Flecken bald verwischen. Ich beschloß, die Firma anzurufen.

Ich hörte, wie die Tür von der Straße her geöffnet wurde, und sah die strahlende Sonne draußen, während zwei Männer hereinkamen. Der eine hatte irgend etwas mit der amerikanischen Regierung zu tun, den anderen kannte ich nicht. Sie schienen mich an meinem Tisch nicht zu bemerken. Mit dem üblichen Knurren über das Katakombendunkel im Lokal gingen sie zur Bar.

Sie bestellten sich Bier. Als Karl sie bedient hatte, fragte der eine, dem ich schon begegnet war: «Ist McCorkle da?»

«Da drüben sitzt er, Sir», antwortete Karl.

Ich drehte mich auf meinem Platz um. «Kann ich Ihnen helfen?»

Sie nahmen ihre Gläser und kamen zu mir herüber. «Hallo, McCorkle. Ich bin Stan Burmser. Wir haben uns bei General Hartsell kennengelernt.»

«Ich erinnere mich», sagte ich, und wir reichten uns die Hand.

«Das ist Jim Hatcher.»

Wir schüttelten uns gleichfalls die Hand.

Ich bat sie, Platz zu nehmen, und bestellte mir bei Karl einen Kaffee.

«Sie haben ein hübsches Lokal hier, McCorkle», sagte Hatcher. Er hatte einen knappen, schroffen Tonfall, der nach oberem Michigan klang. Wahrscheinlich irrte ich mich.

«Danke.»

«Mr. Hatcher und ich, wir hätten uns gern mit Ihnen unterhalten», sagte Burmser. Sein Ton klang nach St. Louis. Er sah sich in dem Raum um, als ob ein Dutzend Leute ihn zu belauschen versuchten.

«Gern», antwortete ich. «Wir haben hinten ein Büro. Nehmen Sie einfach Ihre Gläser mit.»

Wir standen auf und wanderten im Gänsemarsch zu dem Büro. Es war ein kleiner Raum mit einem Schreibtisch, drei Aktenschränken, einer Schreibmaschine und drei Stühlen. Außerdem war ein mehr als üblich interessanter Kalender vorhanden, den eine Dortmunder Brauerei zur Verfügung gestellt hatte.

«Setzen Sie sich, meine Herren», lud ich sie ein und ließ mich auf dem Stuhl hinter dem Schreibtisch nieder. «Zigarette?» Burmser nahm eine, Hatcher schüttelte den Kopf. Dann lehnten wir uns alle zurück, nippten an unseren Getränken, und Burmser und ich bliesen Hatcher mit Zigarettenrauch an. Es schien ihn nicht zu stören.

«In den Kreisen der Botschaft waren Sie in letzter Zeit nicht oft zu sehen», begann Burmser.

«Wenn man eine Kneipe hat, wird man zum Einsiedler.»

Hatcher war anscheinend der Ansicht, damit sei den

gesellschaftlichen Verpflichtungen Genüge getan. «Der Grund, weshalb wir hier sind, Mr. McCorkle – wir möchten mit Ihnen über den gestrigen Vorfall sprechen.»

«Ich verstehe.»

«Vielleicht ist es nützlich, wenn wir uns bei Ihnen ausweisen.» Beide zogen kleine schwarzgebundene Ausweise aus der Tasche, und ich las einen nach dem anderen. Sie waren nicht von der CIA. Sie waren etwas Besseres – oder Schlimmeres, es kam ganz auf den Standpunkt an. Ich reichte die Ausweise zurück. «Womit kann ich Ihnen behilflich sein?» fragte ich freundlich.

«Wie wir zufällig wissen, war Ihr Partner, Mr. Padillo, gestern hier anwesend, als die Schießerei stattfand.»

«Ja?»

«Ich meine doch, mit uns könnten Sie offen sprechen», sagte Burmser.

«Ich will es versuchen.»

«Wir interessieren uns nicht so sehr für den Mann, der erschossen wurde. Er war ein kleiner Agent. Wir interessieren uns mehr für den Mann, mit dem er sich hier getroffen hat: einen Herrn Maas.»

«Was ist mit ihm?»

«Sie lernten ihn kennen, als Sie gestern aus Berlin zurückflogen», erläuterte Burmser. «Sie kamen in ein Gespräch mit ihm und boten ihm dann an, ihn zu Ihrem Restaurant mitzunehmen.»

«Das habe ich alles vor der Polizei ausgesagt, vor Inspektor Wentzel.»

«Aber Sie haben Wentzel nicht gesagt, daß Padillo hiergewesen ist.»

«Nein. Mike hatte mich gebeten, es nicht zu tun.»

«Vermutlich wissen Sie, daß Padillo gelegentlich Aufträge für uns übernimmt?»

Ich trank einen langen Schluck Kaffee. «Wie lange sind Sie schon in Bonn, Mr. Burmser?»

«Zweieinhalb, nein, drei Jahre.»

«Ich bin dreizehn Jahre hier, nicht eingerechnet die Zeit, die ich bei MAAG war. Sehen Sie in Ihren Akten nach. Sie sollten wissen, unter welchen Umständen dieses Lokal hier eröffnet wurde. Ich wurde dazu erpreßt, Padillo als Partner anzunehmen. Es tut mir nicht leid, daß ich es getan habe. Wenn er nicht gerade Flugpläne studiert, ist er ein verdammt feiner Bursche. Ich weiß, daß er für eine Ihrer Organisationen arbeitet, aber ich habe ihn nie gefragt, für welche. Ich will es nicht wissen. Ich will nicht in Spionagegeschichten verwickelt werden.»

Ich glaube, Hatcher errötete ein bißchen, aber Burmser bohrte weiter. «Wir machen uns Sorgen um Padillo. Er sollte gestern ein Flugzeug nehmen. Nach Frankfurt. Und dann von Frankfurt nach Berlin. Aber er fuhr mit dem Zug nach Frankfurt. Er saß nicht in dem Flugzeug nach Berlin.»

«Dann hat er's eben verpaßt.»

«Es war ein sehr wichtiger Flug, Mr. McCorkle.»

«Passen Sie mal auf», sagte ich. «Nach allem, was ich davon weiß, nahm er Flug Nr. 487 nach Moskau mit Anschluß nach Peking. Sobald er die Pläne beschafft hat, soll er sich als Kuli verkleiden und einen Sampan nach Hongkong nehmen. Vielleicht hat er in Frankfurt aber auch eine Nutte aufgegriffen, hat sich ein paar Taschenflaschen Martell gekauft und ist mit ihr im Savigny untergekrochen. Kurz, ich weiß nicht, wo er ist. Ich wollte, ich wüßte es. Er ist mein Partner, und ich möchte ihn wiedersehen. Ich habe mich nie an den Gedanken gewöhnen können, mit einem Mann im Geschäft zu sein, der mehr in der Welt herumfliegt als ein Handelsvertreter. Ich möchte, daß er das Spionagegeschäft aufgibt und mir hilft, die Speisenkarten zu schreiben und den Schnaps zu bestellen.»

«Ja», sagte Burmser, «ja, das kann ich alles verstehen. Wir haben aber Grund zu glauben, daß dieser Maas etwas damit zu tun hat, wenn Padillo sein Flugzeug nach Berlin verpaßte.»

«Nun, und ich glaube, daß Ihre Ansicht auf irrigen Überlegungen beruht. Maas stand heute morgen um vier Uhr in meiner Wohnung, hatte seine Aktentasche und eine Luger bei sich und trank meinen Scotch. Als ich heute morgen kurz vor elf fortging, lag er noch schnarchend auf der Couch in meinem Wohnzimmer.»

Vielleicht werden sie auf Spezialschulen geschickt, wo ihnen beigebracht wird, keine Überraschung oder Gefühle zu zeigen. Vielleicht stechen sie sich dort gegenseitig mit Nadeln, und jeder, der «Au!» sagt, bekommt für diesen Tag einen schwarzen Strich. Sie verrieten nicht mehr Überraschung, als wenn ich ihnen gesagt hätte, es wäre ein schöner Morgen, sähe aber so aus, als ob es nachmittags regnen würde.

«Was hat Maas Ihnen gesagt, McCorkle?» fragte Hatcher. Seine Stimme war tonlos und klang nicht besonders freundlich.

«Ich habe ihm erklärt, daß ich ihm einen Tritt in den Hintern geben und ihn hinauswerfen würde, doch dann erklärte er mir, warum ich das nicht tun würde. Er sagte, er wüßte, wohin Mike fliegen sollte und weshalb; er würde darüber die Bonner Polizei informieren sowie über die Tatsache, daß Mike anwesend gewesen sei, als der Mann niedergeschossen wurde, falls ich ihn nicht für die Nacht aufnähme. Also was, zum Teufel – ich ließ ihn die Nacht über bleiben.»

«Sonst noch etwas?» fragte Burmser.

«Er sagte, er hätte zur Mittagszeit eine Verabredung. Er sagte mir nicht, wo und mit wem, und ich habe nicht danach gefragt.»

«Sagte er sonst noch etwas? Irgend etwas?»

«Er bedankte sich für den Scotch, und ich sagte ihm, er solle sich zum Teufel scheren. Das war alles, absolut alles.»

Hatcher begann zu dozieren. «Nachdem Padillo in Frankfurt auf dem Hauptbahnhof angekommen war, trank er ein Glas Bier. Dann führte er ein Telefongespräch. Er sprach dabei niemanden mit Namen an. Danach ging er ins Hotel Savigny und nahm sich ein Zimmer. Er fuhr mit dem Fahrstuhl hinauf und blieb etwa acht Minuten, dann kam er in die Bar hinunter. Er saß dort zusammen mit einem Paar, das inzwischen als amerikanische Touristen identifiziert werden konnte, an einem Tisch. Das war um acht Uhr fünfzehn. Um acht Uhr dreißig entschuldigte er sich und ging in die Herrentoilette. Sein Zigarettenetui und sein Feuerzeug ließ er auf dem Tisch liegen. Er kam aber nicht wieder von der Toilette zurück, und das ist die letzte Spur, die wir von ihm haben.»

«Dann ist er also verschwunden», sagte ich. «Und was erwarten Sie nun von mir? Sagen Sie mir doch bitte ganz genau, was Sie wollen.»

Burmser drückte seine Zigarette aus. Er runzelte die Stirn, auf deren sonnengebräunter Haut vier tiefe Furchen erschienen. «Maas ist für Padillo wichtig», sagte er im Ton des geduldigen Lehrers, der mit dem zurückgebliebenen Sohn des Bürgermeisters spricht. «Erstens, weil nur er außer uns wußte, daß Padillo in dieses Flugzeug steigen sollte. Und zweitens, weil Padillo in das Flugzeug nicht eingestiegen ist.»

Er machte eine Pause und fuhr dann in dem gleichen geduldigen Ton fort: «Wenn Maas weiß, welchen speziellen Auftrag Padillo hat, dann wollen wir die Sache abblasen. Padillo ist dann dafür ungeeignet. Seine Tarnung ist geplatzt.»

«Ich nehme an, daß Sie ihn gern zurückhaben wollen», sagte ich.

«Ja, Mr. McCorkle, wir würden ihn sehr gern zurückhaben.»

«Und Sie glauben, daß Maas weiß, was passiert ist?»

«Wir glauben, daß er der Schlüssel ist.»

«Sehr schön. Wenn Maas vorbeikommt, werde ich ihm sagen, er soll erst bei Ihnen anrufen, ehe er mit Inspektor Wentzel telefoniert. Und falls Padillo zufällig anrufen sollte, werde ich ihm sagen, Sie hätten sich erkundigt, wie es ihm ginge.»

Beide sahen gequält aus.

«Wenn Sie von einem der beiden hören, geben Sie uns bitte Bescheid», sagte Hatcher.

«Ich rufe Sie in der Botschaft an.»

Sie sahen nicht nur gequält aus, sondern schienen wirklich peinlich berührt zu sein.

Hatcher sagte: «Nicht in der Botschaft, Mr. McCorkle. Wir gehören nicht zur Botschaft. Rufen Sie uns unter dieser Nummer an.» Er schrieb sie auf ein Blatt aus seinem Notizbuch und reichte es mir.

«Ich verbrenne es anschließend», versprach ich.

Burmser lächelte schwach, Hatcher nur beinahe. Sie standen auf und gingen.

Ich trank meinen Kaffee aus, zündete mir eine Zigarette an, um seinen kalten Geschmack zu überdecken, und versuchte dahinterzukommen, warum zwei Spitzenagenten so plötzlich mir gegenüber ihre Identität preisgegeben hatten. In den Jahren, die ich jetzt die Bar betrieb, hatte mir keiner auch nur guten Tag gesagt. Jetzt war ich ein Eingeweihter, fast ein Mitkonspirator bei ihren Bemühungen, das Geheimnis des verschwundenen amerikanischen Agenten aufzudecken. McCorkle, der nur scheinbar unbedarfte Kneipier, desse Spionagefühler von Antwerpen bis nach Istanbul reichten.

Daneben stand das ebenso unbehagliche Bewußtsein, eine Niete ersten Ranges zu sein. Für Maas war ich ein träger, bequemer Tölpel, den man als Chauffeur und Gastwirt gebrauchen konnte. Für Burmser und Hatcher war ich ein manchmal willkommener, in der Vergangenheit bei Kleinigkeiten nützlicher, im Ausland lebender Amerikaner, dem man nur genug Leine lassen mußte, um ihn am Haken zu behalten. Die Geschichte brauchte nur spannend zu klingen, man brauchte nur das geheimnisvolle Verschwinden seines Partners auszuspielen, der, mit einer Zyankalikapsel im Backenzahn, einem Wurfmesser im Hosenlatz, sich auf dem Weg nach Berlin befinden sollte, und schon war der Dummkopf mit von der Partie.

Ich öffnete den Schreibtisch und nahm die letzten Kontoauszüge der Bank heraus. Ein oder zwei Nullen fehlten noch, darum legte ich sie wieder zurück. Es reichte nicht aus, um in die Staaten zurückzugehen und sich zur Ruhe zu setzen. Vielleicht war es genug für zwei Jahre in Paris oder New York oder Miami, um in einem guten Hotel zu wohnen und anständig zu essen, genug, um es für die richtige Garderobe auszugeben und viel zu trinken. Aber es war nicht genug für irgend etwas anderes, das zählte. Ich drückte meine Zigarette aus und ging in die Bar zurück, ehe ich damit anfing, meine Sammlung gepreßter Blumen zu bewundern.

7

Die Mittagsgäste hatten sich eingefunden. Die Presse hatte die Bar mit Beschlag belegt, bekämpfte ihren Morgenkater mit Bier, Whisky und Pink Gin. Die meisten waren Engländer, aber daruntergemischt auch ein paar Amerikaner, Deutsche und Franzosen. Zum Essen trafen sie sich gewöhnlich im American Embassy Club, wo die Preise niedrig waren, aber gelegentlich fielen sie auch bei uns ein. Es gab keine festen Tage, an denen sie zu uns kamen, aber durch irgendeine Art Radar fanden sie sich mittags zusammen, und wenn einer mal fehlte, wurde er als schmutziges Schwein bezeichnet, das auf eigene Faust hinter einer Story herjagte.

Keiner von ihnen überarbeitete sich je. Zunächst einmal hatten sie die Rückendeckung der Presseagenturen, und außerdem konnte in ihrem Blatt ein halbwegs interessanter Mord in Chicago – oder Manchester, je nachdem – eine sorgfältig angelegte Analyse der Chancen der SPD bei den bevorstehenden Wahlen auf drei bescheidene Absätze reduzieren. Sie waren aber gutunterrichtete Leute, die im allgemeinen immer ein bißchen mehr schrieben, als sie eigentlich wußten, und nie eine Neuigkeit verrieten, solange ihre Meldung noch nicht sicher bei ihrer Redaktion eingegangen war.

Ich bedeutete Karl, auf Kosten des Hauses eine Lage einzuschenken, begrüßte ein paar von ihnen, beantwortete einige Fragen nach der gestrigen Schießerei und erklärte, ich wüßte nicht, ob der Mord politische Motive gehabt habe oder nicht. Sie fragten nach Padillo, und ich erklärte ihnen, er sei unterwegs auf Geschäftsreise.

Ich ging weiter und überprüfte die vorbestellten Tische mit Horst, der praktisch Geschäftsführer war und über Keller und Küchenpersonal mit preußischer Zucht wachte. Die Presseleute hielten sich wahrscheinlich noch gut eine Stunde in der Bar auf, ehe sie aßen, und ein Teil von ihnen würde das Essen sogar vergessen. Ich setzte meinen Rundgang fort, schüttelte einige Hände, zählte die Gäste und kehrte zur Bar zurück.

Ich entdeckte Friedl, als sie durch die Tür trat, und ging ihr entgegen.

«Hallo, Mac. Tut mir leid, daß ich mich verspätet habe.»

«Willst du zu deinen Freunden an der Bar?»

Sie blickte hinüber und schüttelte den Kopf. «Nein, danke, heute nicht.»

«Ich habe für uns einen Tisch in der Ecke reserviert.»

Als wir uns gesetzt und Getränke und Speisen bestellt hatten, musterte Friedl mich mit kaltem Blick.

«Was hast du denn angestellt?» fragte sie schroff.

«Warum?»

«Mike hat mich heute morgen anrufen lassen. Aus Berlin. Von einem Mann namens Weatherby.»

Ich trank ein Schlückchen und betrachtete die Glut meiner Zigarette. «Und?»

«Er bat mich, dir zu sagen, daß das Geschäft geplatzt ist. Das war das eine. Zweitens sagte er, daß Mike Weihnachtshilfe braucht, und zwar schnell. Drittens soll ich dir sagen, daß du im Hilton Berlin absteigen sollst. Dort setzt er sich mit dir in Verbindung. Dann sagte er noch, du solltest nicht in deinem Zimmer warten. Er würde es in der Bar versuchen.»

«Ist das alles?»

«Das ist alles. Es klang, als ob er in Eile wäre. Doch, noch was. Er sagte, es wäre besser, wenn du hier im Lokal auskehren ließest. Auch in deiner Wohnung. Cook Baker wüßte schon, an wen du dich wenden solltest.»

Ich nickte. «Ich kümmere mich gleich nach dem Essen darum. Möchtest du einen Kognak?» Ich winkte Horst, zwei zu bringen. Einen Vorteil hat es, wenn man ein eigenes Lokal besitzt: Die Bedienung ist hervorragend.

«Was hat das alles zu bedeuten, verdammt noch mal?» fauchte sie.

Ich hob die Schultern. «Ich glaube nicht, daß es ein Geheimnis ist. Padillo und ich haben daran gedacht, in Berlin ein weiteres Lokal zu eröffnen. Viele Touristen kommen nach Berlin, viel Militär ist dort stationiert. Als ich drüben war, machte ich einen vorläufigen Abschluß. Es sieht so aus, als ob das schiefgehen würde. Darum will Mike wohl, daß ich hinkomme.»

«Und die Weihnachtshilfe? Wir haben April.»

«Padillo macht sich Sorgen.»

«Du lügst.»

Ich lächelte. «Ich erzähle es dir später mal.»

«Du fährst doch selbstverständlich?»

«Warum ist das selbstverständlich? Vielleicht rufe ich Mike an oder schreibe ihm. Ich hatte den Handel so gut wie perfekt, und wenn es ihm gelingt, an einem Tag alles durcheinanderzubringen, dann soll er auch sehen, wie er wieder klarkommt.»

«Du lügst immer noch.»

«Hör mal, einer von uns muß hier sein, um sich um das Lokal zu kümmern. Padillo macht sich mehr aus Reisen als ich. Ich bin seßhaft. Wie Mycroft Holmes besitze ich weder Energie noch Ehrgeiz. Deshalb betreibe ich eine Kneipe. Man ist dann ziemlich zuverlässig mit Essen und Trinken versorgt.»

Friedl stand auf. «Du redest zuviel, Mac, und du bist kein besonders guter Lügner. Im Gegenteil, du bist ein miserabler Lügner.» Sie öffnete ihre Handtasche und warf einen Umschlag auf den Tisch. «Hier ist dein Flugschein. Wenn du zurück bist, schicke ich dir die Rechnung. Die Maschine fliegt um achtzehn Uhr von Düsseldorf. Du hast genug Zeit, sie zu erreichen.» Sie beugte sich vor und tätschelte mir die Wange. «Paß auf dich auf, Schatz. Wenn du wieder hier bist, kannst du mir ja noch ein paar weitere Lügen erzählen.»

Ich stand auf. «Vielen Dank, daß du nicht hartnäckiger bist.»

Sie blickte zu mir auf. Ihre braunen Augen waren groß und ehrlich und zärtlich. «Eines Tages werde ich es erfahren. Vielleicht um drei Uhr morgens, wenn du dich entspannt fühlst und dir nach Reden zumute ist. Bis dahin warte ich. Ich habe Zeit.» Sie drehte sich um und ging. Horst schoß vor, um ihr die Tür zu öffnen.

Ich setzte mich wieder und trank einen Schluck Kognak. Friedl hatte ihren nicht ausgetrunken, darum goß ich ihn in mein Glas. Ausnutzen, aufbrauchen, sich begnügen, verzichten. Selbst auf Schnaps. Bei einer der seltenen Gelegenheiten, bei denen Padillo von dem gesprochen hatte, was er seinen «anderen Beruf» nannte, hatte er gesagt, eines der unberechenbaren Risiken dabei sei, wenn man mit «Weihnachtshilfe» arbeiten müsse; das könne alles mögliche sein, vom Abwehrdienst der Army bis zu Touristen, die, mit zwei Kanonen und einer Leica bewaffnet, eine Leidenschaft für die fotogenen Qualitäten tschechischer Rüstungswerke hätten. Sie schienen immer erwischt zu werden und gaben ihren Beruf unweigerlich mit «Student» an.

Die Umstände, nicht der Wille, bestimmen eine Handlung. Ich konnte den Flugschein und Padillos Notsignal ignorieren und hier in meiner behaglichen kleinen Kneipe sitzen bleiben und mich unerfreulich betrinken. Ich konnte aber auch Horst heranrufen, ihm die Schlüssel zur Kasse geben, nach Hause gehen, packen und dann nach Düsseldorf fahren. Ich ließ den Kognak stehen und ging zur Bar hinüber. Die Gäste waren weg, und Karl las in der *Time*. Er hielt sie für eine ulkige Zeitschrift. Ich war geneigt, ihm zuzustimmen.

«Wo ist Horst?»

«Hinten.»

«Rufen Sie ihn.»

Er steckte den Kopf durch die Tür und schrie nach Horst. Der dünne, asketische kleine Mann kam eilig hinter der Bar hervormarschiert und trat vor mich hin. Ich dachte schon, er würde die Hacken aneinanderschlagen. Unsere Beziehung war während der fünf Jahre, die er jetzt für uns arbeitete, auf einer strikt formellen Basis geblieben.

«Ja, Herr McCorkle?»

«Sie müssen für ein paar Tage die Leitung übernehmen. Ich verreise.»

«Jawohl, Herr McCorkle.»

«Wieso denn?» fragte Karl.

«Das geht Sie überhaupt nichts an», schnauzte ich. Horst warf ihm einen mißbilligenden Blick zu. Wir beteiligten Horst mit fünf Prozent vom Nettoumsatz, und er betrachtete Entscheidungen der Geschäftsführung mit einem gewissen Besitzerbewußtsein.

«Sonst noch etwas, Herr McCorkle?» fragte Horst.

«Rufen Sie die Firma an, die Teppiche repariert, und stellen Sie fest, wieviel es kostet, die Zigarettenlöcher auszubessern. Wenn es nicht zu teuer ist, geben Sie ihr den Auftrag. Ich überlasse die Entscheidung Ihnen.»

Horst strahlte. «Jawohl, Herr McCorkle. Darf ich fragen, wie lange Sie fort sein werden?»

«Ein paar Tage, vielleicht eine Woche. Weder ich noch Mr. Padillo werden erreichbar sein, deshalb müssen Sie alles übernehmen.»

Horst hätte beinahe salutiert.

Karl sagte: «Mein Gott, haben Sie eine Art, Ihr Geschäft zu führen. Aber was ist mit meinem Continental?»

«Das erledigen wir, wenn ich zurück bin.»

«Gut. Geht in Ordnung.»

Ich wandte mich an Horst. «Es wird jemand kommen, vielleicht zwei Leute, um das Telefon nachzusehen, wahrscheinlich morgen. Unterstützen Sie sie.»

«Selbstverständlich, Herr McCorkle.»

«Also gut. Wiedersehen.»

«Auf Wiederschen, Herr McCorkle», sagte Horst.

«*So long*», sagte Karl.

Ich fuhr sechs Blocks weit bis zu einem Zwilling des Gebäudes, in dem Friedl wohnte. Ich parkte auf der anderen Straßenseite und nahm den Fahrstuhl in den sechsten Stock. Ich klopfte bei 614, und nach ein paar Augenblicken wurde die Tür vorsichtig geöffnet – zollbreit. Ein langes, hageres, bleiches Gesicht spähte zu mir heraus.

«Komm rein und trinke was.» Die Stimme war tief und sanft.

Die Tür wurde weit geöffnet, und ich trat in das Apartment von Cook G. Baker, Bonner Korrespondent einer internationalen Rundfunknachrichtenagentur mit Namen *Global Report, Inc.* Baker war in Bonn das einzige bekennende Mitglied der Anonymen Alkoholiker und Rückfällen ausgesetzt.

«Hallo, Cooky. Was macht die Schnapsbarriere?»

«Ich bin gerade erst aufgestanden. Willst du mir bei einem Augenöffner Gesellschaft leisten?»

«Ich passe lieber.»

Die Einrichtung des Apartments war wild zusammengewürfelt: auf der Schlafcouch zerknülltes Bettzeug, ein oder zwei Tische, ein riesiger Ohrensessel, in dessen einer Armlehne das Telefon eingebaut war, und eine Reiseschreibmaschine auf einem Gestell mit schwenkbarem Arm. Das war Cookys Büro.

Ringsum im Raum standen sorgfältig verteilt Ballantine-Flaschen. Manche waren halb voll, andere nur noch annähernd. Cooky vertrat den Standpunkt, wenn er einen Drink wolle, solle der überall bereitstehen, damit er nur die Hand auszustrecken brauche.

«Wenn ich auf dem Boden liege, ist es manchmal verdammt weit, bis in die Küche zu kriechen», hatte er mir einmal erklärt.

Cooky war in diesem Jahr dreiunddreißig geworden, und nach Friedls Meinung war er der bestaussehende Mann, den sie je zu Gesicht bekommen hatte. Er war über einsachtzig, schlank wie eine Gerte, mit hoher Stirn, vollkommener Nase und einem breiten Mund, der ständig ein verstohlenes Lächeln zu unterdrücken schien. Und er war makellos gekleidet: dunkelblaues Flanellhemd mit einer blau-gelb gestreiften Paisley-Krawatte, graue Flanellhosen, die sechzig Dollar gekostet haben mußte, und glatte schwarze Schuhe.

«Setz dich, Mac. Kaffee?»

«Gern.»

«Mit Zucker?»

«Wenn du welchen hast.»

Er griff nach einer der Scotchflaschen und verschwand damit in der Küche. Zwei Minuten später brachte er mir meinen Kaffee und ging dann zurück, um sich seinen Drink zu holen: ein Wasserglas halb voll Whisky und ein Glas Milch zum Nachspülen.

«Frühstück. *Cheers.*»

«*Cheers.*»

Er nahm einen großen Schluck Whisky und spülte ihn mit der Milch schnell hinunter.

«Vor einer Woche bekam ich den Rückfall», sagte er.

«Du wirst es schon schaffen.»

Er schüttelte bekümmert den Kopf und lächelte. «Vielleicht.»

«Was hörst du aus New York?»

«Sie setzen jetzt über siebenunddreißig Millionen im Jahr um, und das Geld für mich kommt weiter auf die Bank.»

Mit sechsundzwanzig war Cooky der Wunderknabe in den Public-Relations-Kreisen der Madison Avenue gewesen, ein Mitbegründer von Baker, Brickhill and Hillsman.

«Ich geriet unter die Homos und bin nie wieder davon losgekommen», hatte er mir an einem düsteren Abend gestanden. «Sie wollten mir meinen Anteil abkaufen, aber in einer nüchternen Stunde hörte ich auf meine Anwälte und lehnte den Verkauf ab. Ich besaß ein Drittel der Anteile. Und je besoffener ich war, desto eigensinniger wurde ich. Schließlich machte ich ein Geschäft mit ihnen. Ich würde verschwinden, und sie würden mir meinen Anteil am Gewinn auf die Bank überweisen. Die ganze Angelegenheit wurde von meinen Anwälten ausgehandelt. Ich bin sehr reich und sehr betrunken, und ich weiß, daß ich niemals aufhören werde zu trinken, und ich weiß, daß ich niemals ein Buch schreiben werde.»

Cooky war seit drei Jahren in Bonn. Trotz Berlitz School und einer Reihe Privatlehrer konnte er nicht Deutsch lernen. «Geistig blockiert», hatte er gesagt. «Ich kann die verdammte Sprache nicht leiden, und ich will sie nicht lernen.»

Seine Aufgabe bestand in einer Nachrichtensendung von zwei Minuten täglich und gelegentlich einer Live-Sendung. Seine Quellen waren die Privatsekretärinnen von jedem in der Stadt, der eine Nachricht bieten mochte. Methodisch hatte er jene verführt, die noch jung genug dafür waren, und die jenseits dieser Grenze vollständig behext. Ich verbrachte einmal einen Nachmittag bei ihm, während er seine Nachrichten sammelte. Er hatte in seinem großen Sessel gesessen, und das verstohlene Lächeln hatte ständig darum gekämpft, offen auszubrechen. «Warte», hatte er gesagt. «In drei Minuten klingelt das Telefon.»

Es klingelte. Zuerst war es ein Mädchen vom *Pressedienst* gewesen. Dann war es eine, die für den *London Daily Express* als Rechercheurin arbeitete. Wenn ihr Chef eine Nachricht hatte, sorgte sie dafür, daß Cooky sie auch bekam. Das Telefon hatte ständig weitergeklingelt. Zu allen war Cooky reizend, dankbar und aufrichtig gewesen.

Gegen acht Uhr hatten die Anrufe aufgehört, und Cooky hatte seine Notizen durchgesehen. Gemeinsam hatten wir inzwischen eine Flasche geleert. Cooky hatte sich einmal umgesehen und eine neue in bequemer Reichweite entdeckt. Er hatte sie mir zugeworfen und gesagt: «Mix uns noch einen, Mac, während ich den Quatsch hier schreibe.»

Er hatte die Schreibmaschine vor sich geschwenkt, ein Blatt eingeführt und den Text mitgesprochen, den er tippte: «Der Bundeskanzler sagte heute ...» An diesem Abend hatte er zwei Minuten Sendezeit, und er hatte fünf gebraucht, um den Text zu schreiben. «Willst du mit zum Studio?» hatte er gefragt.

Mehr als angesäuselt hatte ich zugestimmt. Cooky hatte eine Flasche Scotch in seinen Mackintosh gesteckt, und wir waren den Sprung zur deutschen Rundfunkstation gefahren. Der Funktechniker wartete schon an der Tür.

«Sie haben noch zehn Minuten, Herr Baker. New York hat schon nach Ihnen gefragt.»

«Reichlich Zeit», hatte Cooky geantwortet und die Flasche herausgezogen. Der Techniker trank, ich trank, Cooky trank. Ich war inzwischen betrunken, aber Cooky erschien so herzlich und charmant wie immer. Wir waren ins Studio gegangen, und er hatte sich ans Telefon gesetzt, um mit seinem Redakteur in New York zu sprechen. Der Redakteur hatte angefangen, die Meldungen von *AP* und *UPI*, die über Fernschreiber aus Bonn gekommen waren, herunterzuleiern.

«Das habe ich ... das auch ... und das. Ja, das auch. Und ich habe noch eine über den Botschafter ... Mir ist völlig gleichgültig, daß *AP* sie nicht hat. Sie werden sie nach neun bringen.»

Wir alle tranken noch einen Schluck, Cooky hatte einen Kopfhörer aufgesetzt und sprach über das Live-Mikrofon mit dem Funktechniker in New York. «Wie steht alles, Frank? Gut. Na schön, es geht los.»

Und Cooky hatte angefangen zu lesen. Seine Stimme klang vorzüglich. Eine Flasche Scotch hatte offensichtlich keine Wirkung auf ihn. Es hatte kein Zögern, keinen Versprecher gegeben. Einmal hatte er auf die Uhr gesehen, sein Tempo geringfügig verlangsamt und war in zwei Minuten fertig gewesen.

Wir hatten noch einen Schluck getrunken und waren dann in die Bar gefahren, wo Cooky und ich uns mit zwei Sekretärinnen vom Verteidigungsministerium trafen. «Auf diese Weise», hatte er auf dem Weg nach Godesberg gesagt, «halte ich durch. Wenn nicht jeden Abend der Sendetermin wäre und die Tatsache bestände, daß ich morgens nicht aufzustehen brauche, würde ich Jagd auf kleine Jungs machen. Weißt du, Kleiner, du solltest aufhören zu trinken. Du hast alle Anzeichen des Säufers.»

«Ich heiße Mac, und ich bin Alkoholiker», hatte ich automatisch erwidert.

«Das ist der erste Schritt. Wir sollten uns einmal ausführlich unterhalten, wenn ich das nächste Mal trocken liege.»

«Darauf kann ich warten.»

Dank seiner «Täubchen», wie er sie nannte, kannte Cooky Bonn wie nur wenige andere. Er kannte die Dienstbotenprobleme in der argentinischen Botschaft ebenso gut wie die internen Machtkämpfe in der CDU. Er vergaß nie etwas. Einmal hatte er gesagt: «Manchmal glaube ich, daß ich nur deshalb trinke: um festzustellen, ob ich nicht doch mal aussetze. Es ist mir aber nie passiert. Ich erinnere mich an jede verdammte Kleinigkeit, die gesagt oder getan wurde.»

«Du zitterst heute nicht besonders», sagte ich.

«Der liebe Onkel Doktor gibt mir täglich Vitaminspritzen. Als eine Art Unfallschutz. Er vertritt die Theorie, daß ich so viel trinken kann, wie ich will, solange ich genügend Vitamine bekomme. Er war selbst ein bißchen angeschlagen, als er heute ging, und wollte sich unbedingt auch eine Spritze geben.»

Ich schlürfte meinen Kaffee. «Mike meint, unser Lokal müßte ausgefegt werden. Meine Wohnung auch. Er sagte, du wüßtest, wer das tun kann.»

«Wo ist Mike?»

«In Berlin.»

«Wie bald soll es denn sein?»

«So bald wie möglich.»

Cooky griff nach dem Telefon und wählte zehn Ziffern. «Der Mann wohnt in Düsseldorf.»

Er wartete, während das Telefon klingelte. «Hier ist Cooky, Konrad … Gut … Es gibt zwei Stellen in Bonn, die auf Ihr Talent warten … Mac's Place in Godesberg – Sie wissen, wo es ist? Gut. Und eine Wohnung. Die Adresse ist …» Er sah mich an. Ich nannte sie ihm, und er wiederholte sie ins Telefon. «Ich weiß nicht. Telefone und alles, nehme ich an. Warten Sie mal.» Er wandte sich mir zu und fragte: «Was soll er tun, wenn er was findet?»

Ich überlegte einen Augenblick. «Sag ihm, er soll alles so lassen, dir aber genau Bescheid sagen, wo etwas ist.»

«Alles unangetastet lassen, Konrad. Nichts daran machen. Rufen Sie mich an, wenn Sie fertig sind, und informieren Sie mich, was Sie gefunden haben. Und jetzt, wieviel?» Er hörte zu und fragte mich dann: «Bist du mit tausend Mark einverstanden?» Ich nickte. «In Ordnung, tausend. Sie können es bei mir abholen. Und den Wohnungsschlüssel auch. In Ordnung. Bis morgen.»

Er legte den Hörer zurück und griff nach einer Flasche.

«Er kommt jede Woche zu mir», sagte er. «Ich bin einmal wegen Geräuschen im Telefon mißtrauisch geworden, als eins meiner Täubchen anrief.»

«Hat er etwas gefunden?» fragte ich.

Er nickte. «Das Täubchen verlor seine Stellung. Ich mußte ihr eine neue beschaffen.»

Er trank einen Schluck Scotch und spülte mit Milch nach. «Steckt Mike in einer Klemme?»

«Weiß nicht.»

Cooky blickte zur Decke hinauf. «Erinnerst du dich an ein kleines Mädchen namens Mary Lee Harper? Sie hat hier in der Stadt gearbeitet. Sie stammte aus Nashville.»

«Dunkel.»

«Sie arbeitete für einen Mann namens Burmser.»

«Und?»

«Na ja, Mary Lee und ich freundeten uns an, sehr sogar. Und eines Nachts, nach vielen Martinis, genau hier in diesem Zimmer, fing Mary Lee an zu plaudern. Sie sprach von diesem netten Mr. Padillo. Ich gab ihr noch ein paar Martinis. Sie erinnerte sich am nächsten Morgen nicht mehr daran, was sie alles geredet hatte. Ich versicherte ihr, daß sie nichts verraten hätte. Aber Mary Lee ist jetzt wieder in Nashville. Sie verschwand recht plötzlich.»

«Dann weißt du ja Bescheid.»

«So genau, wie ich will. Ich habe es Mike gesagt. Ich habe ihm auch gesagt, falls er irgend etwas braucht ...» Cooky ließ den Satz unbeendet. «Wahrscheinlich kam er zu der Ansicht, es sei soweit.»

«Was ist Burmser, abgesehen von dem, was in seinem kleinen schwarzen Ausweis steht?»

Cooky blickte nachdenklich in sein Glas. «Ein brutaler Bursche. Er würde seine eigenen Kinder verhökern, wenn der Preis stimmt. Ehrgeizig, könnte man sagen. Und Ehrgeiz kann in seinem Gewerbe riskant sein.»

Cooky seufzte und stand auf. «Seit ich hier bin, Mac, haben mir die Täubchen eine ganze Menge verraten. Du kannst alles zusammenaddieren, und heraus kommt dabei ein Dreck. Da war dieses Täubchen von der Organisation Gehlen. Eines Abends redete sie und redete und redete. Sie – na, lassen wir das.» Er ging in die Küche hinaus und kam mit einem frischen Glas Milch und dem Wasserglas halb voll Whisky zurück. «Wenn du Mike siehst – du wirst ihn doch sehen, oder?» Ich nickte. «Wenn du ihn siehst, dann sag ihm, er soll aufpassen. Ich habe in den letzten Tagen ein paar Dinge gehört. Sie ergeben kein Bild, und ich möchte nicht in Rätseln sprechen. Sag Mike nur, daß alles sehr unangenehm klang.»

«Das werde ich tun.»

«Noch Kaffee?»

«Nein. Danke für die Hilfe. Hier ist mein Wohnungsschlüssel. Ich werde Horst sagen, er soll dir die tausend schicken.»

Cooky lächelte. «Keine Eile. Du kannst sie mir geben, wenn du zurück bist.»

«Danke.»

«Mach's gut», sagte Cooky an der Tür, und das verstohlene Lächeln drohte zu einem Grinsen auszuarten.

Ich fuhr nach Hause. Niemand mit einer Luger war in meiner Wohnung. Kein fetter kleiner Mann mit einer abgewetzten Aktentasche und braunen, vertrauensvollen Augen, auch keine Polizisten mit kalten Gesichtern, gestärkten Hemden und übermäßig sauberen Fingernägeln. Nur ich. Ich legte meinen Koffer offen auf das Bett und packte, ließ genug Platz für zwei Flaschen Scotch. Ich wollte den Koffer schon schließen, ging dann aber zur Kommode zurück und nahm den Colt-Revolver Kaliber .38 aus seinem raffinierten Versteck unter den Hemden heraus. Er hatte einen kurzen Lauf. Ich legte ihn in den Koffer, ließ die Schlösser einschnappen, ging zu meinem Wagen hinaus und fuhr nach Düsseldorf, wobei ich mir wie ein Vollidiot vorkam.

Um neun Uhr an diesem Abend saß ich in meinem Zimmer im Berlin Hilton, wartete darauf, daß das Telefon klingelte oder jemand an die Tür klopfte oder durch das Oberlichtfenster einstieg, wenn eins dagewesen wäre. Ich stellte das Radio ein und hörte zu, wie RIAS die Russen in der Luft zerfetzte. Nachdem ich das fünfzehn Minuten lang ertragen und einen weiteren Whisky getrunken hatte, kam ich zu der Überzeugung, es sei höchste Zeit, das Zimmer zu verlassen, ehe ich anfing, in dem nach Kapiteln und Versen gegliederten Wegweiser durch die Gideon-Bibel für Zeiten der inneren Not zu blättern. Ich fragte mich nur, ob auch ein Kapitel für Narren darin zu finden war.

Mit einem Taxi fuhr ich zum Kurfürstendamm, setzte mich in eins der Cafés und sah zu, wie die Berliner vorbeiflanierten. Es war eine interessante Parade. Als er sich zu mir an den Tisch setzte, sagte er nur höflich: «Guten Abend.» Er war irgendwie ein Stutzer, falls dieser Satz mich nicht decouvriert: mittelgroß, mit langem schwarzem Haar, das er glatt zurückgekämmt trug. Er hatte einen blauen Anzug mit Nadelstreifen an, der um die Taille ein bißchen knapp saß. Sein kleingetupfter Querbinder war maschinell geknüpft. Die Kellnerin kam an den Tisch, und er bestellte eine Flasche Pils. Als er sein Bier hatte, trank er es langsam, während seine dunklen Augen rastlos die Vorbeischlendernden musterten.

«Sie haben Bonn sehr eilig verlassen, Mr. McCorkle.» Der Tonfall war unverfälscht Wisconsin. Madison, wie mir schien.

«Habe ich vergessen, die Milch abzubestellen?»

Er grinste.

«Wir könnten uns hier unterhalten, aber die Anweisungen besagen, wir sollten es nicht. Wir richten uns besser nach den Anweisungen.»

«Ich habe mein Bier noch nicht ausgetrunken. Steht darüber auch etwas in den Anweisungen?»

Wieder das Grinsen. Er hatte das prächtigste Gebiß, das ich je gesehen hatte. Ich nahm an, daß er verdammtes Glück bei den Mädchen hatte.

«Sie sollten es nicht an mir auslassen, Mr. McCorkle. Ich habe meine Instruktionen aus Bonn. Dort hält man es für wichtig. Vielleicht tun Sie das auch, wenn Sie einmal anhören, was ich Ihnen zu sagen habe.»

«Haben Sie einen Namen?»

«Sie können mich Bill nennen. Meistens nennt man mich Wilhelm.»

«Worüber wollen Sie denn reden, Bill? Darüber, wie die Dinge im Osten stehen, und vielleicht darüber, daß alles viel besser wäre, wenn die Weizenernte gehalten hätte, was sie zunächst versprach?»

Wieder diese weißen Zähne. «Über Mr. Padillo, Mr. McCorkle.» Er schob mir einen der runden Bieruntersetzer zu, die die deutschen Brauereien liefern. Es stand eine Adresse darauf, und es war kein sehr angesehenes Lokal.

«Prima Kneipe», sagte ich.

«Man ist da sicher. Ich erwarte Sie dort in einer halben Stunde. Das läßt Ihnen Zeit, Ihr Bier auszutrinken.» Er stand auf und verlor sich im Menschengewühl.

Die Adresse auf dem Bierdeckel nannte ein Café namens Der Purzelbaum. Es war ein Verkehrslokal für Prostituierte, Homosexuelle und Lesbierinnen. Ich war einmal mit einer ganzen Gesellschaft dort gewesen, die das Lokal komisch fand.

Ich wartete fünfzehn Minuten und nahm dann ein Taxi. Der Fahrer zuckte vielsagend mit den Schultern, als ich ihm die Adresse nannte. Der Purzelbaum war jedoch weder besser noch schlechter als irgendein ähnliches Etablissement in Hamburg oder Paris oder London oder New York. Es war ein Kellerlokal, und ich mußte acht Stufen hinuntersteigen, durch eine gelbe Tür gehen, um einen langen, niedrigen Raum mit weicher rosa Beleuchtung und lauschigen kleinen Nischen zu erreichen. Hier und da hingen Fischernetze in den verschiedensten Farben von der Decke. Bill mit den glänzenden Zähnen saß an der langen Bar, die sich auf der linken Seite durch drei Viertel des Raums erstreckte. Er unterhielt sich mit dem Barmann, der langes, blondes, welliges Haar und traurige veilchenblaue Augen hatte. An der Bar waren noch zwei oder drei Mädchen, deren abschätzende Blicke das Wechselgeld in meinen Taschen zählten. Aus den Nischen drang gedämpfte Unterhaltung und gelegentlich ein Kichern. Eine Musikbox im Hintergrund spielte leise.

Ich trat an die Bar. Der junge Mann, der gesagt hatte, daß er Bill heiße, fragte mich auf deutsch, ob ich etwas trinken wolle. Ich sagte, ein Bier, und der Barmann mit den traurigen Augen servierte es mir schweigend. Ich ließ meinen Gastgeber dafür bezahlen. Er nahm sein Glas und seine Flasche, deutete mit dem Kopf nach hinten in den Raum. Ich folgte ihm wie ein Schaf dem Leithammel. Wir setzten uns an einen Tisch neben der Musikbox, die laut genug war, daß uns niemand belauschen konnte, aber nicht so laut, daß wir schreien mußten.

«Soviel ich weiß, steht in den Anweisungen, daß man in diese Dinger Mikrofone einbauen kann», sagte ich und deutete auf die Musikbox.

Nur eine Sekunde lang sah er mich überrascht an. Dann entspannte er sich und lächelte sein wundervolles Lächeln. «Sie sind wirklich ein Spaßvogel, Mr. McCorkle.»

«Und was haben Sie mir sonst noch zu sagen?»

«Ich habe den Auftrag, Sie im Auge zu behalten, während Sie in Berlin sind.»

«Von wem?»

«Von Mr. Burmser.»

«Wo haben Sie mich gefunden?»

«Im Hilton. Sie haben nicht versucht, sich zu verstekken.»

Ich malte mit dem nassen Bierglas ein Muster auf die Tischplatte. «Ich will nicht irgendwie unhöflich sein, aber wie soll ich wissen, daß Sie tatsächlich das sind, was Sie behaupten? Ich frage rein aus Neugier, aber haben Sie zufällig so einen kleinen schwarzen Ausweis, der gewissermaßen Ihre Glaubwürdigkeit bestätigt?»

Wieder explodierte sein Lächeln. «Wenn ich einen habe, dann ist er in Bonn oder Washington oder München. Burmser hat mir gesagt, ich solle Ihnen eine Telefonnummer wiederholen.» Das tat er. Es war die gleiche, die Burmser an diesem Morgen für mich auf einen Zettel geschrieben hatte.

«Das muß mir wohl genügen.»

«Wie gefällt sie Ihnen?»

«Was?»

«Die Uniform? Der Anzug, die Frisur – das *image*?» Er sagte tatsächlich *image*.

«Sehr jazzy. Sehr schick.»

«So soll es wirken. Ich bin das, was Ihre englischen Freunde einen Spiv nennen. Halb Spitzel, halb Stenz, sogar ein bißchen Marihuana.»

«Wo haben Sie Deutsch gelernt?»

«In Leipzig. Ich bin dort geboren. Aufgewachsen bin ich in Oshkosh.»

Ich hatte es ziemlich genau getroffen.

«Wie lange machen Sie das schon – was es auch sein mag?» Ich kam mir wie ein Primaner vor, der eine Hure danach fragt, wie es gekommen war, daß sie «ein gefallenes Mädchen» wurde.

«Seit ich achtzehn bin. Über zehn Jahre.»

«Macht es Ihnen Spaß?»

«Gewiß. Es geschieht im Dienst einer guten Sache.» Sogar das sagte er.

«Und was ist an mir interessant? Und an Padillo?»

«Mr. Padillo hatte einen Auftrag in Ostberlin. Er sollte gestern schon hier sein, ist aber nicht aufgetaucht. Jetzt kommen Sie auf einmal nach Berlin. Deshalb nehmen wir an, daß Sie mit Mr. Padillo in Verbindung stehen. Genügt Ihnen das?»

«Nicht ganz.»

«Viel mehr kann ich Ihnen wirklich nicht sagen, Mr. McCorkle. Mr. Padillos Verhalten ist unverständlich und weicht von der Regel ab. Daß er die beiden Touristen gestern im Savigny sitzenließ und dabei sein Feuerzeug und sein Zigarettenetui zurückgelassen hat, dieses Ausweichmanöver ist uns unbegreiflich. Ferner versteht Mr. Burmser nicht, warum Sie in Berlin sind, es sei denn, daß Sie sich mit Mr. Padillo treffen wollen. Sie scheinen den Schlüssel zu haben, und deswegen wollen wir Sie nicht aus den Augen verlieren.»

«Glauben Sie, daß Padillo ein falsches Spiel treibt? Als Doppelagent etwa?»

Er hob die Schultern. «Er benimmt sich zu auffällig. Mr. Burmser hatte nur ein paar Minuten Zeit, mich einzuweisen. Ich habe daraus entnommen, daß er Padillos Verhalten einfach nicht begreift. Vielleicht hat er einen guten Grund, vielleicht aber auch nicht. Ich soll ein Auge auf Sie haben. Wir wollen nicht, daß Ihnen etwas passiert, ehe wir Padillo gefunden haben.»

Ich stand auf und beugte mich über den Tisch. Ich sah ihn einen langen Augenblick scharf an. Dann sagte ich: «Wenn Sie das nächste Mal mit Mr. Burmser sprechen, sagen Sie ihm folgendes: Sagen Sie ihm, ich sei in ganz privaten Angelegenheiten in Berlin. Sagen Sie ihm, seine Herablassung gefalle mir nicht und er selbst auch nicht. Und sagen Sie ihm, wenn mir irgendeiner seiner Helfer in die Quere käme, würde ich ihm auf die Füße treten.»

Ich drehte mich um und ging an dem Barmann mit den veilchenblauen Augen vorbei. Ich winkte einem Taxi und ließ mich zum Hilton bringen. Unterwegs sah ich zweimal nach hinten. Ich glaubte nicht, daß ich verfolgt wurde.

8

Als ich am nächsten Morgen aufwachte, regnete es. Es war der düstere, triste, graue deutsche Regen, der einsame Menschen noch einsamer macht und die Selbstmordrate hochtreibt. Ich blickte aus meinem Fenster über Berlin hinweg, und es war alles andere als eine zähe, lebensfrohe, zu Witzen neigende Stadt. Es war wie jede Stadt im Regen. Ich griff nach dem Telefon und bestellte mir Frühstück. Nach der dritten Tasse Kaffee und einem Blick in die *Herald Tribune* zog ich mich an.

Dann saß ich in einem Sessel, rauchte die siebte Zigarette an diesem Tag und wartete darauf, daß etwas passieren würde. Ich wartete den ganzen Vormittag. Das Zimmermädchen kam, machte das Bett, leerte die Aschenbecher und sagte mir, ich solle die Füße hochheben, während sie den Teppich saugte. Um elf Uhr fand ich, es sei Zeit, einen Schluck zu trinken. Damit schlug ich zwanzig Minuten tot, und ein weiterer Drink überbrückte die Zeit bis Mittag. Es war ein langweiliger Vormittag geworden.

Um zwölf Uhr fünfzehn klingelte das Telefon.

«Mr. McCorkle?» Es war eine Männerstimme.

«Am Apparat.»

«Mr. McCorkle, ich bin John Weatherby. Ich rufe für Mr. Padillo an.» Die Stimme klang englisch und gebildet. Die Konsonanten kamen deutlich, die Vokale rein und klar.

«Ja, bitte?»

«Ich wüßte gern, ob Sie in der nächsten halben Stunde

frei sind. Ich käme gern auf einen Sprung vorbei, um mich mit Ihnen zu unterhalten.»

«Springen Sie ruhig los», antwortete ich. «Ich bin hier.»

«Besten Dank. Auf Wiedersehen.»

Ich verabschiedete mich und hängte ein.

Weatherby klopfte zwanzig Minuten später an die Tür. Ich bat ihn herein und deutete auf einen Sessel. Er sagte, er würde einen Whisky mit Soda annehmen, als ich ihn fragte, ob er etwas trinken wolle. Ich erklärte ihm, daß ich kein Soda hätte, und er meinte, Wasser sei ihm ebenso lieb. Ich mixte die Drinks und setzte mich ihm gegenüber. Wir sagten *Cheers* und tranken einen Schluck. Er zog eine Packung Senior Service und bot sie mir an. Ich nahm eine Zigarette und Feuer von ihm.

«Nettes Hotel, das Hilton», sagte er.

Ich stimmte zu.

«Wissen Sie, Mr. McCorkle, manchmal kommt man in eine recht merkwürdige Situation. Diese Geschichte mit Mittelsmännern mag Ihnen vielleicht etwas weit hergeholt erscheinen, aber ...» Er zuckte mit den Schultern und ließ den Satz unbeendet verklingen. Seine Kleidung war englisch, und er verstand sie zu tragen. Ein braunes Tweedjackett zu einer dunkleren Flanellhose, die nicht beutelte. Alte, aber sorgfältig gepflegte, grobgenarbte Halbschuhe, die bequem aussahen. Eine Strickkrawatte aus schwarzer Seide. Seinen Mackintosh-Regenmantel hatte ich über einen Stuhl gelegt. Er war in meinem Alter, vielleicht ein paar Jahre älter. Er hatte ein langes, schmales Gesicht mit kräftiger roter Nase und vorspringendem

Kinn, das gerade noch kein Grübchen hatte. Er trug einen Schnurrbart im R.A.F.-Stil, und sein Haar war lang und vom Regen etwas feucht. Es war sandfarben wie auch sein Schnurrbart.

«Wissen Sie, wo Padillo ist?» fragte ich.

«Aber ja. Das heißt, ich weiß, wo er in der vergangenen Nacht war. Er wechselt recht oft seinen Aufenthaltsort, wie Sie wissen.»

«Nein», antwortete ich, «das weiß ich nicht.»

Er sah mich einen Augenblick lang fest an. «Nein, vermutlich wissen Sie es nicht. Vielleicht erkläre ich es Ihnen lieber. Früher war ich hier in Berlin für die Regierung tätig. Dabei lernte ich Padillo recht gut kennen. Wir arbeiteten mehr oder minder auf dem gleichen Gebiet und waren an einigen Projekten gemeinsam beteiligt. Ich habe noch Kontakte im Osten – tatsächlich sogar eine ganze Menge guter Freunde. Padillo setzte sich mit mir in Verbindung, und ich brachte ihn mit meinen Freunden in Kontakt. Er befindet sich bei ihnen – wechselt aber recht häufig seinen Aufenthaltsort, wie ich schon sagte. Ich glaube, Sie haben durch eine Miss Arndt eine Nachricht von ihm erhalten.»

«Ja», bestätigte ich.

«Richtig. Nun, meine weiteren Instruktionen lauten, Sie heute hier im Hilton zu treffen, und heute abend um zehn sollen wir im Café Budapest sein.»

«Das ist in Ostberlin.»

«Richtig. Aber das ist kein Problem. Ich stelle das Fahrzeug, und wir fahren hinüber. Sie haben doch Ihren Paß, oder nicht?»

«Doch.»

«Gut.»

«Und was dann?»

«Dann werden wir vermutlich auf Padillo warten.»

Ich stand auf und griff nach Weatherbys Glas. Er trank schnell den letzten Schluck aus und reichte es mir. Ich mixte zwei weitere Drinks.

«Vielen Dank», sagte er, als ich ihm sein Glas reichte.

«Um ehrlich zu sein, Mr. Weatherby, diese ganze Geschichte gefällt mir nicht besonders. Wahrscheinlich, weil ich sie nicht verstehe. Haben Sie eine Ahnung, warum Padillo in Ostberlin ist oder warum er nicht einfach über Checkpoint Charlie zurückkommt? Er hat doch seinen Paß.»

Weatherby stellte behutsam sein Glas ab und zündete sich eine neue Zigarette an. «Alles, was ich weiß, Mr. McCorkle, ist, daß ich in Dollar von Mr. Padillo – ich nehme wenigstens an, von Mr. Padillo – dafür bezahlt werde, was ich tue und was ich tun werde. Ich habe nach seinen Motiven, seinen Zielen oder seinem *modus operandi* nicht gefragt. Meine Neugier ist nicht mehr so – also sagen wir, sie ist nicht mehr so groß, wie sie einmal war. Ich leiste einfach ein Stück Arbeit … Eine Arbeit, zu der ich besonders befähigt bin.»

«Was passiert heute abend in diesem Café?»

«Wie ich schon sagte, werden wir vermutlich Padillo treffen, und er wird uns sagen, was er braucht. Falls er etwas braucht.» Er erhob sich. «Ich komme Sie um neun Uhr heute abend abholen. Vielen herzlichen Dank für die Drinks.»

«Es war mir ein Vergnügen», sagte ich.

Weatherby nahm seinen Regenmantel über den Arm und ging. Ich setzte mich wieder in meinen Sessel und versuchte mich zu entscheiden, ob ich hungrig war oder nicht. Ich entschied mit positiv, darum nahm ich meinen Regenmantel aus dem Schrank und machte mich auf die Suche nach dem Fahrstuhl. Ich nahm ein Taxi zu einem Restaurant, das ich kannte. Der Besitzer und ich waren alte Freunde, aber er war krank, und das Essen verriet seine Abwesenheit. Nach dem Essen machte ich einen Spaziergang – etwas, das ich selten tat, aber der bevorstehende Nachmittag erschien mir wie eine langweilige Unendlichkeit. Ich ging durch eine mir unbekannte Straße und sah mir die Preise der Luxusartikel in den kleinen Geschäften an, als ich ihn entdeckte. Es war nur ein flüchtiger Blick, aber er genügte mir. Ich beschleunigte die Schritte, bog um die nächste Ecke und wartete. Wenige Sekunden später kam er, beinahe im Laufschritt.

«Wissen Sie, wie spät es ist?» fragte ich ihn.

Es war Maas, unverändert klein und dick, im gleichen braunen Anzug, obwohl es so aussah, als ob er inzwischen gebügelt worden wäre. Er trug die gleiche abgewetzte Aktentasche.

«Ah!» sagte er, «Herr McCorkle, ich habe versucht, Sie einzuholen.»

«Ah!» sagte ich. «Herr Maas, darauf hätte ich gewettet.»

Er sah gekränkt aus. Seine Spanielaugen schienen im Begriff zu stehen, ein paar Tränen zu produzieren.

«Mein Freund, wir haben vieles, sehr vieles zu bereden.

Nicht weit von hier ist ein Café, in dem ich gut bekannt bin. Darf ich Sie vielleicht zu einer guten Tasse Kaffee einladen?»

«Machen wir lieber einen guten Kognak daraus. Ich habe gerade Kaffee getrunken.»

«Selbstverständlich, selbstverständlich.»

Wir gingen um eine weitere Ecke zu einem Café. Vom Besitzer abgesehen, der uns stumm bediente, war es leer. Er schien Maas nicht zu kennen.

«Hat die Polizei Sie noch erwischt?» fragte ich freundlich.

«Oh, das. Das wird bald vergessen sein. Es war – wie soll ich mich ausdrücken? – ein Mißverständnis.» Er schob es mit einer Handbewegung beiseite.

«Was führt Sie nach Berlin zurück?»

«Geschäfte, immer Geschäfte.»

Er trank geräuschvoll einen Schluck von seinem Kaffee.

Ich trank meinen Kognak und winkte nach einem weiteren. «Wissen Sie, Herr Maas, Sie haben mir eine Menge Ungelegenheiten und Ärger eingebrockt.»

«Ich weiß, ich weiß, und ich bedaure es aufrichtig. Es war alles höchst unglückselig, und ich bitte um Entschuldigung. Ich bitte hiermit aufrichtig um Entschuldigung. Aber sagen Sie mir, wie geht es Ihrem Kollegen, Herrn Padillo?»

«Ich dachte, das wüßten Sie? Ich habe gehört, Sie verfügten über sämtliche Informationsquellen.»

Maas blickte nachdenklich in seine leere Tasse. «Ich habe gehört, daß er in Ostberlin ist.»

«Das hat jeder gehört.»

Maas lächelte schwach. «Ich habe auch gehört, er sei – oder sagen wir lieber, es habe Mißverständnisse mit seinen – nun ja – Vorgesetzten gegeben.»

«Was haben Sie sonst noch gehört?»

Maas sah mich an, und der Blick seiner Spanielaugen wurde hart wie Achat. «Sie halten mich doch für einen unbedarften Mann, Herr McCorkle, oder? Vielleicht für einen Clown? Einen fetten Deutschen, der zuviel Kartoffeln gegessen und zuviel Bier getrunken hat?»

Ich grinste. «Wenn ich überhaupt an Sie denke, Herr Maas, dann als an einen Mann, der mir von dem Augenblick an, als Sie mich in dem Flugzeug ansprachen, viel Ärger gemacht und mich in große Schwierigkeiten gebracht hat. Sie haben sich wegen der außerberuflichen Tätigkeiten meines Partners in mein Leben eingedrängt. Die Folge war, daß ein Mann in meinem Lokal ermordet wurde. Daran denke ich, wenn ich an Sie denke, Herr Maas. Man sieht Ihnen von weitem an, daß Sie einen in Schwierigkeiten bringen, und Schwierigkeiten sind etwas, das ich gern vermeide.»

Maas bestellte sich einen weiteren Kaffee. «Ich bin in einem Beruf, der aus Schwierigkeiten besteht und Schwierigkeiten schafft. Damit verdiene ich meinen Lebensunterhalt. Ihr Amerikaner seid immer noch ein sehr isoliertes Volk. Ihr habt eure Gewalttätigkeiten, ganz gewiß, und eure Diebe und eure Verbrecher und auch eure Verräter. Ihr wandert durch die Welt und versucht, gute Kerle zu sein, und werdet wegen eurer Pfuschereien verabscheut, wegen eures Reichtums gehaßt und wegen eurer Angeberei lächerlich gemacht und verspottet. Eure

CIA wäre der Anlaß für das Hohngelächter der Welt, wenn sie nicht über genügend Mittel verfügte, Regierungen zu korrumpieren, Revolutionen zu finanzieren, politische Parteien zu unterwühlen. Sie sind kein dummes oder borniertes Volk, Herr McCorkle, aber Sie sind ein unwissendes, ein uninteressiertes Volk. Sie tun mir leid.»

Das alles hatte ich schon gehört – von den Engländern und den Franzosen und den Deutschen und allen übrigen. Zum Teil beruhte es auf Neid, zum Teil beruhte es auf Wahrheit, und nichts würde irgend etwas daran ändern. Ich hatte es schon lange aufgegeben, auf meine Nationalität stolz zu sein oder mich ihretwegen schuldig zu fühlen, und für beides gab es reichlich genug Gründe. Ich hatte ein Leben zu führen und lebte es so gut, wie ich konnte, paßte mich den sich verändernden Regeln an, wich vielleicht ein wenig Entscheidungen aus, legte aber hohen Wert auf gewisse Dinge, die mir nach wie vor wichtig erschienen, obwohl auch sie dem Anschein nach langsam etwas abgenutzt und schäbig wurden.

«Herr Maas, ich brauche heute keinen Vortrag in Staatsbürgerkunde. Ich möchte nur, daß Sie zur Sache kommen, falls Sie eine zu vertreten haben.»

Maas antwortete mir mit einem seiner Seufzer. «Es schockiert mich nicht mehr, mein Freund, was Menschen Menschen antun. Illoyalität berührt mich nicht mehr peinlich. Perfidität, habe ich gefunden, ist die Regel, nicht die Ausnahme. Trotzdem kann aus diesen Dingen oft Gewinn geschlagen werden. Darin besteht mein Beruf. Sehen Sie.» Er zog den linken Ärmel seiner Jacke hoch, knöpfte seine Manschette auf und schlug sie über seinen

Unterarm zurück. «Sehen Sie das?» fragte er und deutete auf eine Reihe Ziffern, die auf der Innenseite seines spekkigen Arms eintätowiert war.

«Eine KZ-Nummer», sagte ich.

Er zog die Manschette wieder herunter und knöpfte sie zu. Er lächelte, aber es lag kein Humor darin. «Nein, es ist keine Konzentrationslagernummer, obwohl sie eine zu sein scheint. Ich ließ sie mir im April 1945 eintätowieren, und sie hat mir mehrere Male das Leben gerettet. Ich bin in Konzentrationslagern gewesen, aber niemals als Häftling, Herr McCorkle. Können Sie mir folgen?»

«Das ist nicht schwierig.»

«Wenn es notwendig war – und einträglich –, dann war ich ein Nazi. Als das nicht mehr modern war, wurde ich ein Opfer der Nazis. Sind Sie jetzt schockiert?»

«Nein.»

«Gut. Dann können wir vielleicht zum Geschäftlichen kommen.»

«Dann haben wir wohl Geschäfte miteinander, nehme ich an?»

«Ja, wir haben eines bezüglich Herrn Padillo. Verstehen Sie, er war in erster Linie der Grund dafür, daß ich nach Bonn kam.»

«Wer war der kleine Mann in Bonn?»

Maas machte eine wegwerfende Handbewegung. «Ein kleiner Agent, der sich für ein Waffengeschäft interessierte. Wirklich ohne jede Bedeutung. Er hatte nur wenig Geld. Aber ich war gekommen, weil ich Herrn Padillo sprechen sollte. Und an diesem Punkt wird die Geschichte ironisch, Herr McCorkle, und vielleicht auch bedauerlich. Die Beleuchtung in Ihrem Lokal ist sehr gedämpft, nicht wahr. Es hat wenig Licht?»

«Das stimmt.»

«Wie ich schon sagte, der kleine Mann war von geringer Bedeutung. Ihr Restaurant ist schlecht beleuchtet, darum kann ich nur annehmen, daß jemandem ein Fehler unterlaufen ist. Die beiden Herren, die dort eindrangen, haben den falschen Mann erschossen. Ihr Aufgabe war, mich umzubringen.» Maas lachte. Es klang ebenso humorvoll wie das «Haha», das manche Leute in ihren Briefen schreiben.

«Das Bedauerliche war, wenn ich Sie recht verstehe, daß nicht Sie erschossen wurden. Es ist zwar nicht die komischste Geschichte, die ich je gehört habe, aber sie hat etwas für sich.»

Maas griff in seine Aktentasche und wühlte darin herum. Er holte eine lange, gefleckte Zigarre heraus. «Kubanisch», sagte er. «Möchten Sie eine?»

«Das wäre Vaterlandsverrat.»

Maas setzte die Zigarre in Brand, zog versuchsweise ein paarmal. «Ich besaß Informationen über den gegenwärtigen Auftrag von Herrn Padillo, die ich ihm verkaufen wollte. Verstehen Sie, Herr McCorkle, Männer mit den Gaben von Herrn Padillo sind rar. Es ist schwer, solche Männer zu finden, und sie werden hoch geschätzt. Im Verlauf ihrer Tätigkeit schaffen sie sich Feinde, denn ihre Aufgabe besteht in erster Linie darin, die sorgfältig ausgearbeiteten Pläne ihrer Gegner zu vereiteln. Durch seine Sprachkenntnisse und seine persönliche Findigkeit war Padillo sehr erfolgreich. Hat er Ihnen davon erzählt?»

«Wir haben nie darüber gesprochen.»

Maas nickte. «Er ist auch ein besonnener Mann. Doch wie ich schon sagte, er war bemerkenswert erfolgreich. Im Verlauf seiner Arbeit hielt er es für erforderlich, einige recht prominente politische Figuren zu beseitigen. Nein, nicht solche, die Schlagzeilen machen, aber solche, die wie Herr Padillo im Schatten der internationalen Politik arbeiten. Er ist, wie ich aus zuverlässigen Quellen weiß, einer der Besten.»

«Er macht auch einen verdammt guten gebutterten Rum», sagte ich.

«Ah ja. Die Tarnung durch das Restaurant in Bonn. Wirklich ausgezeichnet. Aus mancherlei Gründen, Herr McCorkle, scheinen Sie mir nicht zu dem Typ zu gehören, der sich auf diese Geschäfte mit Informationen und Politik einläßt.»

«Sie haben recht. Ich bin überhaupt nicht der Typ. Ich wurde nur dieses Mal hineingezogen.»

«Ja. Und wieviel, glauben Sie, würden unsere Freunde im Osten für einen Spitzenagenten der Vereinigten Staaten bezahlen – für einen Mann, der das *sine qua non* ihres Agentenapparats ist?»

«Ich habe keine Ahnung.»

«Geld kommt selbstverständlich nicht in Frage.»

«Warum nicht?»

«Ein ehrgeiziger Mann in einer der Nachrichtenorganisationen der Vereinigten Staaten, für die Herr Padillo gelegentlich den einen oder anderen Auftrag übernimmt, sagen wir einmal, wäre nicht auf Geld aus. Er würde nach einem Coup suchen, der ihm Anerkennung eintrüge, einem Schlag, der seiner Karriere förderlich wäre. Um das Herrn Padillo zu sagen, bin ich gekommen. Gegen einen Preis, selbstverständlich.»

«Und daran wurden Sie gehindert.»

«Bedauerlicherweise, ja. Wie ich Ihnen bereits gesagt habe, verfüge ich über ausgezeichnete Quellen. Sie kosten etwas, aber ihre Zuverlässigkeit steht außer Frage. Ich erfuhr, daß zwischen unseren russischen Freunden beim KGB und Herrn Padillos Auftraggebern ein Tauschgeschäft ausgehandelt worden war.»

«Was für ein Tauschgeschäft?»

Maas paffte ein paarmal an seiner Zigarre. Die Asche war makellos.

«Erinnern Sie sich an zwei Männer namens William H. Martin und Vereno F. Mitchell?»

«Dunkel. Sie haben sich vor vier oder fünf Jahren abgesetzt.»

«Vor fünf», bestätigte Maas. «Sie waren Mathematiker bei Ihrer Nationalen Sicherheitsbehörde. Sie gingen nach Mexiko, flogen weiter nach Havanna und nahmen dort einen russischen Fischdampfer. Und in Moskau haben sie dann geredet und geredet und geredet. Sie waren sehr gesprächig, zum Ärger Ihrer Nationalen Sicherheitsbehörde. Wenn ich mich recht erinnere, änderte praktisch jeder größere Staat in der Welt daraufhin seine Codes und verursachte damit der Behörde und ihren Computern endlose Schwierigkeiten und Ärger.»

«Ich glaube, ich erinnere mich.»

«Sie erinnern sich wohl auch daran, daß die beiden zugaben, homosexuell zu sein. Es löste einen ziemlichen

Aufruhr aus und führte schließlich zum Rücktritt oder zur Entlassung des Personaldirektors. Tatsächlich meinten gewisse Kongreß-Mitglieder, die Homosexualität des Paares sei der wahre Grund für ihr Überlaufen und nicht ihr offen bekundetes Entsetzen über die Spionagemethoden Ihres Landes.»

«Manche unserer Kongreß-Mitglieder haben altmodische Vorstellungen», entgegnete ich.

«Ja, aber anscheinend sind wenigstens zwei weitere Amerikaner, die für Ihre Nationale Sicherheitsbehörde gearbeitet haben, ebenfalls übergelaufen. Der Fall bildet fast eine Parallele zu dem von Martin und Mitchell. Diesmal schien jedoch eine Art stillschweigenden Übereinkommens zwischen Ihrem Land und der Sowjetunion zu bestehen, daß die beiden nicht offen in Moskau zur Schau gestellt werden würden – trotz ihres überragenden Propagandawerts. Die Namen des zweiten Paars – übrigens auch Mathematiker – sind Gerald R. Symmes und Russell C. Burchwood. Symmes und Burchwood.»

«Wenn es Ihnen gelingt, das zu beweisen, Herr Maas, könnten Sie die Geschichte für sehr viel Geld an eine Zeitung verkaufen.»

«Ja, das könnte ich sicher. Jedoch war ich mehr daran interessiert, sie an Herrn Padillo zu verkaufen. Oder vielleicht sollte ich sagen, sie gegen ein paar Informationen, die er vielleicht hatte, einzutauschen. Aber lassen Sie mich fortfahren. Das zweite Paar, Symmes und Burchwood, war ebenfalls homosexuell – irgend etwas mit der Familienstruktur in Amerika muß nicht stimmen, Herr McCorkle –, und im Gegensatz zu Martin und Mitchell wurde keiner von ihnen plötzlich geheilt, wenn das der richtige Ausdruck ist, und heiratete eine stramme, züchtige Frau. Martin hat, glaube ich, in Moskau Frieden in der Ehe gefunden, oder so ähnlich stand es in der Presse. Nein, Symmes und Burchwood lebten weiter zusammen – in ihren Flitterwochen, gewissermaßen – und erzählten der russischen Regierung alles, was sie über die Arbeit der Nationalen Sicherheitsbehörde wußten. Sie waren etwas pikiert, wie mir meine Gewährsleute berichten, daß sie nicht die gleiche Publizität und die gleiche Berühmtheit erlangten wie Martin und Mitchell. Aber sie erzählten alles, was sie wußten, und das war viel.»

«Sie wollten von Padillo sprechen», erinnerte ich ihn.

Bedauernd klopfte Maas anderthalb Zoll Asche von seiner Zigarre. «Wie ich Ihnen schon sagte, als Sie so ungestüm daran dachten, die Bonner Polizei über meinen Aufenthaltsort zu unterrichten, kannte ich Herrn Padillos Auftrag und wußte, wohin er ging. Anscheinend hatten unsere russischen Freunde eingewilligt, die beiden ungezogenen Knaben nach Hause zu schicken – gegen einen Preis. Padillo sollte die Übernahme hier in Berlin – oder richtiger, in Ost-Berlin – arrangieren. Er sollte sie in einer Maschine der amerikanischen Luftwaffe nach Bonn eskortieren.»

«Ich bin kein Fachmann, aber das scheint doch eine verhältnismäßig leichte Aufgabe zu sein.»

«Vielleicht. Aber wie ich schon sagte, Herr Padillo hat sich im Lauf der Jahre bei seinen Operationen in den verschiedenen Ländern, die sich dem Kommunismus verschrieben haben, als tüchtig erwiesen. Zu tüchtig, möchte ich sagen. Der Preis, den die Russen für die beiden Abtrünnigen forderten, war ein vertrauenswürdiger, lebender Agent der Vereinigten Staaten. Ihre Regierung stimmte zu. Sie bot Michael Padillo an.»

9

Nachdem Maas seine Bombe losgelassen hatte, studierte er gespannt mein Gesicht. Dann winkte er dem Besitzer des Cafés, der mir einen weiteren Kognak und Maas eine weitere Tasse Kaffee brachte. Er goß einen kräftigen Schuß Sahne hinein und schlürfte geräuschvoll, während er mich weiter scharf beobachtete.

«Sie scheinen sprachlos zu sein, mein Freund.»

«Ich gebe mir Mühe, mir eine empörte Antwort einfallen zu lassen», erwiderte ich.

Er zuckte mit den Schultern. «Mein kleiner Vortrag über die insulare Mentalität der Amerikaner sollte Sie vorbereiten. Sie brauchen mir keine Rede zu halten. Ich habe das alles schon einmal gehört, von der einen wie von der anderen Seite. Herr Padillo betätigt sich auf einem Gebiet, in dem es keine festen Regeln oder Gesetze gibt. Es ist ein hartes, schmutziges Geschäft, das auf eine eigenartige, geheimnisvolle Weise abgewickelt wird, sich von maßlosem Ehrgeiz, von Geldgier und Intrigen nährt, bei dem oft gepfuscht wird und dann weiter gepfuscht, um den ursprünglichen Fehler zu beschönigen. Betrachten Sie es einmal objektiv, wenn Sie können, und vergessen Sie Ihre Verbindung zu Herrn Padillo. Da sind zwei Männer, deren Abfall die Vereinigten Staaten in die peinlichste Verlegenheit bringen würde, wenn er bekannt wird. Überdies könnte Ihre Regierung erfahren, was die beiden den Sowjets gesagt haben, wenn sie zurückgegeben werden. Mißstände könnten behoben werden. Wieviel geben Sie für Ihre National Security Agency aus? Ich habe Schätzungen gesehen, die sich auf eine halbe Milliarde Dollar im Jahr belaufen. Diese Organisation ist Ihr Apparat zur Entschlüsselung von Geheimcodes. Sie entwickelt auch die amerikanischen Codes und strahlt eine phantastische Zahl von Rundfunksendungen und Übertragungen aus. Sie haben in Fort Meade mit seinen zehntausend Mitarbeitern eine beachtliche Anlage, die der Größe nach nur vom Pentagon übertroffen wird.»

«Sie scheinen gut informiert zu sein.»

Maas grunzte. «Das ist alles allgemein bekannt. Was ich sagen will, ist, daß die beiden Abtrünnigen diesen riesigen Mechanismus aus dem Gleichgewicht geworfen haben. Vielleicht wurden dadurch absichtlich entstellte Nachrichten entschlüsselt. Nachrichten dieser Art gehören zur höchsten Geheimstufe. Sie tragen dazu bei, die wirtschaftlichen und militärischen Aktionen Ihres Landes in Dutzenden anderer Länder festzulegen. Was ist nun ein Agent in Dollar und Cents wert? Man hat von Herrn Padillo vollen Gebrauch gemacht. Das in ihn investierte Geld hat sich vielfach bezahlt gemacht. Folglich wird er geopfert, wie man beim Schach einen Springer opfert, um die Königin zu gewinnen.»

«Eiskalte Geschäftsleute», murmelte ich. «Das hat Amerika groß gemacht.»

«Aber sie machen sogar ein noch besseres Geschäft, als unsere Freunde im Osten vermuten», fuhr Maas fort. «Indem sie Herrn Padillo anbieten, opfern sie nur einen Agenten, der lediglich an der Peripherie ihrer Aktivitäten gestanden hat. Er hat Spezialaufträge übertragen bekommen, und er mußte zwar die Details für diese Aufträge und die Namen jener Männer, mit denen er in den verschiedenen Ländern zusammenarbeitete, kennen, aber in Wirklichkeit sind seine Kenntnisse von Ihrem Nachrichtensystem außerordentlich begrenzt. Von ihrem eigenen Standpunkt aus gesehen, machen die Amerikaner also wirklich ein blendendes Geschäft.»

«Und Sie glauben, daß Padillo das alles weiß?»

Maas nickte. «Inzwischen, ja. Sonst würde ich die Einzelheiten nicht preisgeben, ich würde sie verkaufen. Auch ich bin in gewisser Weise ein Geschäftsmann, Herr McCorkle. Und ich bin noch nicht zu meinem Angebot gekommen.»

«Sie sind ein gewandter Verkäufer. Sie erinnern mich an einen Gebrauchtwagenhändler, mit dem ich in Fort Worth einmal zu tun hatte.»

Wieder seufzte Maas. «Ihr Humor entgeht mir, mein Freund, aber wir wollen fortfahren. Ich vermute, daß Herr Padillo versuchen wird, Ostberlin mit einer gewissen Eile zu verlassen, selbstverständlich unter Beachtung eines Höchstmaßes an Sicherheit. Die Mauer ist zwar eine plumpe und häßliche Angelegenheit, erweist sich aber als recht wirksam. Ich habe etwas zu verkaufen. Mit den Worten eines Ihrer prominentesten Amerikaner, ich habe einen Ausweg anzubieten.»

«Mr. Barnum hat noch ein paar weitere Schlagworte geprägt, die sich jetzt vielleicht auch anbringen ließen. Aber worin besteht Ihr Ausweg, Herr Maas, und wieviel verlangen Sie dafür?»

Maas wühlte wieder in seiner Aktentasche und zog einen Umschlag heraus. «Dies hier ist ein Stadtplan.» Er reichte mir den Umschlag. «Er ist selbstverständlich wertlos, solange nicht die notwendigen Vereinbarungen mit den Vopos getroffen sind, die dieses bestimmte Gebiet bewachen. Einer entdeckte und bewahrte einen Fluchtweg – er führte übrigens unter der Mauer hindurch und nicht über sie hinweg –, und dieser Mann ist sehr geldgierig. Deshalb ist der Preis ziemlich hoch.»

«Wie hoch?»

«Fünftausend Dollar, die Hälfte im voraus.»

«Nichts zu machen.»

«Haben Sie einen Gegenvorschlag?»

«Wenn Padillo aus Ostberlin heraus will und wenn er in den Schwierigkeiten steckt, die Sie behaupten, dann ist es fünftausend wert. Aber nicht im voraus. Nur wenn er den Ausweg, wie Sie es nannten, dringend braucht. Ich suche nach einer gewissen Sicherheit, Herr Maas. Ihre Anwesenheit, wenn und falls der Ausweg benötigt werden sollte, würde mich eine Kleinigkeit zuversichtlicher machen.»

«Auch Sie sind ein Geschäftsmann, Herr McCorkle.»

«Und ein sehr konservativer.»

«Zwanziger und Fünfziger würden völlig genügen.»

«Kein Scheck?»

Maas klopfte mir mit voller Zuneigung auf die Schulter. «Welch ein Humor! Nein, mein lieber Freund, kein Scheck. Doch jetzt muß ich gehen. Ich bin zuversichtlich, daß Sie das Geld beschaffen werden. Ich habe das Gefühl, daß Herr Padillo meinem Vorschlag wohlwollend gegenüberstehen wird.»

«Angenommen, er müßte sehr schnell Verbindung mit Ihnen aufnehmen?»

«An den nächsten vier Abenden bin ich jeden Abend unter dieser Nummer in Ostberlin zu erreichen. Zwischen elf Uhr abends und Mitternacht. Bedauerlicherweise kann ich nur vier Abende dort sein. Von morgen an. Ist das klar?» Mit der Aktentasche in der Hand stand er auf. «Es war ein hochinteressantes Gespräch, Herr McCorkle.»

«Ja, das finde ich auch.»

«Ich bin gespannt auf Herrn Padillos Entscheidung. Rein vom geschäftlichen Standpunkt aus, selbstverständlich.»

«Noch eine Frage. Wer waren die beiden brutalen Burschen, die den kleinen Mann erschossen haben?»

Maas stülpte die Lippen vor. «Ich fürchte, der KGB wird erkennen, daß ich Bescheid weiß, wenn Sie mir folgen. Ich werde irgendeinen Weg finden müssen, um mit ihm Frieden zu schließen. Es ist ein durchaus unerfreulicher Zustand, das Ziel von Meuchelmördern zu sein.»

«Es kann einen nervös machen.»

«Ja, Herr McCorkle, das kann es. Auf Wiedersehen.»

«Wiedersehen.»

Ich blickte ihm nach, als er das Café verließ, seine abgewetzte Aktentasche an sich gepreßt. Es war ein hartes Brot, auf diese Weise sein Geld zu verdienen. Der Besitzer kam zu mir und fragte, ob ich noch einen Wunsch hätte. Ich verneinte und bezahlte die Rechnung, etwas, das Maas übersehen hatte. Ich saß dort in dem Café in der belagerten Stadt, wie die Reporter Berlin nennen, und versuchte, Klarheit zu gewinnen. Ich nahm den Stadtplan aus dem Umschlag und betrachtete ihn, aber da ich Ostberlin nicht kannte, sagte er mir nichts, obwohl er recht genau zu sein schien und im Maßstab von eins zu tausend gezeichnet war. Der Tunnel schien etwa sechzig Meter lang zu sein. Ich schob den Plan in den Umschlag zurück. Vielleicht war er wirklich fünftausend Dollar wert.

Ich stand auf und verließ das Café, winkte ein Taxi heran und fuhr zum Hilton zurück. Ich fragte am Empfang nach Nachrichten. Es lagen keine vor. Ich kaufte mir den *Spiegel*, um mich über die jüngsten deutschen Vorurteile zu informieren, und nahm den Fahrstuhl zu meinem Zimmer hinauf. Ich öffnete die Tür, und die beiden saßen auf den gleichen Sesseln, auf denen Weatherby und ich vorher gesessen hatten. Ich warf die Zeitschrift aufs Bett.

«Ein unbelästigtes Privatleben ist etwas, das ich allmählich immer höher bewerte. Was wollen Sie, Burmser?»

Bill oder Wilhelm, der Stutzer mit dem wundervollen Lächeln, begleitete ihn. Burmser legte die langen Beine übereinander und runzelte die Stirn. Die vier Falten erschienen – vielleicht ein Anzeichen dafür, daß er nachdachte.

«Sie legen es darauf an, Schwierigkeiten zu bekommen, McCorkle», sagte er.

Ich nickte. «Na und? Es sind meine Schwierigkeiten, nicht Ihre.»

«Sie waren mit Maas zusammen», sagte er anschuldigend und nannte das Café.

«Ich gab Ihre Nachricht an ihn weiter. Er war nicht sonderlich beeindruckt.» Ich setzte mich aufs Bett.

Burmser stand auf, ging zum Fenster und starrte hinaus, die Hände zu Fäusten geballt und in die Hüften gestemmt. «Was will Padillo von Ihnen?»

«Das geht Sie einen Dreck an», antwortete ich. Es kam ganz freundlich heraus.

Er wandte sich vom Fenster ab. «Sie übernehmen sich, McCorkle. Sie wagen sich an einen Kübel Schmutz, der überlaufen und Sie wegschwemmen wird. Nehmen Sie besser das nächste Flugzeug nach Bonn, und kümmern Sie sich um Ihr Lokal. Ihr Wert für uns besteht darin, daß Sie uns zu Padillo führen können, ehe er sich in eine Klemme bringt, aus der er nicht mehr herauskommt. Aber Sie meinen, das ginge mich einen Dreck an. Lassen Sie sich sagen, daß wir keine Zeit haben, für Sie Kindermädchen zu spielen – obwohl Sie, bei Gott, eins bräuchten.»

«Heute wurden Sie beschattet», sagte Bill.

Burmser machte eine angewiderte Handbewegung. «Himmel, wahrscheinlich war jemand auf ihn angesetzt, seit er Bonn verlassen hat.»

«Ist das alles?» fragte ich.

«Nicht ganz», antwortete Burmser. «Padillo hält es für richtig, den Raffinierten zu spielen, genau wie Sie. Er müßte es besser wissen, aber vielleicht glaubt er, er würde allein damit fertig. Er ist nicht schlecht, das gebe ich zu. Er ist sogar verdammt gut, aber so gut auch wieder nicht. So gut ist keiner – jedenfalls nicht, wenn er beiden Seiten entwischen will.» Er stand auf. Diesmal stand Bill-Wilhelm auch auf. «Wenn Sie Padillo sehen, sagen Sie ihm, daß wir nach ihm suchen», fuhr Burmser fort. «Sagen Sie ihm, daß er zu tief drinsteckt, um noch heraus zu können.»

«In dem Kübel Schmutz?» erkundigte ich mich.

«Ganz richtig, McCorkle, in dem Kübel Schmutz.»

Ich stand auf und ging auf Burmser zu. Bill-Wilhelm trat schnell dazwischen. Ich wandte mich ihm zu. «Keine Sorge, Freundchen, ich will ihm nichts antun. Ich will ihm nur etwas sagen.» Ich tippte mit dem Zeigefinger Burmser gegen die Brust. «Wenn jemand in der Klemme steckt, dann sind Sie das. Wenn jemand den Raffinierten gespielt hat, dann Sie. Ich sage Ihnen dasselbe, was ich Ihrem Freund hier gesagt habe, nur etwas ausführlicher. Ich bin hier in Berlin in einer Privatangelegenheit, die den Mann betrifft, mit dem zusammen ich ein Geschäft betreibe. Soweit es um mich geht, beabsichtige ich, dieses Geschäft zu erhalten, indem ich meinem Partner jede Unterstützung gebe.»

Burmser schüttelte verärgert den Kopf. «Sie sind einfach dumm, McCorkle. Ein richtig dummer Kerl. Kommen Sie, Bill.»

Sie gingen. Ich griff nach dem Telefon und wählte selbst eine Nummer in Bonn. Der Teilnehmer meldete sich nach dem ersten Klingeln.

«Du sitzt sicher wieder an deinem Lieblingsplatz und genießt dein Lieblingsgetränk, Cooky?»

«Hallo, Mac, wo bist du?»

«Im Hilton Berlin, und bis heute abend um acht brauche ich fünftausend Dollar. In Zwanzigern und Fünfzigern.»

Darauf folgte Stille. «Ich überlege», sagte Cooky dann.

«Du trinkst einen Schluck direkt aus der Flasche, wolltest du wohl sagen.»

«Es hilft meistens. Es gibt zwei Möglichkeiten: Ein Täubchen beim American Express und ein anderes bei der Deutschen Bank in der Stadt. Ich habe reichlich auf beiden Konten. Ich bin reich, wie du weißt.»

«Ich weiß. Aber die Banken haben schon geschlossen.»

«Ich bin ein wichtiger Kunde. Ich bekomme es schon.»

«Kannst du noch heute abend herüberkommen?»

«Klar. New York sage ich einfach, ich hätte einen Grippeanfall.»

«Ich bestelle dir ein Zimmer.»

«Lieber eine Suite. Ich kenne in Berlin ein paar Täubchen, vielleicht brauchen wir Platz zum Toben. Übrigens, mein Freund aus Düsseldorf war gerade hier. Jemand hat eine Abhörvorrichtung am Telefon in deiner Wohnung und in eurer Bar einbauen lassen.»

«Das überrascht mich nicht.»

«Wir sehen uns heute abend. Mit dem Geld.»

«Ich bin dir dankbar, Cooky.»

«Nicht der Rede wert.»

Auf meiner Uhr war es vier. Ich hatte noch fünf Stunden vor mir, bis Weatherby mich abholen kam. Ich sah die Flasche Scotch an, entschied mich aber gegen sie. Stattdessen fuhr ich zur Halle hinunter, reservierte eine Suite für Cooky und löste einen Scheck über zweitausend Mark ein. Ich ging in mein Zimmer zurück, stellte einen Scheck über fünftausend Dollar für Mr. Cook Baker aus, steckte ihn in einen Umschlag und klebte ihn zu. Ich nahm den .38er aus dem Koffer und steckte ihn in meine Seitentasche. Dann mixte ich mir doch einen Drink und schob mir einen Sessel so zurecht, daß ich über die Stadt blicken konnte. Dort saß ich dann lange, beobachtete, wie sich die Schatten von Grau zu Schwarz vertieften. Das Grau und Schwarz entsprach meiner Stimmung. Es wurde ein langer, einsamer Nachmittag.

Um acht Uhr fünfundvierzig rief Cooky von der Halle aus an. Ich forderte ihn auf heraufzukommen, und er sagte, das würde er tun, sobald er sich eingetragen und den Koffer in seinem Zimmer abgestellt habe. Keine zehn Minuten später klopfte er an meine Tür. Ich ließ ihn ein, und er reichte mir ein fest eingehülltes, wenig über einen Zoll dickes Päckchen.

«Ich mußte auch Hunderter nehmen – zehn im ganzen», sagte er. «Zehn Hunderter, fünfzig Fünfziger und fünfundsiebzig Zwanziger. Das sind fünftausend Dollar.»

Ich reichte ihm den Umschlag mit dem Scheck. «Hier ist mein Scheck.» Er sah ihn nicht an, und ich zählte das Geld nicht nach.

«Hat es große Mühe gemacht?»

«Ich mußte nur damit drohen, mein Konto zu kündigen. Wo ist der Schnaps?»

«Im Wandschrank.»

Er holte die Flasche und schenkte sich ein, das übliche halbe Wasserglas voll.

«Willst du Eis?»

«Das dauert zu lange. Ich hatte einen sehr trockenen Flug. Saß neben einem dieser Täubchen, die sich vor dem Landen fürchten. Sie wollte mit mir Händchen halten. Hielt sie zwischen ihren Beinen. Sie ist die Sekretärin einer türkischen Handelskommission. Was gibt es bei dir Neues, und was soll diese verdächtig dicke Tasche? So etwas verdirbt den Sitz der Jacke.»

«Ich trage viel Geld mit mir herum.»

«Sitzt Mike in einer Klemme, die ihn fünftausend Dollar kostet? Das wäre eine respektable Klemme.»

Ich drehte den Sessel vor dem Fenster wieder zum Zimmer und setzte mich. Cooky hatte es sich, von zwei Kissen gestützt, auf dem Bett bequem gemacht und stützte sein Glas gegen seine Brust.

«Mr. Burmser hat mich besucht», sagte ich. «Er hält mich für einen dummen Hund. Ich neige dazu, ihm zuzustimmen.»

«Hatte er diesen Knaben bei sich – die Zahnpastareklame?»

«Kennst du ihn?»

«Wir sind uns begegnet. Er ist sehr geschickt mit dem Messer, habe ich gehört.»

«Das gehört wohl zu seinem *image*.»

Cookys geheimer Witz spielte um seine Lippen. «Du scheinst Anschluß bei den besseren Kreisen gefunden zu haben.»

An der Tür wurde leise geklopft. Ich stand auf und öffnete sie. Weatherby stand draußen, sein Gesicht hatte die Farbe von nassem Zeitungspapier. «Etwas zu früh, fürchte ich», murmelte er, dann stolperte er ins Zimmer und stürzte der Länge nach hin. Er versuchte, sich zu erheben, zitterte einmal heftig und lag dann still. Im Rükken seines Regenmantels war ein kleines Loch. Ich kniete schnell nieder und drehte ihn um. Seine Hände waren voll Blut, und als sein Mantel und seine Jacke aufklafften, sah ich, daß sein Hemd rotgetränkt war. Augen und Mund standen offen, die Zähne waren in einem Lächeln oder in einer Grimasse entblößt. Es war schwer zu entscheiden, welches von beiden.

Cooky sagte: «Er ist tot, wie?»

«Er muß das Blut mit den Händen zurückgehalten haben.»

Ich tastete nach der Schlagader an seinem Hals. Es schien mir das Gegebene zu sein, aber es war nicht mehr notwendig. Er war so tot, wie er aussah.

10

Ich trat zurück und stieß gegen das Bett. Mir schien, daß ich etwas tun sollte, darum setzte ich mich und starrte auf den ausgestreckten Körper von Weatherby nieder. Ich überlegte, was ich außerdem noch tun könnte, aber mir fiel nichts ein.

«Wer ist das?» fragte Cooky.

«Er sagte, er hieße John Weatherby und wäre Engländer und hätte für seine Regierung hier in Berlin gearbeitet. Er sagte, er würde mich heute abend zum Café Budapest bringen, um Padillo zu treffen. Er habe für ihn gearbeitet, hat er gesagt.»

«Und was jetzt?»

Ich starrte Weatherby eine Weile an. «Nichts. Ich gehe allein in das Café. Du gehst besser in dein Zimmer hinunter.»

«Keine Polizei?»

«Die wird sehr schnell hier sein, wenn erst das Zimmermädchen kommt, um das Bett aufzudecken. Wenn Mike in so einer Klemme steckt, daß deswegen Menschen umgebracht werden, ist er übel dran. Ich darf keine Zeit verlieren. Dazu reicht sie nicht.»

«Ich glaube, ich komme mit.»

«Du bist nicht betroffen.»

«Ich habe fünftausend investiert, und vielleicht stellst du ungedeckte Schecks aus.»

«Wenn du mitkommst, kommst du vielleicht nicht mehr heraus.»

Cooky lächelte das verstohlene Lächeln über seinen geheimen Witz. «Ich will erst kurz in mein Zimmer. Hol mich dort in fünf Minuten ab.» Er stieg über Weatherbys Beine hinweg und ging.

Es dauerte eine Weile, ehe ich aufstand, meinen Regenmantel anzog, das Päckchen mit dem Geld in die eine und den Revolver in die andere Tasche steckte. Jetzt fand ich ihn nicht mehr lächerlich. Ich ging zum Fenster hinüber und starrte hinaus auf die Lichter, und nachdem ich glaubte, daß fünf Minuten vergangen seien, nahm ich den Fahrstuhl zu Cookys Suite hinunter.

«Der Traum einer Hure», sagte er, als er die Tür auf mein Klopfen öffnete. Er ging zu seinem Koffer, der aufgeklappt auf einem der Doppelbetten lag, die den größten Teil des Zimmers einnahmen. Er holte einen langen, flachen, silbernen Flakon heraus und schob ihn in seine Hüfttasche.

«Du beschränkst dich auf das Allerwichtigste, wie ich sehe.»

«Die eiserne Ration», antwortete Cooky. «Ich beabsichtige, mich mit dem lokalen Stoff zu begnügen.»

Er schaute nachdenklich in seinen Koffer hinunter, schien zu zögern und nahm dann einen bösartig aussehenden Revolver mit kurzem Lauf heraus. Es war eine häßliche Waffe, entworfen, um schnell und auf kurze Entfernung eingesetzt zu werden, und nicht, um Kaninchen abzuschießen.

«Was ist das?» fragte ich.

«Dies», antwortete er und hielt die Waffe behutsam an ihrem zwei Zoll langen Lauf hoch, «ist ein Smith-and-

Wesson-Magnum-Revolver Kaliber .357. Bemerke, daß das vordere Teil des Schutzbügels für den Abzug entfernt worden ist. Bemerke ferner, daß der Hammersporn fehlt und damit die Möglichkeit beseitigt wurde, daß er sich in der Kleidung verfängt, wenn die Waffe schnell gezogen werden muß.» Er legte den Revolver sorgsam aufs Bett, suchte wieder in seinem Koffer und nahm ein kurzes Lederhalfter heraus.

«Dieses wurde von einem guten alten Burschen aus Calhoun in Mississippi namens Jack Martin angefertigt. Man nennt es ein Berns-Martin-Halfter. Es ist an der Vorderseite offen und hat eine Feder, die um die Trommel der Waffe faßt, um sie fest an ihrem Platz zu halten.» Er nahm den Revolver und ließ ihn in das Halfter einschnappen. «So. Ich will das kurz demonstrieren.»

Er legte seine Jacke ab, löste seinen Gürtel und führte den Gürtel durch die Schlaufen des Halters. Dann legte er den Gürtel wieder an. Das Halfter mit der Waffe saß hoch an seiner rechten Hüfte. Er schlüpfte wieder in seine Jacke und zog sie an den Aufschlägen glatt. Die Waffe war unsichtbar, nicht einmal eine Wölbung war zu sehen. «Wenn man jetzt die Waffe schnell ziehen will, braucht man sie nur vorwärts zu reißen. Zähle doch mal in tausend bis drei ...»

Ich zählte: «Eintausend.» Cookys Körper entspannte sich wie ein lockeres Gummiband. Bei «zweitausend» senkte sich seine linke Schulter etwas, und bei «dreitausend» schwenkte er seine Hüften nach links, und seine Hand wischte den Zipfel seiner Jacke beiseite. Noch ehe ich «dreitausend» fertig ausgesprochen hatte, blickte ich in den Lauf des Revolvers. Er schien mir noch häßlicher auszusehen als vorher.

«Du bist schnell.»

«Etwa eine halbe Sekunde, vielleicht sechs Zehntel. Das beste, was ich schaffe, sind drei Zehntel.»

«Wo hast du das gelernt?»

Cooky schob die Waffe in das Halfter zurück. «In New York, damals, als ich ins Schwimmen gekommen war. Ich beabsichtigte, mit meinen beiden Partnern in der Madison Avenue reinen Tisch zu machen, und hielt das damals für eine gute Idee. Es gab da einen Experten, der die herrschende Manie, schnell eine Waffe zu ziehen, ausnutzte und Schüler annahm. Ich hatte vor, die Herren Brickhill und Hillsman zu einem Duell zu fordern. Ich schloß mich in meinem Büro ein und übte stundenlang vorm Spiegel. Als ich es gut genug konnte, ging ich auf meine Farm in Connecticut, um Schießübungen zu machen. Es war eine irre Besessenheit. Ich muß fünfzehn- bis zwanzigtausend Patronen verschossen haben. Und schließlich fand ich auch das ideale Ziel.»

«Was war das?»

«Tomatensaftbüchsen. Ich kaufte sie kistenweise, stellte sie vor der Scheunenwand auf, die Oberseite mir zugewendet, und ballerte darauf los. Hast du je gesehen, was ein Geschoß Kaliber .357 aus einer Tomatensaftbüchse macht?»

«Nie», antwortete ich, «aber ich hänge auch nicht sehr an Tomatensaft.»

«Das geht peng und klatsch und tschisch. Das verdammte Zeug spritzt überall hin. Sieht wie Blut aus. Die

Büchse wird platt, als ob man sie mit einer Blechschere angeknackt und dann mit einem Vorschlaghammer flachgeklopft hätte. Macht direkt Spaß.»

«Aber zu dem Spaß kamst du mit deinen Partnern nie, oder?»

«Nein. Statt dessen verbrachte ich ein paar Wochen in einer Entziehungsanstalt.»

Cooky schloß den Koffer und schlüpfte in seinen Mantel. «Wollen wir gehen?»

Ich blickte auf meine Uhr. Es war neun Uhr zwanzig. Im Café Budapest sollten wir um zehn sein. «Du brauchst wirklich nicht mitzukommen. Wahrscheinlich kriegst du nur Schwierigkeiten.»

Sein Geheimlächeln flackerte für einen Augenblick auf. «Sagen wir doch einfach, daß ich gern mitkomme, weil ich schon dreiunddreißig bin und noch nie etwas wirklich bis zum Ende durchgehalten habe.»

Ich hob die Schultern. «Im Jahr dreiunddreißig haben sie Jesus vom Platz gestellt, und er kam wieder rein. Aber du tust wirklich alles, um dir das Leben schwerzumachen.»

Wir fuhren mit dem Fahrstuhl nach unten und gingen schnell durch die Halle. Niemand starrte uns nach oder deutete mit Fingern auf uns. John Weatherby mußte noch unentdeckt tot in meinem Zimmer liegen. Ich konnte nicht über ihn trauern, weil ich ihn nicht näher gekannt hatte, obwohl ich von seiner, wie mir schien, unaufdringlichen Kompetenz beeindruckt worden war. Wenn er mir etwas bedeutete, dann, weil sein Tod mir zu zufällig und sinnlos erschien wie der der meisten Opfer von Gewalt. Aber vielleicht ist es besser, so zu sterben, als in dunklen, stillen Räumen, unter schmerzstillenden Drogen, von flüsternden, auf Gummisohlen schleichenden Schwestern umgeben und von einer Familie oder Freunden, denen es eigentlich völlig gleichgültig ist und die sich sogar ungeduldig fragen, wie lange man wohl durchhält und ob sie noch eine Chance haben, zu ihrer Cocktailverabredung um halb sieben pünktlich zu sein.

Wir verließen das Hilton und gingen in Richtung Kaiser-Wilhelm-Gedächtniskirche.

«Wann warst du zum letztenmal im Ostsektor?» fragte Cooky.

«Vor Jahren. Ehe die Mauer gebaut wurde.»

«Wie bist du hinübergekommen?»

Ich versuchte, mich zu erinnern. «Ich glaube, ich war leicht angesäuselt. Ich entsinne mich an zwei Mädchen aus Minneapolis, die im Hilton wohnten. Wir riefen einfach ein Taxi und gondelten durch das Brandenburger Tor. Ohne jede Schwierigkeit.»

Cooky sah über die Schulter zurück. «Die Dinge haben sich geändert. Wir Ausländer gehen jetzt durch Checkpoint Charlie in die Friedrichstraße hinüber. Es kann etwa eine Stunde dauern, bis man durchkommt. Hängt ganz davon ab, wie den Vopos ihr Abendessen geschmeckt hat. Hast du deinen Paß?»

Ich nickte.

«Es gab einmal achtzig offizielle Übergänge nach Ostberlin», sagte Cooky. «Jetzt sind es acht. Wir brauchen einen Wagen.»

«Wie kommen wir an einen?» fragte ich und blickte über die Schulter zurück.

«Wir mieten einen. In der Brandenburgischen Straße gibt es eine Leihwagenvermietung, die sich *Tag und Nacht* nennt.»

Wir erwischten ein Taxi und ließen uns in die Brandenburgische Straße bringen. Wir mieteten einen neuen Mercedes 220. Ich legte meinen Führerschein vor.

«Wie lange brauchen Sie den Wagen?» fragte der Vermieter.

«Zwei oder drei Tage.»

«Dann genügt eine Vorauszahlung von zweihundert Mark.»

Ich gab ihm das Geld, unterschrieb den Mietvertrag und legte die Zulassung und die anderen Papiere ins Handschuhfach. Ich setzte mich ans Steuer, trat ein paarmal auf die Bremse, um festzustellen, ob sie funktionierte, und ließ den Motor an. Cooky stieg ein und schlug die Tür hinter sich zu.

«Die Maschine klingt dünn», sagte er.

«Sie sind auch nicht mehr das, was sie mal waren.»

«Sie waren nie etwas.»

Ich bog aus dem *Tag-und-Nacht*-Verleih nach links ab und fuhr zur Friedrichstraße. Der Wagen fuhr sich gut, war aber nicht besonders anzugsfreudig. Er hatte eben eine Maschine, die entworfen worden war, um den Fahrer mit einem Minimum an Unbequemlichkeit an einen Ort zu bringen und wieder zurück. Ich bog nach links in die Friedrichstraße ein.

«Was sind die Formalitäten?» fragte Cooky.

«Nimm deinen Paß heraus. Ein GI wird ihn sehen wollen.»

Ich fuhr weiter und hielt an, als ein gelangweilter Soldat, der vor einer weißen Hütte stand, mir winkte. Er warf einen Blick in unsere Pässe und reichte uns ein vervielfältigtes Blatt, das uns davor warnte, Nichtamerikaner mitzunehmen, mich dazu anhielt, alle Verkehrsregeln zu befolgen, «weil Ostberliner Beamte eifersüchtig über die Wahrung ihrer Rechte wachen», und uns empfahl, uns nicht in unnötige Unterhaltungen mit Ostberlinern einzulassen.

«Und wenn ich mal fragen muß, wo das Klo ist?» fragte Cooky.

«Von mir aus können Sie sich in die Hose machen, Mister. Aber füllen Sie erst das hier aus.»

Es handelte sich um ein Formular, in dem angegeben werden sollte, um welche Zeit wir rechneten, zum Checkpoint Charlie zurückzukommen. Ich setzte Mitternacht ein.

«Sonst noch was?»

«Das ist alles, Mann. Seien Sie nur nett zu den Krauts.»

Ein Westberliner Polizist stand ein Stück näher am Übergang, gähnte und winkte uns zu, weiterzufahren, und ich lenkte den Wagen im Zickzack zwischen Reihen weißer Betonklötze hindurch und parkte ihn. Was danach kam, war kaum viel schlimmer, als sich einen Zahn ziehen zu lassen. Man mußte seinen Bestand an ausländischen Währungen angeben. Darüber logen wir. Dann kam die Paßkontrolle. Es wartete sonst niemand am Übergang, und der Volkspolizist schien sonst nichts zu tun zu haben.

«Sie sind Geschäftsmann?» fragte er und blätterte in meinem Paß.

«Ja.»

«Was für ein Geschäft?»

«Ein Restaurant.»

«Ah, ein Restaurant.»

Er las noch einiges über mich und schob den Paß dann durch einen Schlitz hinter sich, wo jemand anderer die Möglichkeit bekam, festzustellen, wer ich war und welche Länder ich in den letzten vergangenen Jahren besucht hatte.

Cooky kam als nächster. «Herr Cook Baker?» fragte der Vopo.

«Ja.»

«Ist das nicht ein merkwürdiger Name?»

«Gelegentlich wurde diese Bemerkung schon gemacht.»

«Sie sind in Public Relations tätig?»

«Ja.»

Der Vopo nickte nachdenklich. «Und was ist Public Relations?»

«Wir befassen uns mit kontrollierten Enthüllungen», erklärte Cooky.

Der Vopo runzelte die Stirn. Er war ein kleiner, drahtiger Mann mit einem Fuchsgesicht und Augenbrauen, die er hätte kämmen sollen. «Sind Sie etwa Propagandist?»

«Nur für leblose Gegenstände wie Seife, Deodorant, Rasierwasser. Nur wirklich wichtige Dinge, keine Arbeit für die Regierung.»

Der fuchsgesichtige Deutsche las noch einiges über Cooky und kam zu der Ansicht, daß er Cookys Paß nicht durch den Schlitz zu schieben brauche. Er holte sich auch meinen wieder, zog seine Ärmelaufschläge zurück und machte sich aktionsbereit. Zuerst wurde ein Stempel zweimal auf das Stempelkissen gedrückt, dann wurde er geprüft und dann mit einem festen, aber gewandten Schlag in den Paß appliziert. Der Vopo bewunderte kurz seine Arbeit und gab uns die Pässe nach einem flüchtigen Blick auf die Wagenpapiere zurück. Wir stiegen ein und fuhren weiter die Friedrichstraße hinauf bis zu den Linden.

Ich fuhr langsam. Ostberlin war sogar noch trübseliger, als ich es in Erinnerung hatte. Der Verkehr war dünn, die Fußgänger gingen so, als ob sie dazu verpflichtet wären, und nicht, weil sie sich auf einem späten Abendgang befänden. Ihre Gesichter waren teilnahmslos, und sie schienen selten zu lächeln, selbst wenn sie sich miteinander unterhielten. Andererseits konnte ich mich aber auch nicht an viele Weltstädte erinnern, in denen die Fußgänger wegen ihrer fröhlichen Miene bekannt sind.

«Was passiert, wenn wir um Mitternacht nicht zurückkommen?» fragte ich Cooky.

«Nichts. Wahrscheinlich haben sie unsere Pässe irgendwie markiert, so daß sie, wenn wir nicht auftauchen und ein anderer sie benutzen will, das entdecken. Aber das Formular, in dem wir angaben, wann wir zurückzukommen beabsichtigen, ist reine Routine. Keiner kümmert sich darum, wie lange wir drüben bleiben.»

Unter den Linden bogen wir rechts ein. «Fahre durch bis zum Marx-Engels-Platz und dann geradeaus weiter, bis du auf die Stalinallee oder wie heißt sie jetzt? – Karl-Marx-Allee kommst, und dann zeige ich dir, wo wir meiner Meinung nach abbiegen müssen.»

«Klingt ganz, als ob du schon einmal hiergewesen wärst.»

«Nein. Ich habe den Pagen im Hotel gefragt. Pagen wissen alles. Er meinte, es sei ein mieses Lokal.»

«Das würde zu dem übrigen Abend passen.»

«Wieviel weißt du eigentlich von der ganzen Geschichte?»

Ich steckte mir eine Zigarette an. «Nichts zuverlässig, alles nur vom Hörensagen. Ich sprach heute mit Weatherby, der mir sagte, er würde mich zu Padillo bringen, denn Padillo säße irgendwie in einer Klemme. Nach Weatherby lief ich Maas in den Weg, dem geheimnisvollen Mann, der behauptet, Padillo sollte angeschmiert werden – er soll das Tauschobjekt für zwei Abtrünnige der National Security Agency sein. Maas behauptet, für fünftausend Dollar könne er Padillo durch einen Tunnel aus Ostberlin herausschaffen. Er scheint zu glauben, daß Padillo auf dieses Angebot eingehen wird. Er wollte die Hälfte im voraus, aber ich lehnte ab und bat dich dann um das Bargeld. Das ist alles, abgesehen von Burmser und seinem Gehilfen mit dem breiten weißen Lächeln.»

«Ein dunkler Punkt», sagte Cooky.

«Welcher?»

«Maas bietet wirklich etwas an, wenn er einen Tunnel hat.»

«Wieso?»

«Plätze, die auf dieser Seite nahe genug an der Mauer liegen, daß man von dort hinüberkommt, gibt es so gut wie nicht. Und die Westberliner auf der anderen Seite verlangen bis zu zweieinhalbtausend Dollar für eine Stelle, an der man vor Schüssen Deckung findet, wenn man heil über die Mauer gekommen ist.»

«Es gibt Leute, die quetschen aus allem Geld heraus – aus Bränden, Pestilenz, Hungersnot oder Krieg.» Die Wohnhäuser, an denen wir vorbeifuhren, gehörten zu jenen, die 1948 in aller Eile errichtet worden waren. Ihr Putz blätterte ab und enthüllte das rote Ziegelgemäuer darunter. Die Balkone sackten durch und hingen nur halbherzig an den Gebäuden.

«Du kannst noch umkehren», sagte ich.

«Geradeaus weiter», dirigierte Cooky. «Weißt du, wie viele nach dem Westen gegangen sind, kurz ehe die Mauer errichtet wurde?»

«Rund tausend am Tag.»

«Das sind dreißigtausend im Monat. Arbeiter meistens, aber auch ein oder zwei Schiffsladungen Ingenieure, Ärzte, Wissenschaftler und Techniker aller Art. Von seiten Bonns war es schlechte Public Relations.»

«Wieso?»

«Dort haben sie zuviel davon hergemacht. Sie haben es den Kommies unter die Nase gerieben, bis es weh tat. Ulbricht ging darauf nach Moskau und überzeugte Chruschtschow, daß er dichtmachen müsse, die DDR könne die peinliche Situation nicht länger dulden. Der Westen verzeichnete weiter seine Gewinnpunkte, und jedesmal, wenn wieder tausend zusammengekommen waren, meldeten es die Zeitungen mit dicken Überschriften. So kam es an jenem heißen Augusttag, nachdem Ulbricht aus Moskau zurück war, zu dem Befehl. Zunächst war es nur Stacheldraht. Dann fingen sie an, die Mauer zu bauen, meterlange Betonblöcke. Und als sie feststellten, daß das nicht genügte, setzten sie noch einen Meter hoch Schwemmsteine drauf. Ein Mann von der Lone Star Cement, den ich kenne, sah sich die Sache mal an und sagte mir, es sei lausige Arbeit vom fachlichen Standpunkt aus.»

«Was hätten sie in Bonn denn tun sollen?»

«Hier mußt du nach links. Sie hätten längst wissen müssen, was vorging. Ihr Nachrichtendienst ist miserabel, aber auch nicht schlechter als unserer oder der britische. Vielleicht kam es zu schnell, aber die Blöcke mußten doch gegossen und der Zement bestellt werden. Jemandem hätte etwas auffallen müssen. Man kann keine zweiundvierzig Kilometer lange Mauer mitten durch eine Stadt bauen, ohne daß irgendwann mal etwas durchsikkert. Sobald sie es wußten, hätten sie mit ihrer Propaganda losschießen sollen. RIAS hätte wieder mal Stoff gehabt, den Roten die Hölle heiß zu machen. Die Briten und die Amerikaner und die Franzosen hätten wieder einmal ‹scharf gehaltene Noten›, wie sie es so gern nennen, abschicken können. Sechzigtausend Ostberliner haben in Westberlin gearbeitet. Ein Teil von ihnen hätte bleiben können. Verdammt, sie hätten eine Menge tun können.»

«Alles, was sie brauchten, war eben ein guter Public-Relations-Mann.»

Cooky grinste. «Mag sein. Jedenfalls war der Osten darauf vorbereitet. Ihre Propagandisten hämmerten auf drei Punkten herum, die alle darauf abzielten, die Mauer zu rechtfertigen. Erstens veranstalteten sie ein großes Geschrei über die Methoden, die der Westen anwandte,

Ärzte, Ingenieure und so weiter zur Flucht zu verleiten. Sie nannten diese Methoden ‹hinterhältig und unehrenhaft›. Was sie damit meinten, nennt man schlicht und einfach Geld. Zweitens, jene, die in Ostberlin wohnten und in Westberlin arbeiteten, bekamen vier Ostmark für jede DM-West. Das bedeutete, einer, der nach Westberlin ging und sich als einfacher Arbeiter verdingte, konnte viel mehr verdienen als ein Spezialist mit akademischer Ausbildung im Osten. Auch das scheint sie ziemlich beunruhigt zu haben. Und drittens waren sie über den Schmuggel sehr verärgert. Oder vielleicht waren die Russen damit unzufrieden. Jedenfalls behaupteten die Propagandisten im Osten, die Mauer wäre errichtet worden, um dem ‹illegalen Export› von Waren wie optischen Instrumenten, Meißner Porzellan, Plauener Spitzen und dergleichen ein Ende zu machen. Sie behaupteten, das koste sie dreieinhalb Milliarden Mark im Jahr, wieviel das auch immer sein mag.»

«Vielleicht hast du damit recht, daß der Westen immer zu laut mit der Zahl der Flüchtlinge geprahlt hat», räumte ich ein.

«Wahrscheinlich hätte ich das auch getan.»

«Na ja, es war einfach zu wirksam, als daß es ignoriert werden konnte. Besonders, wenn man nach der Wiedervereinigung schrie. Aber das ist jetzt eine akademische Frage. Und wenn du von McCorkle eine Prophezeiung hören willst, bin ich dazu gern bereit.»

«Und welche?»

«Solange *wir* leben, verschwindet die Mauer nicht.»

«Du gehst in deinen Behauptungen wirklich auf Nummer Sicher. Wir sind übrigens gleich da, Mac. Jetzt wieder nach links.»

Ich bog nach links in eine dunkle, ordinäre Straße ein, deren Namen auf dem Schild ich nicht erkennen konnte und worum ich mich auch nicht bemüht hatte. Wir fuhren einen Block weit, und das Café Budapest lag an einer Ecke im Erdgeschoß eines dreistöckigen Hauses. Es hatte eine kleine Leuchtschrift, bei der die Hälfte der Birnen durchgebrannt war, und war ein Vorkriegsgebäude; die Stellen, an denen der Putz ausgebessert worden war, hoben sich deutlich ab. Parken war kein Problem. Wir stiegen aus und schritten auf den Eingang zu, der schräg in die Ecke eingelassen war.

Cooky öffnete die schwere Holztür, und wir traten ein. Das Lokal war annähernd zwanzig Meter lang und über elf Meter breit. Der Raum war hoch, und an seinem hinteren Ende befand sich ein Podium, auf dem eine vierköpfige Kapelle eine müde Version von *Happy Days Are Here Again* zum besten gab. Einige Paare bewegten sich auf der vier mal vier Meter großen Tanzfläche, darunter zwei Mädchen, die zusammen tanzten. Zu beiden Seiten des Raums befanden sich einige dunkle Nischen, und die Theke lag vorn beim Eingang. Das Lokal war zu einem Viertel voll, und wir schienen die vergnügten Stunden verpaßt zu haben. Wir zogen unsere Mäntel nicht aus.

«Suchen wir uns einen Tisch», sagte ich.

Wir setzten uns an einen in der Nähe der Tür.

«Wie spät ist es?» fragte ich Cooky.

«Fünf vor zehn.»

«Halten wir uns an Wodka. Nach dem, was ich gehört habe, ist er halbwegs genießbar.»

Eine Kellnerin kam an unseren Tisch, und ich bestellte zwei Wodka. Wir erregten so viel Aufmerksamkeit wie ein Floh in einem Hundezwinger. Die Kellnerin kam mit dem Schnaps und wartete darauf, daß sie bezahlt würde. Cooky gab ihr ein paar D-Mark und wies das Wechselgeld zurück. Sie lächelte nicht, sagte auch nicht danke. Sie ging fort und stand müde bei einer Nische und betrachtete ihre Nägel. Nach einer Weile fing sie an, an einem zu kauen.

Cooky trank seinen Wodka zur Hälfte und lächelte. «Gar nicht übel.»

Ich probierte meinen. Ich kann Wodka nicht beurteilen, außer nach seiner Stärke. Dieser war hochprozentig.

«Was machen wir jetzt?» fragte Cooky.

«Warten.»

«Und wenn nichts passiert?»

«Fahren wir ins Hilton zurück, und ich versuche zu erklären, was ein Toter in meinem Zimmer zu suchen hat. Du kannst dir ja schon etwas einfallen lassen.»

Wir saßen da, tranken den Wodka und hörten der Kapelle bei ihrer Version von *Deep Purple* zu. Genau Punkt zehn ging die Tür auf, und ein Mädchen kam herein. Sie trug einen dunkelgrünen Ledermantel mit Gürtel und hochhackige schwarze Pumps. Ihr Haar war dunkel und lang und fiel ihr in einem Pagenschnitt bis auf die Schultern. Sie kam an unseren Tisch und setzte sich.

«Bestellen Sie mir ein Glas Wein», sagte sie auf deutsch.

Ich winkte der Kellnerin. Sie kam langsam an unseren Tisch, und ich bestellte den Wein.

«Wo ist Weatherby?» fragte das Mädchen.

«Tot. Erschossen.»

Die Menschen lassen einen Schock auf sehr verschiedene Weise erkennen. Manche keuchen und sagen immer wieder «nein», als ob durch dieses Abstreiten die Dinge rückgängig gemacht werden könnten. Andere sind theatralischer, sie erbleichen, ihre Augen werden groß, und sie fangen an, sich auf die Fingerknöchel zu beißen, ehe sie schreien oder weinen. Und dann gibt es welche, die einfach ein bißchen zu sterben scheinen. Zu diesen gehörte das Mädchen. Sie wurde vollkommen ruhig und schien aufzuhören zu atmen. So verharrte sie für, wie mir vorkam, eine lange Zeit, dann schloß sie die Augen und fragte: «Wo?»

Törichterweise wollte ich schon antworten: «In den Rücken», sagte dann aber: «In Westberlin. Im Hilton.»

Die Kellnerin kam wieder an unseren Tisch, und das Mädchen schwieg. Cooky griff wieder nach Geld und bezahlte. Diesmal erhöhte er das Trinkgeld. Er erhielt immer noch keinen Dank.

«Wer sind Sie?» fragte ich.

«Marta. Er sollte mit einem Wagen kommen.»

«Wer?»

«Weatherby.»

«Ich habe einen Wagen.»

«Sind Sie McCorkle?»

Ich nickte. «Das ist Baker, Marta.» Da sie ein Mädchen war, zeigte Cooky ihr sein bezauberndes Lächeln. Sein

Deutsch hatte nicht ausgereicht, daß er der Unterhaltung hätte folgen können. Ich hatte Zweifel, ob meines reichte.

«Padillo hat von einem zweiten nichts gesagt.»

«Er ist ein Freund.»

Sie blickte auf ihre Uhr. «Hat Weatherby – hat er noch etwas gesagt, ehe er starb?» Sie brachte die Frage sehr gefaßt heraus.

«Nein.»

Sie nickte. «Was für einen Wagen haben Sie?»

«Einen schwarzen Mercedes – der neue auf der anderen Straßenseite.»

«Trinken Sie Ihre Gläser aus», sagte sie. «Machen Sie einen Witz, lachen Sie und gehen Sie dann. Geben Sie mir die Hand, alle beide, ehe Sie gehen. Spricht er kein Deutsch?»

«Nein.»

«Dann erklären Sie es ihm.»

Ich sagte Cooky, was wir tun sollten.

Das Mädchen befahl: «Gehen Sie zu Ihrem Wagen, und lassen Sie den Motor an. Ich komme in einer Minute nach.»

Ich wandte mich Cooky zu und gab ihm einen Klaps auf den Rücken. «Wenn ich zu Ende gesprochen habe, dann zeig mal, wie laut du lachen kannst, Cooky. Los, du kannst gleich anfangen.»

Cooky lachte, das Mädchen lachte, ich lachte. Wir schüttelten uns die Hände, sagten Wiedersehn und gingen hinaus. Das Mädchen war sitzen geblieben.

Es war kühl geworden, und ich klappte meinen Mantelkragen hoch, während wir schnell zum Mercedes gingen. Ein Wagen, der ein Stück entfernt parkte, ließ seinen Motor an, schaltete seine Lichter ein und fuhr mit durchdrehenden Rädern los. Er kam dröhnend auf unsere Ecke, und ich riß Cooky am Arm zurück. Der Wagen war lang und dunkel und sah irgendwie einem Nachkriegs-Packard ähnlich. Er schien es auf uns abgesehen zu haben, und wir sprangen auf den Gehsteig zurück. Als der Wagen unsere Höhe erreichte, wurde er etwas langsamer, und ich erkannte vorn zwei Männer und auf dem Rücksitz einen dritten. Die beiden vorn sahen nicht zu uns her. Aber die hintere Tür wurde aufgestoßen, und ein Mann flog heraus, machte einen Salto, ehe er der Länge nach im Rinnstein liegen blieb.

Ein Gesicht mit geöffneten Augen blickte zu uns auf, langes schwarzes Haar war zerwühlt und schmutzig. Aber die Zähne schimmerten so weiß wie immer. Keiner fehlte, aber in dem Lächeln war kein Humor. Bill-Wilhelm lag tot im Rinnstein, und der Wagen fuhr weiter, raste mit aufheulendem Motor um die nächste Ecke, die hintere Tür pendelte noch hin und her, ehe es dem Mann auf dem Rücksitz gelang, sie zuzuschlagen.

«Los jetzt», sagte ich und raste zu dem Mercedes.

Ich ließ den Motor an und klopfte dreimal auf den Ring der Hupe. Das Mädchen schien verstanden zu haben, denn die Tür des Cafés ging auf, und sie kam auf den Wagen zugelaufen, als ich die Lichter einschaltete. Als sie die Leiche sah, stutzte sie kurz, aber nicht lange. Ich hielt ihr die hintere Tür auf, und der Wagen rollte bereits, als ich sie zuschlug.

«Was ist passiert?»

«Sie haben uns einen amerikanischen Agenten vor die Füße geworfen. In welche Richtung?»

«Geradeaus und dann an der zweiten Kreuzung links. Er sah aus, als wäre er tot.»

«Das ist er auch. Wie geht es Padillo?»

«Vor einer Stunde war noch alles in Ordnung.»

«Das ist in dieser Stadt eine lange Zeit.»

«Wo fahren wir hin?» fragte Cooky.

«Ich richte mich nach ihren Angaben», antwortete ich.

«Wir werden verfolgt», sagte sie.

Ich erkannte im Rückspiegel Scheinwerfer. «Halten Sie sich gut fest», sagte ich zu ihr. «Wie gut bist du mit deinem Revolver, Cooky?»

«Nicht schlecht.»

«Kannst du einen Reifen treffen?»

«Auf zehn bis zwölf Meter. Weiter nicht.»

«Gut. Ich nehme die nächste Ecke schnell und bremse dann scharf. Spring heraus und sieh zu, was du schaffen kannst.»

Ich beschleunigte, schaltete in den zweiten Gang hinunter und riß den Wagen um die Ecke. Ich bremste scharf am Straßenrand, und Cooky sprang hinaus und rannte zur Ecke zurück. Seinen Revolver hielt er in der Hand. Er duckte sich hinter der Hausecke. Der uns verfolgende Wagen nahm die Kurve schnell. Der Fahrer machte vorzüglichen Gebrauch von Kupplung und Bremse. Cooky zielte sorgfältig und schoß zweimal. Der rechte Vorder- und der rechte Hinterreifen des Wagens platzten, und ihr Knall bildeten das Echo zu den Schüssen. Der Wagen schleuderte auf den Straßenrand zu, und ich konnte beobachten, wie der Fahrer um die Herrschaft kämpfte, aber es war zu spät. Der Wagen schleuderte über den Rinnstein und krachte mit voller Wucht gegen die Hauswand. Inzwischen war Cooky schon wieder im Mercedes, und ich hatte den ersten Gang eingelegt und trat den Gashebel fest durch. Es war zwar kein Rennstart, aber der Wagen zog an. Cooky nahm seine Flasche und trank. Er bot sie dem Mädchen auf dem Rücksitz an, aber es lehnte ab.

«Wohin?» fragte ich Marta.»

«Wir müssen uns in den Nebenstraßen halten. Sie haben bestimmt ein Funkgerät.»

«Wohin?» wiederholte ich scharf.

«Nach links.»

Ich drehte das Lenkrad, und der Mercedes nahm holpernd die nächste Ecke. Ich war hoffnungslos desorientiert.

«Und jetzt?»

«Die nächsten drei Straßen geradeaus, dann nach rechts.»

Ich hielt den Wagen im zweiten Gang, um rasch bremsen zu können, falls wir plötzlich abbiegen mußten.

«Ich möchte wissen, warum sie ihn uns vor die Füße geworfen haben?»

«Burmsers Boy?»

Ich nickte.

«Vielleicht hielten sie ihn für einen Freund von uns.»

«Hoffentlich haben sie damit nicht recht.»

11

Während wir immer tiefer nach Ostberlin hineinfuhren, sagte das Mädchen Marta nichts als «rechts» oder «links» oder «geradeaus». Der Verkehr, sowohl Fußgänger als auch Fahrzeuge, wurde dünner, als das Wohnviertel in einen Industriebezirk überging.

«Wir sind jetzt im Stadtteil Lichtenberg», sagte sie. «Es ist nicht mehr weit. An der nächsten Ecke rechts.»

Ich bog nach rechts ab und fuhr den halben Block weiter.

«Hier», sagte sie, «in diese Einfahrt hinein.»

Die Einfahrt führte zwischen zwei fünfgeschossigen Gebäuden hindurch, die während der Kämpfe schwereren Beschädigungen entgangen waren. Die Durchfahrt war schmal, gerade breit genug für den Mercedes. Ich fuhr langsam und ließ nur die Parkleuchten brennen.

«Hinten ist ein Schuppen, dort können Sie den Wagen einstellen.»

«Links oder rechts?»

«Links.»

Die Einfahrt endete als Sackgasse vor einer Ziegelmauer. Zwischen der Ziegelmauer und dem Gebäude stand eine Art Schuppen mit Klapptoren. Ich hielt den Wagen an, und das Mädchen stieg aus.

«Hilf ihr, Cooky.»

Das Mädchen reichte Cooky einen Schlüssel, und er schloß ein Tor auf und schob es nach oben. Ich lenkte den Wagen hinein, stellte den Motor ab und schaltete die

Lichter aus. Im Schuppen stand noch ein weiterer Wagen – ein ziemlich neuer Citroën. Er war dunkelgrün oder schwarz, in der Dunkelheit konnte ich es nicht unterscheiden.

«Hier entlang», flüsterte das Mädchen. Sie öffnete eine Tür, die ins Gebäude führte. «Im Krieg wurden hier Uniformen gemacht, aber die Russen haben die Maschinen demontiert. Danach wurde es als Schlafquartier benutzt, und dann war hier eine Lampenfabrik. Jetzt steht das Gebäude leer und wird es noch etwa einen Monat bleiben.» Sie öffnete ihre Handtasche und zog eine Taschenlampe heraus. «Wir müssen ganz nach oben, fünf Stockwerke.» Wir stiegen die Treppen hinauf und ließen uns von dem Geländer leiten. Als wir im fünften Stock ankamen, schnaufte ich etwas. Die Treppe endete auf einem kleinen Vorplatz mit einer großen Tür. Das Mädchen klopfte, und die Tür ging schnell auf. In der Öffnung stand Padillo, in einer Hand eine Zigarette, in der anderen einen Revolver. Das Mädchen huschte an ihm vorbei und sagte: «Es gibt Komplikationen.»

Padillo ignorierte sie. «Hallo, Mac.»

«Weatherby ist tot. Cooky hat sich entschlossen mitzukommen.»

«Hallo, Cook.» Padillo nannte ihn niemals Cooky.

«Mike», grüßte Cooky, «Sie können das Ding in eine andere Richtung halten.»

Padillo lächelte und steckte die Waffe in den Gürtel.

Wir betraten den Raum. Er war mindestens fünfundzwanzig Meter lang und zwölf Meter breit. Von der vier Meter hohen Decke hingen an langen Schnüren zwei

Sechzig-Watt-Birnen, die schwächlich gegen die Dunkelheit ankämpften. Die Fenster waren mit Teerpapier verklebt. An einem Ende des Raums befanden sich ein Ausguß und eine zweiflammige Kochplatte. Eine Kiste mit Konserven, Geschirr und Gläsern stand auf einer niedrigen Bank neben dem Ausguß. Ein langer, hoher Holztisch und einige unscheinbare Küchenstühle drängten sich unter einer Lampe zusammen. Am anderen Ende des Raums standen sechs von dicken grauen Wolldecken bedeckte Feldbetten. Ein würfelförmiger Verschlag befand sich in einer Ecke des Raums.

«Das ist das Klo», erklärte Padillo. «Setzen wir uns.»

Wir setzten uns an den langen Tisch. «Was raucht ihr?» fragte er.

«Pall Malls.» Ich reichte ihm die Packung.

«Meine waren gestern alle. Wollt ihr was trinken?»

«Ich bin schon halb blau», sagte ich, «aber wenn du so fragst, ja.»

«Marta, sind Sie so freundlich?»

Das Mädchen hatte den grünen Ledermantel ausgezogen. Sie trug einen Rock und eine mit Rüschen besetzte Bluse. Die Bluse war angenehm gerundet. Vom Ausguß brachte sie eine Flasche Stolichnaja, eine der besseren russischen Wodkamarken. Sie schenkte in Wassergläser ein. Wir tranken. Trinksprüche fielen diesmal aus.

«Weatherby, was ist mit ihm passiert?» fragte Padillo.

«Wir waren in meinem Zimmer im Hilton. Er klopfte an, taumelte herein und starb auf der Stelle. Er war angeschossen worden. In den Rücken, falls das eine Rolle spielt.»

«Hat er noch etwas gesagt?»

«Entschuldigte sich, daß er zu früh käme.»

Padillos Lippen preßten sich zu einer dünnen Linie zusammen, und seine Finger trommelten auf der Tischplatte. «Herrgott.»

Ich trank einen weiteren Schluck Wodka. Er war noch hochprozentiger als der im Café Budapest. «Und was bringt uns nun nach Ostberlin?» fragte ich.

«Ein paar gerissene Leute haben sich ein raffiniertes Ding ausgedacht», antwortete Padillo. «Sie wollen mich gegen ein paar Abtrünnige von der NSA austauschen, und ich versuche, mich aus meinem Vertrag auszukaufen. Weatherby half mir dabei. Nachdem er nicht mehr da ist, müssen wir es vielleicht aufgeben.»

«Wie viele brauchen Sie?» fragte Cooky.

«Vier.»

«Weatherby, Mac und Sie wären drei gewesen.»

«Es kommt noch einer. Max.»

«Mit mir haben Sie vier», sagte Cooky.

«Sie scheinen auf Abenteuer aus zu sein, Cook.»

Cooky zeigte sein verstohlenes Lächeln. «Wer A sagt, muß auch B sagen. Ich glaube nicht, daß wir über Checkpoint Charlie zurückkönnen. Als wir aus dem Café kamen, wurde uns aus einem großen schwarzen Wagen ein Toter vor die Füße geworfen. Soviel ich weiß, arbeitete er für Ihre Organisation. Dann wurden wir verfolgt, und ich mußte einem anderen großen schwarzen Wagen die Reifen zerschießen. Ich fürchte, wir sitzen ziemlich im Dreck.»

«Cooky ist recht geschickt mit einer Waffe», sagte ich. «Mach es doch mal vor.»

Padillo sah ihn nachdenklich an. «Zeigen Sie's schon, Cook.»

Cooky stand auf. «Zähl mal, Mac.»

Ich zählte wieder in Tausendern. Cooky ließ die Schulter sinken, rollte die Hüfte und zog mit einer schnellen kreisenden Bewegung.

«Sie sind schnell», bestätigte Padillo. «Was tragen Sie – ein Berns-Martin?»

Cooky nickte und schob seine Waffe in das Halfter zurück.

«Für das, was ich vorhabe, müßten Sie nüchtern sein oder wenigstens annähernd», sagte Padillo. «Wie schwer würde Ihnen das fallen?»

«Schwer genug», antwortete Cooky, «aber ich kann mich zurückhalten.»

«Sie wissen noch nicht, um was es geht.»

«Also, entweder lassen Sie mich mitmachen oder nicht. Ich dachte, Sie brauchten Hilfe, und meldete mich freiwillig. Jetzt scheint es mir beinahe, als ob Sie versuchen, mich loszubekommen.»

«Ich will nur deutlich machen, daß Sie es sich nicht im letzten Augenblick anders überlegen können, weil Sie fürchten, sich mit bösen Menschen anlegen zu müssen. Und wenn etwas passiert, etwas Unangenehmes, dann erinnern Sie sich daran, daß Sie sich freiwillig gemeldet haben. Ich weiß immer noch nicht, warum Sie mitmachen wollen. Hat Mac Sie überredet?»

«Niemand hat mich überredet», antwortete Cooky. «Ich meinte halt, Sie könnten Hilfe gebrauchen.»

«Ich habe eine Menge Leute gekannt, die Hilfe brauchten», sagte Padillo. «Aber verdammt wenige, für die ich mich dem Risiko aussetzte, erschossen zu werden. Ich gehöre nicht gerade zu Ihren allerbesten Freunden, Cook, und falls Mac dazugehören sollte, ist mir das völlig neu.»

Ich machte eine Handbewegung. «Sage ihm, was du vorhast, vielleicht will er dann nichts davon wissen.»

Padillo trank einen Schluck Wodka und musterte Cooky über den Rand seines Glases hinweg. «Wenn ich ihm das gesagt habe, dann ist er dabei. Was meinen Sie dazu, Cook?»

«Ich sagte doch», antwortete er und versuchte sein Halblächeln, «daß ich freiwillig mitmache.» Das Lächeln gelang ihm nicht besonders gut.

«Also gut», sagte Padillo, «dann sind Sie dabei.»

«Noch eines», sagte ich zu Padillo. «Ich bin unserem Freund Maas wieder in die Arme gelaufen. Er sagte mir, der Hauptzweck seiner Reise nach Bonn sei gewesen, dir die Information über das Tauschgeschäft zu verkaufen.»

«Hat er dir Einzelheiten genannt?»

«Eine ganze Menge. Er kennt aber auch einen Ausweg: einen Tunnel unter der Mauer, den er für fünftausend verkaufen will. Auf diese Weise kam Cooky in die Geschichte herein. Er brachte mir die fünftausend aus Bonn.»

«Kannst du ihn erreichen?»

«Er gab mir seine Telefonnummer», antwortete ich. «Aber wenn er über das Tauschgeschäft Bescheid weiß, wie viele andere dann noch? Und wie bist du dahintergekommen?»

Padillo zündete sich eine neue Zigarette an. «Sie waren

etwas zu beiläufig, etwas zu freundlich, als sie mich über meinen Auftrag unterrichteten. Sie hatten ihre herablassende Haltung. Etwa: ‹Warum fahren Sie nicht einfach hinüber und nehmen die beiden in Empfang? Die Russen haben genug von ihnen.› Es war ein ungewöhnlicher Auftrag für mich, und deshalb wandte ich mich um Auskunft an Weatherbys Organisation. Sie fand heraus, daß die Gegenseite eine neue Attraktion für ihren Zoo erwartete: die Art Agent, deren Existenz die Vereinigten Staaten immer wieder bestreiten. Das alles lief auf ein Tauschgeschäft hinaus: ich gegen das Paar von der NSA.»

«Maas sagte, du hättest dich als Agent amortisiert. Sie können dich wie einen Steuerverlust abschreiben.»

Padillo nickte. «Die Sowjets haben lange keinen wirklich großen Fisch mehr gefangen. Sie könnten einen richtigen großen Schauprozeß brauchen. Unsere Seite will die beiden von der NSA ohne Aufsehen wiederhaben, und ich wurde für sie angeboten – das Gebiß ist vielleicht nicht mehr ganz taufrisch, und die Gelenke knirschen schon etwas, aber im ganzen bin ich durchaus brauchbar für den Zweck.»

Padillo berichtete uns, wie er mit einem Reservepaß nach Ostberlin gelangte, nachdem er von Frankfurt über Hamburg nach Tempelhof geflogen war. Ich berichtete ihm von Inspektor Wentzel und Maas und dem Besuch von Burmser und Hatcher in unserem Restaurant. Dann kam ich auf meine Unterredung mit Bill-Wilhelm, Maas und Weatherby zu sprechen, und schließlich schien die Geschichte zu versickern; mein Mund wurde trocken und ledern.

«Ich habe Hunger», sagte ich.

Marta stand auf. «Ich mache etwas zurecht. Es kommt allerdings aus Büchsen.» Sie ging zu dem Elektrokocher und öffnete einige Dosen.

«Sie redet nicht sehr viel», bemerkte ich.

«Wahrscheinlich ist ihr nicht danach», sagte Padillo. «Sie war Weatherbys Freundin.» Er stand auf und ging zu ihr hinüber. Er sprach kurz mit ihr, aber so leise, daß wir nichts verstehen konnten. Während Padillo redete, schüttelte Marta heftig den Kopf. Padillo klopfte ihr auf die Schulter und kam zurück. «Sie will weiter mitmachen», sagte er. «Mit euch beiden und Max können wir es vielleicht schaffen.»

«Was schaffen?» fragte Cooky.

«Eine Verschleppung bei Tag. Die beiden Abtrünnigen von der NSA.» Er musterte jeden von uns sorgfältig. Seine Augenbrauen waren fragend hochgezogen, auf seinem Gesicht stand ein breites Grinsen.

Ich seufzte. «Warum nicht?»

Cooky leckte sich die Lippen.

«Na, wie steht es, Cook?» drängte Padillo.

«Es klingt nach einem interessanten Projekt.»

«Was passiert, nachdem wir die beiden von der NSA geschnappt haben?» fragte ich.

«Wir schaffen sie über die Mauer. Sie lösen mich aus meinem Vertrag, und ich bin draußen – fertig mit allem. Ich kann wieder Kneipier sein.»

«So ganz kristallklar ist mir das nicht», meinte ich.

Padillo trank einen Schluck Wodka. «Der Hauptgrund, weshalb die Sowjets nichts über diese neuen Abtrünnigen veröffentlicht haben, liegt darin, daß die beiden immer weibischer geworden sind. Jedenfalls hat Burmser mir das erklärt. Wenn die Russen die beiden im Fernsehen gezeigt hätten oder sie von westlichen Journalisten hätten interviewen lassen, wäre Moskau zu einem Mekka für die frustrierten Homosexuellen der ganzen Welt geworden. Die beiden sind wirklich echt warm. Sie wären ausgelacht worden und die Russen auch. Deshalb kam das KGB mit einem Vorschlag heraus, einem stillen Tauschgeschäft: mich gegen die beiden Abtrünnigen. Burmser ist der Kontaktmann, der Vermittler. Er mußte das Tauschobjekt finden und entschied sich für mich, weil, wenn ich an einem schönen Frühlingsmorgen mal verschwinden sollte, niemand eine Träne darüber vergießen würde, kein Kongreß-Abgeordneter würde sich nach Virginia aufmachen, um herauszufinden, was aus einem ehrenwerten Mitbürger und wichtigen Wähler geworden ist. Mac würde sich für einen Tag sinnlos betrinken, aber er würde es überwinden. Danach nichts, das Schweigen im Walde, bis dann in Moskau die Propagandatrommeln gerührt werden würden. Dann konnten die Sowjets ihren amerikanischen Agenten auftischen, einen von der Sorte, die nach der Behauptung Washingtons gar nicht existiert.»

«Und wie sollen die beiden Abtrünnigen Sie aus der Schlinge befreien?»

«Ganz einfach. Ihre Flucht ist immer noch ein Geheimnis – eines, das sowohl die Russen als auch die Vereinigten Staaten gewahrt haben. Ich bringe sie über die Mauer zurück, liefere sie ab und drohe, die ganze Geschichte auffliegen zu lassen, falls sie mich nicht endgültig aus ihren Diensten entlassen.»

Marta stellte schweigend vor jeden von uns eine Schale Suppe hin und setzte außerdem eine Platte mit Brot und Käse auf den Tisch.

«Essen Sie nichts?» fragte Padillo sie.

«Ich habe noch keinen Hunger», antwortete sie. «Ich esse später.»

«Ich habe den anderen gesagt, wie es mit Ihnen und Weatherby stand.»

Sie nickte.

Ich wollte schon sagen, wie leid es mir täte, aber da ich wußte, wie schal und sinnlos es klingen würde, schwieg ich und trank statt dessen meine Suppe.

«Wo wollen Sie sich die beiden schnappen?» fragte Cooky. Seine Stirn glänzte vor Schweiß, und seine Hände zitterten leicht.

«Trinken Sie erst mal was, Cooky», riet ich ihm.

Er nickte, schenkte sich ein Wasserglas halb voll Wodka und trank einen großen Schluck.

«Wenn sie die beiden mit dem Flugzeug bringen, kommen sie in Schönefeld an, wahrscheinlich mit einer TU-104 der Armee. Max versucht jetzt, das herauszubekommen. Die Bewachung dürfte schwach sein. Wenn sie die übliche Methode befolgen, übergeben die Begleitwachen die beiden auf dem Flughafen und fliegen sofort nach Moskau zurück. Da es hier angeblich um eine gemeinsame Aktion geht – der DDR und der Sowjets –, wird man sie voraussichtlich in das Ministerium für Staatssicherheit in der Normannenstraße schaffen.»

«Nicht zur Sowjetbotschaft?» fragte Cooky.

«Nein. Einmal wird sie zu scharf beobachtet, und außerdem wollen die DDR-Leute ihre Hände drinbehalten.»

Padillo breitete einen Stadtplan von Berlin auf dem Tisch aus. «Sie fahren vom Flughafen über folgende Route nach Norden. An dieser Kreuzung hier wollen wir den Versuch machen. Keine wilde Geschichte – nur einen ganz simplen Überfall am hellen Tag, wie in Chicago. Ein Wagen – der, den Mac mitgebracht hat – parkt hier», sagte er und deutete auf eine Seitenstraße. «Ihr Wagen fährt nach Norden, und ihr steht links von ihm in einer Seitenstraße. Die Aufgabe besteht darin, Mac, daß du deinen Wagen so in die Hauptstraße bringst, daß sie in dich hineinfahren – aber nicht so schwer, daß jemand dabei verletzt wird, deshalb mußt du auf den Sekundenbruchteil genau den Zeitpunkt abstimmen. Ich komme gleich hinter ihnen her, im Citroën, und bleibe so stehen, daß sie nicht zurückstoßen können. Dann steigen wir alle aus. Wir holen uns die beiden Homos und packen sie in den Citroën, einen vorn, einen hinten, und dann fahren wir schnell hierher zurück. Erst zerstören wir noch ihr Funkgerät. Von dieser Stelle brauchen sie ein paar Minuten, ehe sie an ein Telefon kommen. Bis sie das geschafft haben, sollten wir schon wieder hier sein.»

«Du hast dauernd ‹ihr› gesagt. Soll ich den Wagen fahren, der den Zusammenstoß verursacht?» fragte ich.

«Entweder du oder Max.»

«Woran soll ich erkennen, wann ich losfahren muß?»

«Ich habe zwei kleine Funksprechgeräte und gebe dir Bescheid. Cook kommt mit mir, Max fährt mit dir.»

Cooky schob seine Suppenschale zurück und schenkte sich ein weiteres Glas Wodka ein. «Befürchten Sie nicht, daß die andere Seite auf etwas Derartiges gefaßt sein könnte? Vergessen Sie nicht, daß sie uns schon entdeckt haben.»

«Es könnte sein. Aber wenn sie erst bis an die von mir vorgesehene Kreuzung gekommen sind, werden sie schon etwas unaufmerksamer geworden sein. Außerdem ist die Fahrt die einzige Gelegenheit, bei der die beiden Überläufer im Freien sind. Es ist die einzige Chance – falls Sie die beiden nicht aus dem Ministerium für Staatssicherheit herausholen wollen. Ich glaube nicht, daß wir so gut oder auch nur so dumm sind, das zu versuchen.»

Wir hörten, daß unten die Haustür zugeschlagen wurde. «Das muß Max sein», sagte Padillo. Wir warteten, bis Schritte unsere Tür erreichten. Es wurde geklopft. Danach folgte eine Pause. Dann wurde schnell hintereinander noch dreimal geklopft. Padillo trat an die Wand neben der Tür.

«Max?»

«Ja.»

Padillo schloß die Tür auf und öffnete sie für einen großen, gebeugten Mann von Ende Zwanzig, der auf einer etwas schiefen Adlernase eine Hornbrille trug. Flinke blaue Augen musterten mich und Cooky. Der Mann trug einen grünlichblauen Regenmantel und einen grauen Filzhut. Er reichte Padillo die Hand, der ihn als Max Voss vorstellte. Wir schüttelten uns die Hände, und er ging in die Ecke zu Marta hinüber, die das Geschirr fortgeräumt hatte, und umarmte sie. «Tut mir leid», sagte er auf deutsch. «Tut mir wirklich leid. Er war ein feiner Mensch.»

Sie lächelte flüchtig, nickte und wandte sich wieder dem Geschirr im Ausguß zu. «Du hast es also schon erfahren?»

Er hob die Schultern. «RIAS brachte die Nachricht. Die Polizei sucht nach einem Mr. McCorkle, zuletzt am Übergang Friedrichstraße gesehen. Zusammen mit Mr. Baker. Mehr brachten sie nicht. Weatherby wurde als britischer Geschäftsmann bezeichnet.» Er zog unvermittelt die Augenbrauen hoch und lächelte leicht. «Vermutlich eine durchaus zutreffende Bezeichnung.»

«Was haben Sie herausgefunden?» fragte Padillo.

Max zog ein kleines Notizbuch aus der Tasche. «Sie kommen morgen mittag an. Ein Wagen holt sie ab, ein tschechischer Tatra. Sie werden an einen Beamten des KGB und zwei des Ministeriums für Staatssicherheit übergeben und in das Ministerium in der Normannenstraße gebracht. Ferner ist noch ein Fahrer dabei.»

«Was hat es gekostet?»

«Es war teuer. Fünfhundert D-Mark.»

«Hier.» Padillo griff in die Tasche und zog einen Pakken Geldscheine heraus. Er zählte fünf Hunderter in DM-West ab.

Max steckte sie ein. «Ich bringe Marta nach Hause», sagte er. «Sie hat für heute sicher genug.»

Padillo nickte, und Max half dem Mädchen in ihren grünen Ledermantel. «Ich bin morgen gegen neun wieder da. Mit Marta.» Er nickte uns zu, und sie gingen. Das Mädchen sagte nichts.

«Sprechen wir alles noch einmal durch», sagte Padillo.

Wir gingen den Plan noch einmal durch, nicht nur einmal, sondern zehnmal. Um zwei Uhr morgens hatten wir genug davon. Ich schlief auf einem der Feldbetten schnell ein und träumte lange von Schlössern, die nicht schlossen, Türen, die sich nicht öffneten, und Wagen, die nicht anzogen, wenn ich aufs Gaspedal trat.

12

Ich wachte durch das Geräusch von Wasser auf, das in einen Topf plätscherte. Padillo stand am Ausguß. Er setzte den Topf auf die Kochplatte und schaltete sie ein. Ich sah auf meine Uhr. Es war halb sieben. Ich fragte mich, ob die Sonne schien oder ob es wieder zu regnen angefangen hatte. Genaugenommen spielte es wohl keine Rolle, deshalb stand ich auf, ging zum Tisch hinüber und setzte mich. Cooky schlief noch auf dem hintersten Feldbett.

«Pulverkaffee zum Frühstück», sagte Padillo. «Falls du am Verhungern bist, kannst du irgendwo Büchsenfleisch finden.»

«Bin ich nicht.»

«Erzähle mir noch etwas von deinem Freund Maas und seinem Tunnel.»

«Für fünftausend Dollar will er uns heimlich unter der Mauer hindurchführen. Cooky brachte die fünftausend mit, wie ich dir gestern abend schon gesagt habe. Hier ist der Stadtplan.» Ich griff in meine Jackentasche und warf den Umschlag auf den Tisch.

Padillo nahm ihn, zog den Plan heraus und studierte ihn. «Das kann überall sein», sagte er. «Hast du seine Telefonnummer?»

Ich nickte.

Padillo ging zu der Kochplatte zurück, löffelte Pulverkaffee in zwei Tassen, füllte mit kochendem Wasser auf, rührte in beiden Tassen und stellte sie auf den Tisch. «Zucker?»

«Wenn du welchen hast.»

Er warf mir zwei verpackte Würfel hin. Ich entfernte das Papier, ließ den Zucker in meine Tasse fallen und rührte um.

«Wenn heute mittag alles klappt, versuchen wir abends hinüberzukommen.»

«Heute abend?»

«In der Dämmerung. Das ist die beste Zeit, weil dann ihre Beleuchtung am wenigsten wirkt. Wir befolgen eine Methode, die Weatherby entwickelt hat. Marta arrangiert alles im Westen. Wenn es nicht klappt, wirst du wahrscheinlich Maas anrufen müssen. Sein Preis ist übrigens nicht schlecht.»

«Das hat Cooky auch gesagt. Glaubst du, daß es gutgeht?»

«Ich weiß nicht», antwortete er. «Bei Gott, ich weiß es wirklich nicht. Es kostet eine Menge. Weatherby war einmalig, und es fällt mir schwer, mich damit abzufinden, daß er tot ist, nur weil ich meinen Job sattbekommen habe.»

«Ich habe ihn nicht näher gekannt, aber mir schien er ein erwachsener Mensch gewesen zu sein. Er muß sich irgendwann einmal das Risiko ausgerechnet haben.»

«Hast du das auch getan?»

«Ich will nicht darüber nachdenken, sonst würde ich mich wieder ins Bett legen und mir die Decke über den Kopf ziehen. Ich weiß nicht einmal, ob ich dir eine große Hilfe sein werde.»

Padillo nahm sich eine meiner Zigaretten. «Du wirst es schon schaffen. Vielleicht nehme ich dich als ständigen Assistenten. Du wirkst ganz vielversprechend.»

«Nein, danke. Das ist McCorkles letzter Fall. Der Fuchs von Berlin zieht sich in den Ruhestand zurück.»

Padillo grinste und stand auf. «Ich will Cook wecken.» Er ging zu dem hintersten Feldbett und schüttelte Cooky an der Schulter, der sich herumwälzte und den Kopf in den Händen vergrub.

«Nur einen Morgen», murrte Cooky, «nur einmal einen Morgen ohne Kater.»

«Hier gibt's Kaffee», rief ich ihm zu. «Vielleicht kannst du die zweite Tasse bei dir behalten.»

Cooky schwankte zu dem Verschlag mit der Toilette. Als er wieder herauskam, schien er mir etwas blaß zu sein. Er ging zum Ausguß und spritzte sich Wasser ins Gesicht. Dann ließ er sich auf einen Stuhl am Tisch fallen. Padillo stellte eine Tasse Kaffee vor ihn hin.

«Zucker?»

«Nur meine Spezialsorte», antwortete Cooky, zog seine silberne Taschenflasche und schüttelte sie, um festzustellen, ob es noch darin gluckerte, schraubte den Verschluß ab und tat einen langen Zug. Erschaudernd spülte er mit Kaffee nach. Er schien erheblich wacher zu werden. «Auch einen Schluck?» fragte er und schob die Flasche Padillo zu.

«Nein, danke, Cook. Vor neun Uhr trinke ich selten.»

Cooky nickte, nahm die Flasche wieder an sich und goß einen ansehnlichen Schuß in seinen Kaffee.

«Aufgepaßt, Leute, jetzt kommt noch einmal Kartenstudium.» Padillo breitete wieder den Stadtplan von Berlin aus, für den jemand einmal DM 4,80 bezahlt hatte, und wir nahmen uns wieder die Route vor. Das ging bis neun, als wir unten die Tür schlagen hörten. Es waren Max und Marta. Sie hatte in der Nacht ihre Tränen über Weatherby geweint; ihre Augen waren rotgerändert. Beide setzten sich an den Tisch.

«Wir sind noch ein paarmal die Route durchgegangen, Max. Es ist genau die, die Sie vorgeschlagen haben. Heute abend gehen wir hinüber. Das bedeutet, daß Marta sich mit Kurt und seiner Mannschaft in Verbindung setzen muß. Wir richten uns nach Plan drei. Die gleiche Zeit, der gleiche Ort, genau wie Weatherby und ich vereinbart hatten. Sie wissen Bescheid, Marta?»

«Ja.»

«Wenn Sie wieder im Westen sind, dann bleiben Sie drüben. Kommen Sie nicht zurück. Wenn etwas nicht klappt, geben wir Ihnen Nachricht, was wir als nächstes beabsichtigen.»

«Wir werden dasein», sagte sie. «Ich sollte dann gleich wieder gehen.» Sie sah uns der Reihe nach an. Ihre Augen ruhten kurz auf jedem einzelnen. «Ich wünsche Ihnen viel

Glück, Ihnen allen.» Sie ging schnell, eine große, hübsche Frau, die ihren Gram für sich allein trug. Ich dachte, daß Weatherby sie dafür bewundert hätte.

«Steigt nach dem Zusammenstoß ganz normal aus», fuhr Padillo fort. «Lauft nicht. Cook und ich nehmen die rechte Seite, ihr beide die Seite mit dem Fahrersitz. Max fährt den Citroën hierher zurück. Wir werden die Waffen benutzen – aber nur, um sie zu zeigen. Versucht nicht, damit zuzuschlagen oder gar abzudrücken. Alles klar?»

Wir nickten.

«Cook und ich, wir passen sie am Flugplatz ab. Die Sprechfunkgeräte kommen aus Japan und sollen eine Reichweite von drei Meilen haben. Cook übernimmt das eine Gerät, Max das andere. In dem Block vor der Kreuzung, an der ihr parkt, schließen wir dicht an sie auf. Wenn Cook euch das Zeichen gibt, fahrt ihr los. Wie schnell ihr fahren müßt, richtet sich nach der Geschwindigkeit ihres Wagens, klar?»

Max und ich nickten wieder.

«Es muß klappen, wenn sie nur einen Wagen haben, wenn die Funkgeräte funktionieren, wenn niemand bei dem Zusammenstoß verletzt wird und wenn sie uns auf der Fahrt hierher zurück nicht abfangen. Das sind mehrere Wenns. Hoffentlich sind es nicht zu viele. Jetzt ist es zehn. Cook und ich brechen um elf hier auf. Du und Max, ihr geht um zwölf Uhr fünfzehn los. Ihr solltet über das Funkgerät gegen halb eins von uns hören – falls es funktioniert. Wir sollten sie jetzt mal ausprobieren.»

Die Funkgeräte waren ein japanisches Fabrikat und nannten sich Lloyds. Und sie funktionierten. Padillo stieg die fünf Treppen hinunter. «Hört ihr mich richtig?» Seine Stimme kam dünn, aber klar durch. «Sie funktionieren ausgezeichnet», antwortete Max. «Können Sie mich verstehen?» Padillo bestätigte, er verstehe ihn gut. Wir warteten, bis Padillo wieder oben war, und dann tranken wir alle einen Schluck. Wieder Wodka.

Es gab nicht mehr viel zu sagen. Deshalb saßen wir schweigend herum, schlürften an unseren Gläsern und rauchten, jeder in seine eigenen Gedanken versunken, jeder im Ringen mit seinen besonderen privaten Ängsten.

Um elf gingen Cooky und Padillo. Max und ich sprachen über das Wetter, über ein neues Kabarettprogramm, das ich bei meinem letzten Besuch in Berlin gesehen hatte, über die Lebenshaltungskosten in Berlin im Vergleich zu denen in Bonn und ganz allgemein über Filme. Max sagte, daß er oft ins Kino gehe. Wir sprachen nicht von dem, was um zwölf Uhr dreißig geschehen sollte. Um zwölf Uhr zehn gingen wir nach unten. Ich tauschte mit Max den Schlüssel für den Mercedes gegen den Schlüssel für das Klapptor des Schuppens. Ich schloß auf und öffnete es, und Max fuhr den Mercedes rückwärts heraus. Ich klappte das Tor herunter, schloß es wieder ab und stieg neben ihm ein.

«Sie wissen wohl, daß sie nach diesem Wagen vielleicht schon suchen – die Polizei, meine ich», sagte er.

«Höchstwahrscheinlich. Glauben Sie, daß sie ihn der Mietfirma zurückgeben werden?»

Max lachte. «Ganz ausgeschlossen.»

«Na, dann habe ich ihnen eben einen neuen Mercedes angeschafft.»

Max fuhr vorsichtig. Wir verließen den Industriebezirk von Lichtenberg und begannen unseren Zickzackweg durch enge Nebenstraßen. Um zwölf Uhr achtundzwanzig sagte Max: «Wir sind beinahe da. An der nächsten Ecke biegen wir nach rechts ab. Dann sollten wir bald etwas von ihnen hören.» Er lenkte nach rechts in eine Einbahnstraße, die gerade für zwei Wagen breit genug war. Drei Meter von der Ecke entfernt parkte er. «Das ist die Straße, durch die sie kommen.» Er nahm seine Brille ab, um die Gläser zu polieren.

«Wir wollen die Plätze wechseln», sagte ich.

«Das ist nicht nötig.»

«Trotzdem. Ich habe bessere Augen als Sie und wahrscheinlich mehr Autozusammenstöße mitgemacht als Sie. Als ich noch nicht so vernünftig war wie heute, habe ich ein paar Rennen mitgefahren.»

Max lächelte. «Ehrlich gesagt, ich bin wegen dem Zusammenstoß nervös. Wenn da etwas schiefgehen sollte ...»

«Wird es schon nicht», versicherte ich mit einem, wie ich hoffte, zuversichtlichen Gesicht.

Wir tauschten die Plätze. Max übernahm das Funkgerät. Eine halbe Minute später fing es an zu knistern.

«Wir sind in einem Block Abstand hinter ihnen – etwa noch vier Minuten.» Es war Cooky. Seine Stimme war tief und ausdruckslos, so als ob er Nachrichten verläse. «Sie fahren einen schwarzen Tatra. Drei hinten und drei vorn. Der eine Kandidat sitzt hinten in der Mitte, der andere vorn in der Mitte. Zwischen uns und ihnen befinden sich zwei Wagen. Wir sind unbemerkt geblieben. Kommen.»

«Verstanden», sagte Max. «Kommen.»

Wir warteten.

«Sind noch einen Block hinter ihnen – jetzt noch drei Minuten. Gleiche Situation wie bisher. Kommen.»

«Verstanden. Kommen.»

«Noch zweieinhalb Minuten. Kommen.»

«Verstanden. Kommen.»

Ich umklammerte das Lenkrad, um das Zittern meiner Hände zu unterdrücken. Max schwitzte leicht. Er zog das Taschentuch und polierte seine beschlagenen Brillengläser.

«Noch zwei Minuten. Gehen näher ran», sagte das Funkgerät. «Kommen.»

«Verstanden. Kommen.»

Ich ließ den Motor an. Oder richtiger, ich versuchte es. Der Anlasser mahlte eifrig, aber sonst geschah nichts.

Das Funkgerät knisterte. «Anderthalb Minuten noch. Gehen noch näher heran. Kommen.»

«Verstanden», schrie Max, und seine Stimme schnappte über. «Kommen.»

Ich nahm den Fuß vom Gaspedal und wartete dreißig Sekunden. Sie kamen mir wie dreißig Jahre vor. «Abgesoffen», erklärte ich im Ton eines Meistermechanikers. Ich drehte den Zündschlüssel, und der Motor sprang an.

«Noch eine Minute. Sind unmittelbar hinter ihnen. Kommen.»

«Verstanden. Kommen.»

Ich zog meinen Revolver und legte ihn neben mich auf den Sitz. Max tat das gleiche. Wir sahen uns an, ich grinste blinzelnd. Max gelang ein schwaches Lächeln. Wahrscheinlich war es zuversichtlicher als mein Grinsen.

«Noch zweieinhalb Blocks von euch entfernt. Dreißig Sekunden. Nähern uns mit einer Geschwindigkeit von fünfzig Kilometern. Jetzt seid ihr dran. Hals- und Beinbruch.»

Ich legte den Gang ein und ließ den Wagen langsam bis zur Ecke rollen. Der Verkehr auf der Hauptstraße war dünn. Ich zählte bis fünf und fuhr den Wagen an der Hausecke so weit vor, daß ich den Verkehr auf der Fahrbahn links von mir sehen konnte. Ein Trabant kam vorbei. Dann sah ich einen halben Block weit entfernt den Tatra, er erinnerte mich an den Chrysler Folly 1935. Er fuhr etwa fünfzig. Der Citroën folgte ihm in zehn Meter Abstand.

Ich ließ den Wagen langsam am Gehsteig vorbei auf die Hauptstraße rollen. Der Fahrer des Tatra hupte mich an, und ich hielt. Er kam näher, ohne zu bremsen. Nach drei Sekunden glaubte ich den richtigen Moment für gekommen. Ich trat aufs Gas, und der Mercedes schoß dem Tatra in den Weg. Der Fahrer drückte auf die Hupe, versuchte, nach rechts auszuweichen, und prallte links hinten gegen Tür und Kotflügel des Mercedes. Schleudernd rutschten wir etwa einen Meter weit seitlich fort.

«Halten Sie Ihre Waffe unter dem Mantel, und lassen Sie sich Zeit», sagte ich zu Max.

Er nickte.

Wir stiegen aus, warfen einen Blick auf den Verkehr und gingen auf den Fahrer zu. Ich sah Padillo und Cooky, die zum Gehsteig hin auswichen. Aus dem Kühler des Tatra strömte Wasser. Der Fahrer war von dem Zusammenstoß benommen, sein Kopf ruhte auf dem Lenkrad. Einer der Männer auf dem Rücksitz schob den Kopf aus dem Fenster und wollte etwas sagen. Ich sprang auf die Tür zu und riß sie auf. Dabei hielt ich ihm meine Waffe unter die Nase. «Sitzen bleiben und nicht bewegen», sagte ich auf deutsch. Dann auf englisch: «Sie – der Amerikaner – aussteigen!»

Padillo hatte die Vordertür geöffnet. «Raus!» befahl er scharf. Ich konnte Cookys kurzläufige Smith and Wesson sehen, die auf die Männer im Fond gerichtet war. Vorn stiegen zwei Männer aus. «Zum Wagen mit ihm», sagte Padillo zu Cooky und deutete auf den zweiten Mann. «Sie steigen wieder ein. Halten Sie die Hände über dem Armaturenbrett in Sicht.»

Der junge Mann auf dem mittleren Rücksitz kletterte aus dem Wagen. «Nehmen Sie ihn», sagte ich zu Max. Max packte ihn am Arm, schob ihn schnell vor sich her zum Citroën und preßte ihm dabei seine Waffe in den Rücken.

Padillo öffnete noch einmal die Vordertür, griff nach unten in den Wagen und riß etwas heraus. Ich konnte nicht sehen, was, aber vermutlich war es das Kabel des Funkgeräts. Dann schlug er die Tür zu.

«Los jetzt», sagte er.

Wir rannten zum Citroën und warfen uns hinein. Ich saß hinten mit Cooky und einem der Amerikaner. Max fuhr inzwischen schon an. Der Citroën beschleunigte schnell, und Max nahm die Ecke zu scharf. Er kämpfte mit der Lenkung, kam aber von der Fahrbahn ab und fuhr ein Stück über den Gehsteig, ehe er mit einem harten Ruck die Fahrbahn zurückgewann.

«Immer mit der Ruhe, Max», sagte Padillo. «Noch ist keiner hinter uns.»

Die beiden Amerikaner hatten kein Wort gesagt. Offenbar waren sie von dem Zusammenstoß und dem Überfall benommen. Dann wandte sich der auf dem Vordersitz Padillo zu und sagte: «Darf ich fragen, was das zu bedeuten hat?»

«Welcher sind Sie – Symmes oder Burchwood?»

«Symmes.»

«Gut, Mr. Symmes. Ich ziele mit meiner Waffe auf Ihren Magen. Ich wünsche, daß Sie für die nächsten zehn Minuten schweigen. Keine Fragen, keine Erklärungen. Das gilt auch für Mr. Burchwood auf dem Rücksitz. Ist das völlig klar? Wenn ja, dann nicken Sie.»

Symmes nickte.

«Hat Mr. Burchwood genickt?» fragte Padillo.

«Er nickt», antwortete Cooky.

«Sehr schön. Dann wollen wir die Fahrt in aller Ruhe genießen.»

13

Niemand schien von uns Notiz zu nehmen, als wir schnell durch die Nebenstraßen Ostberlins fuhren. Cooky war ruhelos und zündete sich eine Zigarette an der anderen an, behielt seinen Revolver aber auf Burchwood gerichtet. Ich sah auf meine Uhr. Vier Minuten waren verstrichen, seit ich den Mercedes auf die Hauptstraße hinausgefahren hatte. Fast drei davon fuhren wir schon wieder. Das Ganze, der Zusammenstoß und die Verschleppung, hatte weniger als eine Minute in Anspruch genommen.

Max hielt das Lenkrad fest gepackt, er schien aber weniger aufgeregt zu sein. Padillo saß halb zur Seite gewandt, damit er Symmes beobachten konnte, der vor sich hin starrte. Symmes war groß, über eins achtzig, schätzte ich. Er trug einen dunkelblauen Anzug in amerikanischem Schnitt, ein weißes Hemd und eine schwarz-blau gemusterte Krawatte. Sein Haar war lang, blond und strähnig, ein Haarschnitt war fällig. Burchwood war dunkel und mittelgroß. Seine braunen Augen blinzelten schnell, und er fuhr sich mit der Zunge ständig über die blassen Lippen. Mit verschlungenen Händen saß er da und starrte Symmes' Nacken an. Dieser trug ein unauffälliges Jackett zu einer grauen Flanellhose, ein blaßblaues Hemd mit grau und weinrot gestreiftem Schlips. Seine Augenbrauen sahen aus, als ob er sie gezupft hätte, aber ich räumte die Möglichkeit ein, daß sie von Natur aus so waren.

«Etwas schneller, Max», sagte Padillo.

Max drückte aufs Gaspedal, und der Citroën beschleunigte. «Wir sind gleich da», sagte er.

Wir bogen noch zweimal nach rechts ab, dann erkannte ich das Haus. Max bog in die enge Einfahrt und hielt vor dem Schuppen an. Ich stieg aus, schob das Klapptor hoch, und Max fuhr hinein.

«Ich nehme Symmes. Nehmen Sie Burchwood», sagte Padillo zu Cooky.

Ich zog das Klapptor herunter und schloß wieder ab.

«Die Treppe hinauf, meine Herren», sagte Cooky. «Es sind fünf hohe Etagen.»

Wir stiegen die Stufen hinauf und kamen in den schwach beleuchteten Raum. Padillo schob seine Waffe in den Hosenbund. Symmes und Burchwood standen nahe beieinander in der Mitte des Raums. Sie sahen sich mißtrauisch um und schienen nicht zu wissen, was sie mit ihren Händen anfangen sollten.

«Setzen Sie sich da hin», befahl Padillo und deutete auf die nächste Bettstelle. «Falls Sie schreien wollen – es ist niemand in der Nähe, der Sie hören könnte. Für die nächsten Stunden werden Sie hier festgehalten, danach reisen Sie weiter.»

Sie setzten sich aufs Bett. Symmes, der große Blonde mit den kleinen rosa Ohren, bewegte sich wie ein Balletttänzer. «Sie sind Amerikaner, nicht wahr?» fragte er.

«Die meisten von uns», antwortete Padillo.

«Würde es Ihnen große Mühe machen, wenn Sie uns erklärten, was ... Ich meine, können Sie uns sagen, warum Sie den Zusammenstoß herbeigeführt und uns hierhergebracht haben?»

Burchwood, der kleinere Dunkle, schnitt eine Grimasse und fuhr sich wieder mit der Zunge über die Lippen. «Wahrscheinlich gehören Sie zur CIA oder zu sonst so einer raffinierten Organisation.»

«Nein», sagte Padillo.

«Also, wer sind Sie dann?»

«Ich glaube nicht, daß das eine Rolle spielt», antwortete Padillo. «Solange Sie das tun, was wir Ihnen sagen, wird für Sie gut gesorgt.»

Burchwood schnüffelte.

Symmes sagte: «Anscheinend wissen Sie über uns gut Bescheid.»

«Nicht alles, aber es genügt.»

Padillo ging zum Tisch hinüber und setzte sich. Cooky, Max und ich folgten seinem Beispiel. Wir starrten Burchwood und Symmes an. Sie starrten zurück.

«Wie war Moskau?» fragte Cooky.

«Uns gefiel es sehr gut, vielen Dank», antwortete Burchwood. «Wir wurden sehr höflich behandelt.»

«Keine Presse, allerdings», sagte Cooky. «Nirgendwo eine Zeile. Nicht einmal Ihr Bild in der New Yorker *Daily News*.»

Symmes machte eine anmutige Handbewegung. «Wir drängen uns nicht nach Publizität. Nicht so wie manche anderen. Und falls Sie versuchen, uns zu ködern, die Mühe können Sie sich sparen. Wir haben gewisse Überzeugungen, von denen ich unmöglich erwarten kann, daß Sie sie verstehen oder tolerieren.»

«Schluß jetzt, Cook», sagte Padillo.

«Ach, das stört uns nicht. Wir sind seinesgleichen schon früher begegnet, oder nicht, Gerald?»

Symmes sah Cooky nachdenklich an. «Schon oft», bestätigte er. Er lächelte Cooky zu. «Mit der Zeit könnten Sie uns sogar gefallen, Langer.»

«Mir gefällt er jetzt schon», sagte Burchwood. «Ich glaube, er könnte sehr nett sein, wenn er sich nur getrauen würde.»

Sie erinnerten mich an zwei Katzen. Sie besaßen die gleiche Anmut und den gleichen, nicht blinzelnden Blick.

Und wie Katzen hatten sie sich schnell mit ihrem neuen Heim abgefunden, nachdem sie die Ecken durchstöbert und unter den Betten geschnüffelt hatten.

«Warum kommen Sie nicht herüber und setzen sich zwischen uns?» forderte Symmes Cooky auf und klopfte auf die Bettstelle. «Ich bin überzeugt, daß wir eine Menge gemeinsam haben.»

Cooky griff nach der Wodkaflasche und goß sich ein Wasserglas voll. Er stürzte die Hälfte hinunter und starrte ins Glas.

«Kommen Sie doch her, Langer. Wir beide mögen Sie, und wir könnten ...» Symmes' Aufforderung wurde dadurch abgeschnitten, daß Cooky sein Glas nach ihm schleuderte.

«Verdammte Homos», fauchte er. Seine Stimme war belegt. Zum erstenmal hörte ich ihn undeutlich sprechen. «Schwule Kommunisten, mehr seid ihr nicht. Wenn die erst mal einen in die Klauen kriegen, kommt man nicht mehr los. Die kleben weiter an einem, weiter und weiter und ...»

«Sie haben schon wieder zuviel getrunken», fuhr Padillo ihn an.

«Wir sind doch keine Kommunisten, Süßer», flötete Symmes.

Burchwood kicherte. Max' Gesicht bekam einen gequälten Ausdruck, und er blickte in eine andere Richtung.

Cooky war aufgesprungen und ging auf die beiden los, die sich spottend mit vorgespiegelter Angst aneinanderdrängten. «Ach – da kommt der böse, wilde Mann», gurrte Burchwood.

Padillo packte Cooky am Arm und stieß ihn gegen die Wand. «Ich habe Ihnen gesagt, Sie sollen aufhören. Ich habe Ihnen auch gesagt, Sie sollten nüchtern bleiben. Sie tun weder das eine noch das andere.»

«Die reizen mich», entgegnete Cooky.

«Das ist ihre Taktik.» Padillo trat vor das Feldbett, von dem Symmes und Burchwood ihm unverschämt entgegengrinsten. Sie stießen sich gegenseitig in die Seite, als Padillo vor ihnen stand und mit einem schwachen Lächeln auf sie hinabblickte.

«Der ist auch schick», meinte Burchwood.

Symmes grinste anzüglich. «Ich hab ihn zuerst gesehen. Außerdem hat er mich befreit.»

Beide kicherten.

Padillo grinste sie an. «Jetzt ist Schluß mit dem Affentheater», sagte er. «Wenn die Sonne untergeht, kommen Sie mit uns über die Mauer. Während der ganzen Zeit wird eine Waffe auf Sie gerichtet sein. Wenn etwas passiert, falls etwas schiefgehen sollte, wird die Waffe abgedrückt. Sobald wir im Westen sind, beabsichtige ich, Sie auszuliefern. Das können Sie gern jetzt schon wissen. Ich weiß nicht, was man mit Ihnen machen wird, eigentlich ist es mir auch egal. Aber wenn Sie nicht genau das tun, was ich Ihnen sage, und sofort, wenn ich es Ihnen sage, dann sind Sie tot.»

Er drehte sich abrupt um und kam zum Tisch zurück. Symmes und Burchwood schienen sich aneinanderzudrücken, als ob ihnen kalt wäre. Nach einem Augenblick begannen sie miteinander zu flüstern.

«Glaubst du, daß das klappt?» fragte ich.

«Wenn nicht, dann erschieße ich sie.»

«Ganz einfach, was?» fragte Cooky. «Das Ganze ist so einfach.»

«Für mich, ja», antwortete Padillo.

«Wie wäre es, wenn Sie uns einweihten, wie wir über die Mauer kommen sollen und wann und wo? Oder ist das auch ganz einfach?»

«Wie betrunken sind Sie, Cook?» fragte Padillo.

«Ich halte schon durch.»

«Nicht, wenn Sie taumeln, dann nicht. Ich habe Sie nicht um Ihre Hilfe gebeten. Ich könnte dafür dankbar sein, aber darum gebeten habe ich nicht. Und wenn Sie besoffen sind, dann bleiben Sie zurück.»

«Ich habe ihn gebeten», sagte ich.

Padillo drehte sich zu mir um. «Denke nach. Hast du ihn wirklich gebeten?»

Ich überlegte. «Ich habe ihn gebeten», wiederholte ich.

«Dann sorge dafür, daß er nüchtern bleibt. Wenn er das nicht ist, bleibt er zurück.»

«Ich will wissen, wo und wann wir über die Mauer gehen», wiederholte Cooky verbissen. «Ich habe ein Recht darauf, das zu wissen.»

«Nein, das haben Sie nicht», entgegnete Padillo. «Sie haben auf nichts ein Recht. Aber ich will Ihnen eine Vorstellung davon geben, was wir vorhaben. Allerdings ohne Ortsangabe und ohne genaue Zeit. Wir laufen in der Dämmerung auf die Mauer zu, nachdem wir ein Signal bekommen haben, steigen eine Leiter hinauf und auf der anderen Seite eine hinunter. Dann laufen wir zu einem Wohnhaus unmittelbar an der Mauer.»

«Und was sollen die Vopos und die Grepos die ganze Zeit über tun?» fragte Cooky.

«Die werden abgelenkt.»

«Wie?»

Padillo sah ihn kalt an. «Das spielt keine Rolle. Nehmen wir einfach an, daß sie abgelenkt werden.»

«Ich finde, wir sollten wissen, wie», wiederholte Cooky hartnäckig. Seine Stimme klang mürrisch.

«Nein.»

«Unser Plan hat schon öfters geklappt – vor einiger Zeit», warf Max besänftigend ein. «Die Schwierigkeit liegt in der Personenzahl, die hinüber soll. Gewöhnlich waren es nur einer oder zwei.»

«Wir haben alles gehört», rief Symmes dazwischen. «Wir gehen nicht mit. Sie können uns nicht zwingen. Was wird, wenn Sie uns schleppen müssen? Was wird, wenn wir schreien? Sie können nicht auf uns schießen. Damit würden Sie sich verraten.»

Padillo sah ihn nicht an. «Sie werden nicht schreien», sagte er in geduldigem Ton, «weil ich Sie mit meinen Händen auf ein Dutzend Weisen umbringen kann, ehe Sie nur den Mund aufmachen. Oder ich kann Ihnen die Kehle durchschneiden. Und das werde ich auch, wenn Sie uns Schwierigkeiten machen.» Erst jetzt drehte er sich um und sah die beiden an. «Vielleicht bin ich nicht deutlich genug gewesen, aber wenn Sie sich nicht aufs äußerste anstrengen, um über die Mauer zu kommen, werden Sie sterben. Wenn Sie sich entschlossen haben sollten, uns zu sabotieren, dann sagen Sie mir nur Bescheid. Dann bringe ich Sie gleich hier um.» Seinem Ton nach hätte er ihnen anbieten können, sie mit dem Wagen zur nächsten Eckkneipe zu bringen, damit sie im Regen nicht naß wurden.

Symmes starrte Padillo an. Er schluckte einmal, dann nahmen die beiden ihr Flüstern wieder auf.

Cooky schob seinen Stuhl zurück und erhob sich. «Ich glaube nicht, daß auch nur einer von uns über die Mauer kommt», sagte er.

«Warum nicht?» fragte Padillo.

«Weil wir uns alle stellen werden.»

Auch Padillo erhob sich, langsam und vorsichtig. «Ich glaube nicht, daß ich Sie richtig verstanden habe, Cook. Vielleicht sollte ich es – vielleicht war es ganz klar –, aber ich verstehe Sie nicht.»

«Sie haben mich genug gereizt. Sie verstehen mich genau.»

«Erklären Sie's näher», verlangte Padillo.

«Wie ich schon gesagt habe. Wir werden uns selbst stellen.»

«Das habe ich begriffen», antwortete Padillo. «Das ist ganz klar. Aber *warum* sollten wir uns stellen? Wollen Sie es so einfach haben? Einfach bis zur nächsten Ecke marschieren und einen Polizisten ansprechen?»

Ich saß still da. Meine Hände ruhten auf dem Tisch. Max tat das gleiche.

«Etwa so», bestätigte Cooky.

«Ist das Ihr Einfall, Cook?»

«Das ist mein Einfall.»

«Warum haben wir das nicht gleich heute morgen getan? Warum haben wir uns da nicht gestellt?»

Cooky versuchte sein verstohlenes Lächeln, aber sein Gesicht verzerrte sich dabei. «Da wußte ich noch nicht, daß Sie einen so verrückten Plan hegen. Sie können nicht über die Mauer, Sie kommen nicht über den Todesstreifen hinüber. Der Plan ist Wahnsinn. Ich will nicht erschossen werden.»

Padillo hielt den Blick auf Cooky gerichtet. «Hast du Cook gesagt, daß du dich gestern abend mit Weatherby im Hilton treffen würdest, Mac?»

«Ja.»

«Sonst noch jemandem?»

«Nein.»

«Was haben die Roten gegen Sie in der Hand, Cook?» fragte Padillo.

«Ich verstehe nicht.»

«Ich meine, was hat die Gegenseite gegen Sie in der Hand – womit werden Sie erpreßt? Was haben Sie so Übles getan, daß Sie einen Mann wie Weatherby deswegen töteten? Und Sie haben ihn getötet. Kein anderer kann es gewesen sein, weil niemand außer Ihnen und Mac wußte, daß er ins Hilton wollte.»

«Sie sind verrückt. Ich will einfach nicht bei dem Versuch, über die Mauer zu gehen, erschossen werden.»

«Ich halte Sie für einen ‹Schläfer›, Cook. Ich glaube, die Gegenseite hat nur auf eine Gelegenheit wie diese gewartet, um Sie einzusetzen.»

«Sie phantasieren ja.»

«O nein. Aber für Geld tun Sie's nicht, Sie haben selbst genug. Auch nicht aus Überzeugung, Sie haben keine. Es kann nur Erpressung sein. Was war es, Cook? Fotos?»

«Wir stellen uns jetzt der Polizei», sagte Cooky, aber nicht überzeugt.

«So leicht geht das nicht», erwiderte Padillo. «Dazu müssen Sie uns schon zwingen.»

Cooky machte ein Gesicht, als ob er etwas sagen wollte, überlegte es sich aber. Er schien mit den Schultern zu zucken, sie senkten sich schnell, und seine Hüfte rollte. Die Waffe war beinahe schon auf Padillo gerichtet, als Cookys Nase verschwand und sich an seiner Kehle ein häßlicher roter Fleck ausbreitete. Erst dann ging Cookys Waffe los, und das Geschoß schlug in den Boden.

Padillo hatte zweimal abgedrückt. Die Kugeln warfen Cooky auf seinen Stuhl zurück. Er war tot, als er auf den Boden fiel. Der Pulvergeruch war scharf und metallisch, und meine Ohren dröhnten. Meine Hände ruhten noch auf dem Tisch, aber meine Handflächen waren feucht, und ich spürte, wie Schweißtropfen sich in meinen Achselhöhlen sammelten. Padillo schüttelte verlegen oder angewidert den Kopf und schob den Revolver in den Hosenbund zurück.

«Ich habe gerade den schnellsten Revolverschützen in Ostberlin übertroffen», sagte er. «Allerdings war er betrunken.»

«Für mich ist das alles etwas zu schnell gegangen», sagte ich.

«Durchsuchen Sie ihn, Max, und behalten Sie das Geld. Alles andere verbrennen.»

Ich stand auf, ging zu einer der Bettstellen und holte eine Decke. Neben dem Toten ließ ich sie fallen. «Damit können Sie ihn zudecken», sagte ich zu Max.

Padillo kam um den Tisch herum, bückte sich und hob Cookys Smith and Wesson auf. Er betrachtete sie neugierig. «Meiner schoß hoch», sagte er. «Ich habe ihn zum erstenmal benutzt.»

«Und jetzt?» fragte ich.

Padillo schenkte sich ein Glas Wodka ein. Dann füllte er zwei weitere für mich und Max. Er hielt sein Glas in beiden Händen und blickte darauf hinab. «Wenn man weit genug zurückgeht, wird man in seiner Vergangenheit auf etwas stoßen, das er für grauenvoll hielt – etwas, von dem er glaubte, daß er nicht damit leben könne.» Padillo seufzte und trank einen Schluck. «Vielleicht hat er deshalb zuviel getrunken und zuviel gelogen und Jagd auf Mädchen gemacht. Und nach einer Weile hat er dafür allem die Schuld gegeben. Als er mich einmal aufsuchte, war er völlig betrunken. Er verriet es nicht, aber es war ihm nie viel anzumerken. Bis damals. Er sagte mir, er wisse, was ich beabsichtige, und falls ich jemals Hilfe bräuchte, sollte ich es ihn wissen lassen. Aber das hat er dir alles erzählt. Cook sagte auch, daß er über gewisse Verbindungen verfüge und so weiter. Er redete um die Sache herum, aber mir genügte es, um zu begreifen, daß meine Rolle erkannt worden war. Ich hielt ihn vorsichtig hin. Hat er dir gesagt, eine seiner Freundinnen hätte ihn über mich informiert?»

«Ja.»

«Die Mädchen mögen sich betrinken, und im Bett mögen sie schwatzen, aber von mir wußten sie nichts. Auf unserer Seite gab es für Cook nur eine Möglichkeit, etwas über mich zu erfahren – durch Burmser oder Hatcher oder durch dich. Und von euch hätte keiner auch nur ein Wort verraten. Jemand von der Gegenseite muß ihm einen Tip gegeben haben, und wenn er von dort einen Tip bekommen hat, muß er für sie gearbeitet haben.»

«Nicht gegen Geld», sagte ich.

«Nein, aber weil sie genau über sein schreckliches Geheimnis unterrichtet waren, was es auch gewesen ist. Vielleicht war er betrunken, als es passierte, oder vielleicht kam er nachher nicht mehr davon los? Es spielt jetzt keine Rolle mehr. Ich habe dich veranlaßt, über ihn unser Lokal kontrollieren zu lassen, weil ich Kontakt mit ihm halten wollte. Als er hier mit dir auftauchte, war ich sicher, daß er irgendwie in der Geschichte mit drinsteckte. Vielleicht hat es ihnen imponiert, wie er mit einer Waffe umgehen konnte.»

«Er war nett», sagte Symmes düster. «Sie halten das vielleicht für albern, aber wir können es erkennen. Wir müssen das.»

«Da hast du das Urteil eines Kenners», sagte Padillo.

«Ein Punkt gibt mir zu denken. Cooky mußte in die Geschichte irgendwie hineingebracht werden, aber ich selbst habe ihn angerufen.»

«Warum?»

«Um die fünftausend Dollar zu leihen.»

«Und wer hat gesagt, daß du fünftausend Dollar brauchst?»

«Maas – jetzt geht mir ein Licht auf. Maas bot das Geschäft mit dem Tunnel an, damit ich Cooky um Geld anrufen mußte.»

«Unterschätze deinen fetten Freund nicht», sagte Padillo. «Er könnte den Tunnel wirklich haben. Ich bin bereit, darauf zu wetten, daß Cook das Geschäft mit Maas vereinbart hat. Cook war die einzige Quelle, von der du schnell so viel Geld bekommen konntest. Und ich wette noch einen Dollar darauf, daß er mit dem Geld in seiner Aktentasche neben dem Telefon saß und auf deinen Anruf wartete. Mir ist es gleichgültig, wie hoch sein Guthaben ist, aber um vier Uhr nachmittags von der Deutschen Bank fünftausend Dollar ausbezahlt zu bekommen, ist nahezu unmöglich.»

«Aber warum hat er Weatherby erschossen?»

«Das gab ihm zunächst einmal den Vorwand, sich an dich zu hängen. Und vielleicht hatte er Auftrag, ihn zu beseitigen, wenn sich die Möglichkeit dazu bot.»

«Was sollen wir jetzt mit ihm machen?» fragte Max.

Padillo hob die Schultern. «Schleppen Sie ihn in die Ecke da drüben. Irgendwann wird man ihn finden.»

Max durchsuchte schnell Cookys Taschen. Dann warf er die Decke über ihn und schleifte den Toten in eine abgelegene Ecke. Auf dem Boden blieb eine verschmierte Blutspur zurück. Max holte einen Wischlappen und machte sauber, Padillo und ich sahen ihm zu. Symmes und Burchwood hockten still auf der Bettstelle und hielten sich bei den Händen. Ihre Gesichter waren blaß und gequält, Burchwood leckte sich dauernd nervös die Lippen.

Max kam zurück und setzte sich wieder an den Tisch. Er griff nach seinem Wodkaglas. «Schmutzige Arbeit», meinte er. «Er hätte bis heute abend an der Mauer warten sollen. Da hätte er eine Chance gehabt.»

«Wahrscheinlich hatte er Angst», sagte Padillo. «Er fing an zusammenzuklappen, und der Alkohol half ihm nicht mehr. Aber vielleicht wollte er auch ein Ende machen. Diese ‹Zwölf-Uhr-Mittag›-Nummer hätte er nicht vorzuführen brauchen, er hätte unbemerkt ziehen können, als er am Tisch saß.»

«Es gibt viele Methoden, Selbstmord zu begehen», sagte Max.

«Er scheint sie alle ausprobiert zu haben.»

Max durchsuchte die Papiere, die er aus Cookys Taschen genommen hatte. Er reichte mir etwas. Es war der Umschlag mit dem Scheck über fünftausend Dollar, den ich ausgestellt hatte. Ich öffnete den Umschlag und reichte Padillo den Scheck. Er warf einen kurzen Blick darauf und zerriß ihn dann. Keiner von uns wußte etwas zu sagen.

14

Max stand auf und nahm seinen Mantel. «Ich gehe lieber noch einmal auf einen Kontrollgang», sagte er. Padillo saß zusammengesunken auf seinem Stuhl, die Füße auf dem Tisch, die Augen halb geschlossen. Sein Mund war eine dünne, harte Linie. Er nickte nur. «In einer Stunde bin ich zurück», sagte Max. Padillo nickte wieder. Max ging und schloß die Tür leise hinter sich.

Burchwood und Symmes lagen auf Feldbetten ausgestreckt. Symmes schien zu schlafen, aber Burchwood lag auf dem Rücken, die Hände hinter dem Kopf gefaltet. Er starrte an die Decke. Wir warteten.

Padillo schwang seufzend die Füße vom Tisch. «Die Chancen stehen hoch, daß es heute abend schiefgehen wird», sagte er.

Diesmal nickte ich. Dann sagte ich: «Wenn mir etwas passiert, kannst du meine Schlipse haben. Sie sind alle mit großer Sorgfalt ausgesucht.»

«Meine goldenen Manschettenknöpfe, sie gehören dir», entgegnete er.

«Meinst du die mit deinem Monogramm?»

«Genau die.»

«Das ist sehr aufmerksam.»

Padillo griff nach der Wodkaflasche und musterte sie kritisch. «Wir haben noch vier Stunden Zeit. Die können wir gut leer machen.»

«Warum nicht?» antwortete ich und schob mein Glas vor ihn hin. Er schenkte fachmännisch ein. Es war für jeden ein halbes Wasserglas voll.

«Vielleicht bringt Max eine neue Flasche mit», sagte er.

«Und Zigaretten. Unsere sind beinahe alle.»

«Wie viele hast du noch?»

Ich zog meine Packung heraus und zählte. «Sechs.»

Padillo zähle seine. «Vier.»

Wir tranken und steckten uns Zigaretten an.

«Da sind noch ein paar Punkte zu klären, wenn wir heute abend hinüberkommen», sagte ich. «Geringfügigkeiten wie der tote Weatherby in meinem Zimmer, der

Mercedes, den ich gemietet und zuschanden gefahren habe, was aus Cooky geworden ist – eben ein paar Kleinigkeiten.»

«Eins hast du vergessen», sagte Padillo.

«Und das wäre?»

«Ich muß unsere beiden Freunde noch bis nach Bonn schaffen.»

«Richtig, das habe ich vergessen. Selbstverständlich hast du einen Plan.»

«Selbstverständlich. Im Vergleich mit der Zone ist die Mauer ein geringfügiges Problem. Erst schaffen wir sie aus Berlin hinaus – ich benutze das redaktionelle ‹Wir›. Wir fahren nachts. Am Rand von Berlin müssen wir als erstes einen drei Meilen breiten Streifen überqueren, wo man nach einem Sonderausweis gefragt wird, falls man dort angetroffen wird. Dann folgt ein fünfhundert Meter breiter Streifen, der bepflanzt ist, höchstens einen Fuß hoch. Jedenfalls bietet sich dort keine Deckung. Als nächstes kommen die Wachtürme an einem Streifen, der etwa hundertvierzig Meter breit ist. Den nennen sie den Sicherheitsstreifen. Jedes Haus, jeder Baum, jeder Strauch wurde entfernt. Nur die Wachtürme sind vorhanden. Selbstverständlich schaffen wir das.»

«Wir sind sehr gut, würde ich sagen.»

«Wir sind perfekt. Jetzt kommt ein Sechs-Meter-Streifen, der ständig patrouilliert wird. Sie haben Hunde dabei. Dann kommt der Zaun, über den wir müssen – vorausgesetzt, daß wir die Patrouillen täuschen können. Wenn wir über den Zaun hinüber sind, haben wir dreißig Meter vermintes Gelände zu überqueren. Aber wir haben immer noch Glück, wir werden nicht in die Luft gesprengt. Dann noch ein Zaun. Wenn ich mich recht erinnere, steht er unter Strom. Dann wieder ungefähr vierzig Meter gepflügtes Land, damit man jeden Fußabdruck darauf sehen kann. Nach dem gepflügten Land kommt ein zehn Meter breiter Todesstreifen. Auf alles, was sich da bewegt, wird geschossen. Aber wenn wir das einmal geschafft haben, brauchen wir nur noch über einen weiteren fünf Meter hohen Zaun, dessen Drähte eine Million Alarmglocken auslösen, wenn man sie berührt. Aber wir sind gerissen. Wir kommen auch da hinüber. Und die ganze Zeit über helfen wir unseren beiden Freunden hier.»

«Und was kommt dann?»

«Nichts weiter. Wir suchen uns einen Weg hundertachtzig Kilometer weit durch die Zone und wiederholen das Ganze noch einmal an der Westgrenze.»

«Ich will dir mal was sagen: Ich habe für den Rückflug gebucht, mit einem Flugzeug, das nach Düsseldorf fliegt. Das nehme ich.»

«Ich glaube nicht, daß wir versuchen sollten, durch die Zone zu kommen. Wir müssen fliegen. Vielleicht eine Maschine chartern», sinnierte Padillo.

«Irgend etwas sagt mir, daß man nach uns suchen könnte – auf unserer Seite, meine ich.»

Padillo kratzte sich am Kinn. «Weißt du, ich glaube, du hast recht. Wir wollen uns das später überlegen.»

Nach einer Stunde kam Max zurück. Er brachte Zigaretten, Wodka und Wurst mit.

«Irgendwas gehört?» fragte Padillo.

Max zuckte mit den Schultern. «Für die Vopos und die Grepos wurde Sonderalarm gegeben. Sie erwarten für heute, morgen oder übermorgen einen Durchbruchversuch. Mein Informant war nicht besonders gesprächig.»

«Kann ich ihm nicht verdenken», sagte Padillo.

«Sie müssen aber über zweiundvierzig Kilometer bewachen», sagte Max. «Heute abend ist so gut wie morgen. Vielleicht sogar besser. Ich glaube, sie rechnen nicht damit, daß wir es so bald versuchen.»

«Ist auf Kurts Seite alles in Ordnung?»

Max nickte. «Die sind bereit. Sie haben auf dem üblichen Weg Nachricht gegeben.»

«Gut. Max, schneiden Sie die Wurst und das Brot auf. Ich mache für uns Kaffee.»

Wir aßen und gaben auch Burchwood und Symmes belegte Brote und Kaffee. Sie saßen wieder nebeneinander auf dem Feldbett und aßen hungrig. Sie flüsterten miteinander und ignorierten uns.

Jede Unterhaltung erstarb. Max saß da und starrte in seinen Kaffee. Padillo hatte sich zurückgelehnt, die Füße wieder auf dem Tisch. Er starrte zur Decke, die Lippen wieder zu einer dünnen, harten Linie zusammengepreßt. Ich legte den Kopf auf den Tisch und schloß die Augen. Ich schlief ein.

Ich erwachte, als Padillo mich an der Schulter rüttelte. «Wir gehen in fünfzehn Minuten», sagte er. Ich nickte, stand auf und trat zum Ausguß. Ich spülte mein Gesicht mit kaltem Wasser. Padillo ging zu den Feldbetten und schüttelte Symmes und Burchwood wach. «Setzen Sie sich drüben an den Tisch», sagte er. «Ich erkläre Ihnen, was Sie zu tun haben.»

Max hatte einen Stadtplan ausgebreitet. «Sie beide», sagte Padillo, «gehen mit uns hinunter und setzen sich ruhig hinten in den Wagen. McCorkle sitzt bei Ihnen. Max fährt, und ich bin bei ihm vorn. Wir haben eine Fahrt von zwanzig Minuten vor uns – vielleicht fünfundzwanzig. Wenn wir angehalten werden, sagen Sie kein Wort. Falls Sie irgend etwas versuchen, werden Mac oder ich Sie erschießen.»

Sie nickten. Mir schien, sie glaubten ihm. Ob ich es tat, wußte ich nicht.

«Wir parken hier», sagte er und bezeichnete eine Stelle auf dem Plan. «Sie steigen aus und folgen mir. Mac kommt unmittelbar hinter Ihnen. Wir vier stellen uns in diesen Hauseingang. Wenn ich das Zeichen gebe, werden Sie laufen – nicht einfach gehen –, gerade auf die Mauer zu. Sie steigen eine Leiter hinauf und auf der anderen eine hinunter. Dann laufen Sie zu dieser Haustür. Beide Male rennen Sie so schnell wie noch nie in Ihrem Leben. Wenn Sie nicht schnell genug sind, können Sie von den Deutschen erschossen werden. Wenn Sie irgendwelche Heldentaten versuchen, werden Sie von mir umgebracht. Ich hoffe, daß Sie mir glauben.»

«Was geschieht, wenn wir über die Mauer sind?» fragte Symmes.

«Das heben wir uns für später auf», antwortete Padillo. «Aber es wird nicht so schlimm sein wie das, was Ihnen passiert, wenn wir es nicht schaffen.»

Symmes und Burchwood sahen einander düster an.

Padillo wandte sich an Max. «Sie wissen, was Sie zu tun haben?»

Max betrachtete die Fingernägel seiner rechten Hand. «Ich lenke den Wagen, halte an und warte drei Minuten. Wenn Sie in der Zeit nicht zurück sind, fahre ich fort.»

Padillo sah auf seine Uhr. «Wir können ruhig noch einen Schluck trinken.»

Er schenkte fünf knapp bemessene Wodka ein, hob die Flasche hoch, zuckte mit den Schultern und verteilte den Rest in die Gläser. Es war ein kräftiger Schluck. Symmes und Burchwood leerten ihre Gläser gierig, und ich gab ihnen nicht viel darin nach. Ich sah mich im Raum um. Die verdeckte Gestalt in der Ecke war nur ein Bündel. Ich empfand nichts für sie, weder in dieser noch in jener Richtung. Ich war stumpf.

Max schaltete die beiden Sechzig-Watt-Lampen aus, und wir gingen, von seiner Taschenlampe geleitet, die Treppe hinunter. Im Schuppen schaltete Max ein Licht über dem Wagen ein.

«Es ist ein Wartburg», sagte er. «Der Citroën war zu heiß.»

Ich ging um den Wagen herum und setzte mich hinten auf der rechten Seite hinein. Padillo stand neben der linken hinteren Tür, bis auch Symmes und Burchwood eingestiegen waren. Dann schloß er die Tür, ging hinter dem Wagen herum und schob das Tor des Schuppens hoch, wartete, bis Max den Wagen hinausgelenkt und gewendet hatte. Er löschte das Licht, schloß das Tor ab und setzte sich neben Max. Dann drehte er sich um und zeigte Symmes und Burchwood seine Waffe. «Das soll nur eine Erinnerung für Sie sein», sagte er. «McCorkle hat auch eine.»

Pflichtschuldig zog ich den Revolver und ließ die beiden ihn sehen. «Scharf geladen», erklärte ich.

Max lenkte den Wartburg aus der Einfahrt und fuhr nach Westen. Es war etwa halb acht und noch taghell. Er fuhr normal. Als wir uns dem Zentrum von Ostberlin näherten, wurde der Verkehr stärker.

Padillo saß, halb zur Seite gewandt, vorn. Seine Blicke wanderten zwischen Burchwood und Symmes auf den Rücksitzen, dem Verkehr hinter uns und dann wieder der Straße vor uns hin und her. Burchwood und Symmes saßen steif da, die Knie fest zusammengepreßt. Sie hielten sich wieder an den Händen. Ich wünschte, es wäre jemand da, der auch meine Hand hielt.

Es wurde dunkler, Max schaltete seine Standleuchten ein. Es war die Tageszeit, zu der man sich fragt, ob man mit oder ohne Scheinwerfer besser sieht. Wir waren fünfzehn Minuten lang gefahren, als wir an einer Verkehrsampel warten mußten. Wir warteten fünfzehn Sekunden, und dann hielt neben uns ein Trabant der Volkspolizei. Er war mit vier Beamten besetzt. Die beiden auf der rechten Seite musterten uns genau. Einer von ihnen sagte etwas zu dem Fahrer. Die Ampel wechselte auf Grün, und Max fuhr an. Der Trabant setzte sich hinter uns.

«Sie kommen uns nach», sagte Max.

«Sehen Sie sich nicht um», warnte Padillo Symmes und Burchwood. «Unterhalten Sie sich miteinander. Von mir aus können Sie sich gegenseitig das Vaterunser vorbeten, aber sprechen Sie miteinander wie bei einer alltäglichen

Unterhaltung. Gib mir eine Zigarette, Mac, und biete mir Feuer an.»

Symmes und Burchwood sprachen miteinander. Ich erinnere mich nicht daran, was sie sagten, aber damals kam es mir ziemlich unsinnig vor. Ich zog meine letzte Zigarette aus der Tasche und klopfte Padillo auf die Schulter. Er drehte sich um und nahm sie lächelnd. «Sie sind noch hinter uns», sagte er.

«Ich weiß», antwortete Max. «An der nächsten Ecke müßten wir abbiegen.»

«Wieviel Zeit ist noch?» fragte Padillo.

«Wir haben einen Vorsprung von drei bis vier Minuten.»

«Fahren Sie drei Blocks weiter, und biegen Sie dann erst ab. Wenn sie uns dann immer noch folgen, müssen Sie versuchen, sie abzuschütteln.»

Max fuhr mit der stetigen Geschwindigkeit von vierzig Kilometern in der Stunde weiter. Er schaffte zwei Ampeln bei Grün. Ich zählte die Blocks. Bei der dritten Kreuzung gab er Zeichen, daß er nach rechts abbiegen wollte. Er lenkte auf die rechte Fahrbahn, schaltete in den zweiten Gang zurück und beobachtete den Trabant der Polizei im Rückspiegel. Er seufzte auf. «Sie fahren geradeaus weiter», sagte er.

Ich atmete deutlich hörbar aus. Dabei entdeckte ich, daß ich die ganze Zeit den Atem angehalten hatte. Padillo blickte auf seine Uhr. «Wir sollten es pünktlich schaffen», sagte er. Max umkreiste den Block und fuhr die Straße zurück, die wir gekommen waren. Er bog nach links in eine Nebenstraße und hielt an. Es herrschte Zwielicht.

«Alles aussteigen», befahl Padillo.

Ich zeigte Symmes und Burchwood noch einmal meine Waffe, ehe ich sie einsteckte. «Ich schieße sofort durch die Tasche», warnte ich.

Padillo war als erster draußen und kam um den Wagen, um für das Paar die Tür zu öffnen. Ich kletterte hinter ihnen hinaus.

«Ich gehe als erster», sagte Padillo, «dann folgen Symmes und Burchwood. Du kommst als letzter, Mac.»

Wir eilten durch eine enge Passage zwischen zwei Gebäuden. Mit der linken Hand streifte ich an einer Ziegelmauer entlang, mit der rechten umklammerte ich in der Manteltasche den Revolver. Es war noch nicht dunkel, und ich konnte die drei Gestalten vor mir deutlich sehen. Padillo bog nach rechts um eine Ecke. Ich folgte Symmes und Burchwood in die Nische eines Hauseingangs. Die Tür selbst war zugemauert worden. Unmittelbar vor uns befand sich die Mauer, aus meterlangen Betonklötzen aufgerichtet und mit rohen Betonblöcken als Krone. Darüber verliefen drei oder vier Stacheldrahtsträhnen. Ich nahm auch das schwache Schimmern der Flaschensplitter wahr, die in die Mauerkrone einzementiert waren.

Symmes und Burchwood drängten sich in einer Ecke der Nische zusammen. Padillo hielt den Blick scharf auf ein siebenstöckiges Wohnhaus in Westberlin gerichtet, das gerade vor uns hinter der Mauer stand.

«Die dritte Etage von oben», flüsterte er mir zu. «Das vierte Fenster von links. Siehst du's?»

«Ja.»

«Wenn die Jalousie hochgezogen wird, machen wir uns

fertig. Wenn sie heruntergeht, stellen wir einen neuen Weltrekord im Dreißig-Meter-Lauf auf – gerade auf die Mauer los. Die Drahthindernisse zwischen uns und der Mauer sind durchschnitten. Wir brauchen sie nur auf die Seite zu schieben. Diesmal gehst du als erster. Dann Symmes und Burchwood.» Er wandte sich den beiden zu. «Haben Sie verstanden?» Sie bejahten stumm. Wir warteten fünfzehn Sekunden. Nichts geschah. Die Jalousie rührte sich nicht. Zwei Vopos patrouillierten vor uns vorbei, fünfundzwanzig Meter von uns, fünf Meter von der Mauer entfernt. Wir warteten weitere fünf Sekunden.

Rechts von uns erfolgten drei scharfe Explosionen. Gleich darauf zuckte grelles Licht auf. «Das war die Ablenkung auf der rechten Seite», sagte Padillo. «Jetzt noch links.» Zwei Sekunden später knallte es wieder dreimal, gefolgt von grellen Blitzen. «Das war hundertfünfzig Meter rechts und links von uns. Molotow-Cocktails. Sie sollen die Vopos ablenken. Ihre Maschinenpistolen haben nur eine Reichweite von hundertzehn Metern. Paß auf die Jalousie auf.»

Ich beobachtete das etwas über fünfzig Meter entfernte Gebäude. Es hätten auch fünfzig Kilometer sein können. Wir konnten links und rechts geschriene Befehle hören. Die Stimmen der Vopos klangen fern, waren aber durchdringend. Irgendwo setzte eine Sirene ein. Die Jalousie, die wir beobachteten, begann sich langsam zu heben. Sie schien Zentimenter um Zentimeter zum oberen Rand des Fensterrahmens hinaufzukriechen, hielt dann inne und fiel plötzlich herunter.

«Jetzt», schrie Padillo rauh.

Scheinwerfer begannen zuckend über die Mauer zu spielen, aber ihre Wirkung wurde durch das Dämmerlicht beeinträchtigt. Ich zog meinen Revolver aus der Tasche und lief. Links von mir schnatterte eine Maschinenpistole. Ich rannte weiter, behielt dabei die Mauerkrone scharf im Auge. Ich konnte Burchwood und Symmes keuchend hinter mir herrennen hören. Wir drängten uns durch das Drahthindernis und erreichten die Mauer. «Wo ist die verdammte Leiter?» flüsterte ich Padillo keuchend zu. Er starrte an den rohen Betonblöcken hinauf.

Plötzlich schob sich ein blonder Schopf oben über die Mauer. «Gleich ist es soweit, Leute», sagte der Kopf. «Ich mußte erst den Draht durchschneiden. Laßt sie mich nur schnell abdecken.» Ein dickes, aus zwei Wolldecken zusammengenähtes Polster wurde über die Mauerkrone geworfen. Dann erschien der Kopf wieder, mit einem zuversichtlichen Grinsen. «Augenblick», sagte er. «Ich muß mich oben draufsetzen, um die Leiter heraufzubekommen.»

Er war jung, nicht älter als zwanzig. Er schob ein Bein über die Mauer und setzte sich rittlings auf die gepolsterte Stelle. «Wäre peinlich, wenn da so ein Glassplitter durchkommt», sagte er gut gelaunt. «Jetzt kommt die Leiter.» Sie erhob sich über die Mauer. «Ich heiße Peter», sagte der blonde junge Mann.

Er balancierte die Leiter auf der Mauer, als der Ruf erklang. Es konnte nicht weiter als vierzig Meter entfernt gewesen sein. Dann richtete sich ein schwacher, nicht ganz gelber Lichtstrahl auf den jungen Mann. Er öffnete den Mund, als ob er noch etwas sagen wollte, vielleicht etwas Nebensächliches, aber die Kugeln schlugen schon in ihn ein. Er schwankte für einen Augenblick auf der Mauer, so als ob er sich nicht entschließen könne, in welche Richtung er fallen solle. Doch das war für ihn wohl schon gleichgültig. Die Leiter pendelte sekundenlang wild, richtete sich dann langsam auf und glitt nach der anderen Seite außer Sicht. Der junge Mann sank vornüber auf das Polster, rollte nach links und folgte der Leiter.

Padillo drehte sich um und feuerte drei Schüsse auf das Licht ab, das noch auf die Mauerkrone gerichtet war. Ich schoß ebenfalls dreimal in die gleiche Richtung. Das Licht ging aus, und es folgte ein Schrei. Weitere Kommandorufe kamen sowohl von rechts wie von links. Wieder ratterte ein Feuerstoß aus einer Maschinenpistole. «Zum Wagen zurück», befahl Padillo.

«Ich kann nicht von der Stelle», keuchte Symmes.

«Sind Sie getroffen?»

«Nein – aber ich kann mich nicht bewegen.»

Padillo schlug ihn hart mitten ins Gesicht. «Sie laufen jetzt, oder ich bringe Sie um.» Symmes nickte, und Padillo schob mich vor. «Du zuerst.» Ich rannte zu dem Haus zurück und durch den engen Gang zu der Straße. Max' Gesicht, ein bleicher Fleck reiner Angst, blickte mir aus dem Wagenfenster entgegen. Ich riß die hintere Wagentür auf und hielt sie für Symmes und Burchwood offen, die sich hineinwarfen. Padillo drehte sich vor dem Gang kurz um und schoß dreimal. Eine Maschinenpistole antwortete. Er raste vorn um den Wagen herum und griff nach der Tür, während Max den Motor auf volle Touren brachte. Noch ehe die Tür zugefallen war, hatte der Wartburg schon seine Spitzengeschwindigkeit im ersten Gang erreicht, und Max schaltete geräuschvoll in den zweiten.

«Zur Garage, Max», sagte Padillo. «Das ist nicht einmal ein Kilometer.»

«Was ist passiert?» fragte Max.

«Entweder hatten sie Glück, oder Kurts Leute sind sorglos geworden. Die Bomben sind wie vorgesehen losgegangen, und sie gaben uns das Signal. Wir erreichten die Mauer, und dann erschien ein blonder junger Bursche ...»

«Sehr jung?» fragte Max.

«Ja.»

«Das muß Peter gewesen sein.»

«Er saß oben auf der Mauer, zog die zweite Leiter herauf und machte sich bekannt, als eine zusätzliche Patrouille vorbeikam. Sie hat ihn erschossen, und er stürzte mit der Leiter ab. Nach der anderen Seite. Entweder Mac oder ich schossen das Licht aus, und dann rannten wir wie die Teufel.»

«Mein Gott, mein Gott», murmelte Max.

Symmes vergrub das Gesicht in den Unterarmen und fing an, unbeherrscht zu weinen. «Ich kann nicht mehr», schluchzte er. «Mir ist egal, was aus mir wird – ich kann einfach nicht mehr. Sie sind grauenhaft, grauenhaft, grauenhaft.»

«Beruhigen Sie ihn», befahl Padillo Burchwood.

Burchwood machte eine hilflose Geste. «Was soll ich denn mit ihm tun?»

«Das weiß ich nicht», antwortete Padillo gereizt, «aber

bringen Sie ihn zur Ruhe. Streicheln Sie ihm den Kopf, oder tun Sie sonst was.»

«Rühr mich nicht an!» kreischte Symmes.

Padillo griff zurück und packte eine Handvoll seines langen blonden Haars. Er riß Symmes' Kopf hoch. «Machen Sie uns jetzt kein Theater, Kerl.» Seine Stimme knallte scharf wie eine Peitsche. Sein Blick schien sich in Symmes' Gesicht einzubrennen.

«Lassen Sie mein Haar los, bitte», sagte der blonde Mann mit einer seltsamen Würde. Padillo gab ihn frei. Symmes sank auf seinen Platz zurück und schloß die Augen. Burchwood klopfte ihm behutsam aufs Knie.

Max schaffte die Strecke in zwei Minuten. Er bog in eine Seitenstraße ein und drückte vor einem Tor mit dem nicht zu erfolgreich aussehenden Firmenschild «Autozubehör» auf die Hupe. Er hupte noch zweimal, und das schmierige Tor ging auf. Max fuhr den Wagen hindurch, das Tor schloß sich hinter uns. Max stellte den Motor ab und senkte den Kopf erschöpft auf das Lenkrad.

«Mir geht es wie Ihrem Freund dahinten», sagte er. «Ich halte nicht mehr viel aus. Es war ein sehr langer Tag.»

Ein fetter Mann in einem schmutzigen weißen Overall, der sich die Hände an einem alten Lappen abwischte, kam zu Max. «Du bist wieder zurück, Max?»

Max nickte erschöpft. «Ja, ich bin wieder zurück.»

«Was willst du denn?»

Padillo stieg aus dem Wagen und ging zu dem dicken Mann herum.

«Hallo, Langemann.»

«Herr Padillo», sagte der Mann. «Ich habe Sie nicht zurückerwartet.»

«Wir brauchen einen Platz, an dem wir die Nacht über bleiben können, vier Personen. Wir brauchen auch etwas zu essen und Schnaps und müssen telefonieren können.»

Der dicke Mann warf den Lappen in einen Abfalleimer. «Das Risiko ist gestiegen», sagte er. «Damit auch der Preis. Wie lange werden Sie in Berlin bleiben?»

«Die Nacht über – vielleicht auch den größten Teil des morgigen Tages.»

Der dicke Mann stülpte die Lippen vor. «Zweitausend D-Mark West.»

«Wo?»

«Ich habe hier einen Keller. Er ist nicht sehr komfortabel, aber trocken.»

«Und das Telefon?»

Der Mann deutete mit dem Kopf nach der Rückseite der Werkstatt. «Da hinten.»

Padillo zog seinen Revolver aus der Manteltasche und schob ihn wie beiläufig in seinen Hosenbund. «Sie sind ein Räuber, Langemann.»

Der dicke Mann zuckte mit den Schultern. «Es macht trotzdem zweitausend Mark. Wenn Ihnen dadurch wohler wird, können Sie mich gern weiter beschimpfen.»

«Bezahlen Sie ihn, Max», sagte Padillo. «Dann bringen Sie die beiden in den Keller hinunter. Sorgen Sie dafür, daß Langemann Essen und Schnaps beschafft. Für den Preis kann er auch noch ein paar Zigaretten zulegen.»

Max, Langemann und die beiden Amerikaner traten zu

einer Tür an der Rückseite der Werkstatt. Ich stieg aus dem Wagen und ging langsam um ihn herum. Ich fühlte mich alt und müde, meine Gelenke knirschten. Ein Zahn tat mir weh. Ich lehnte mich gegen den vorderen Kotflügel und hätte mir gern eine Zigarette angesteckt.

«Was jetzt?»

«Hast du noch die Nummer von Maas?»

Ich nickte vorsichtig. Es bestand die Gefahr, daß mir der Kopf dabei abfiel.

«Wir wollen ihn anrufen und feststellen, ob er immer noch zu einem kleinen Geschäft bereit ist.»

«Traust du ihm?» fragte ich.

«Nein, aber hast du einen besseren Einfall?»

«Seit gestern abend habe ich keine mehr.»

«Sein Preis war fünftausend Dollar, nicht wahr?»

«Richtig. Wahrscheinlich ist er jetzt höher, wie ich Maas kenne.»

«Wir werden mit ihm feilschen. Zeig mal die fünftausend, die Cook dir gegeben hat.»

Ich zog das flache, zugeklebte Päckchen aus der Tasche und reichte es Padillo. Ich erinnerte mich an den Austausch mit Cooky in meinem Hotelzimmer. Er hatte sich meinen Scheck nicht angesehen; ich hatte das Geld nicht nachgezählt. Gelernte Gentlemen. Ich schloß die Augen, während Padillo das Päckchen aufriß. «Leeres Papier?»

«Durchaus nicht», antwortete er. «Zerschnittene Zeitungen.»

Ich öffnete die Augen. Padillo warf die Zeitungsschnipsel in den Eimer, in den Langemann den Putzlumpen geschmissen hatte.

«Cook hat dich ziemlich gut gekannt, Mac. Außerdem schien er nicht geglaubt zu haben, daß du eine Chance bekamst, das Geld auszugeben.»

«Dafür gibt es einen Trost», sagte ich. «Es besteht wenigstens keinen Zweifel daran, daß der Scheck nicht erst gesperrt werden muß.»

15

Langemanns Werkstatt war ein sieben mal fünfzehn Meter großer Raum mit einer Montagegrube, Wagenhebern, einer Werkbank, die sich über den größten Teil der rechten Wand erstreckte und auf der Werkzeuge unordentlich herumlagen. Ein kleines, abgeteiltes Gelaß hinten links diente ihm als Büro. Aus diesem kam er auf uns zu und zählte die DM-Scheine. Bei jedem dritten oder vierten Schein benetzte er sich den Daumen. Sein früher einmal weißer Overall schien in den wenigen Augenblicken, die er fort gewesen war, noch schmutziger und ölfleckiger geworden zu sein. Er hatte plötzlich auch einen gelbbraunen schmierigen Fleck auf seiner breiten platten Nase, die ihm einmal jemand gebrochen, die zu richten sich aber niemand die Mühe gemacht hatte. Sein Atem ging blubbernd, was darauf hinwies, daß er sie sich gelegentlich schneuzen sollte.

«Ich habe ihnen zu essen und Schnaps zum Trinken gegeben, Herr Padillo.»

«Wie steht es mit Zigaretten?»

«Auch Zigaretten, ja.» Langemann nickte heftig, so daß seine drei Kinne überm Kragen auf und ab tanzten.

«Wie kommen wir in Ihren Keller hinunter?»

«Durch mein Büro. Im Boden ist eine Falltür und darunter eine Leiter. Es ist nicht sehr bequem da unten, aber wenigstens trocken, und Licht ist auch da. Das Telefon steht in meinem Büro.»

«Wir brauchen es nicht vor elf Uhr.»

Langemann nickte. «Wann Sie wollen. Ich gehe jetzt und komme morgen um acht Uhr wieder. Ich habe zwei Gehilfen, die auch um diese Zeit kommen. Wenn Sie hinaus wollen, muß ich sie unter einem Vorwand fortschikken. Der Lärm der Arbeit hier wird verhindern, daß man Sie hört, wenn Sie normal laut sprechen. Als Toilette steht ein Eimer unten.» Er verstaute den Packen Banknoten in seinem Overall und zuckte leicht mit den Schultern. «Nicht gerade luxuriös, aber sauber.»

«Und teuer», sagte Padillo.

«Man muß das Risiko bedenken.»

«Das Risiko kennen wir. Angenommen, wir müßten heute nacht hinaus. Wir machen wir das?»

«Hinten in meinem Büro ist einc Tür. Das Schloß schnappt automatisch ein, wenn sie zugedrückt wird. Aber wieder reinkommen ist schwieriger. Sie könnten jemanden an der Tür postieren – Max vielleicht. Aber Sie müssen vor morgen früh acht Uhr wieder zurück sein. Dann sind meine Gehilfen hier.» Langemann machte eine Pause, ehe er lauernd fragte: «Aber ist es für Sie nicht zu gefährlich, wenn Sie heute nacht noch ausgehen?»

Padillo ließ die Frage eine Weile hängen, während er nach einer Antwort suchte. Dann sagte er: «Sie werden nicht dafür bezahlt, daß Sie sich unseretwegen Sorgen machen, Langemann.»

Der fette Mann hob die Schultern. «Wie Sie meinen. Ich gehe jetzt. Das Licht in meinem Büro brennt die ganze Nacht über, die anderen schalte ich aus.»

Ohne gute Nacht zu sagen, gingen Padillo und ich zu dem kleinen Gelaß. Es enthielt einen mit Rechnungen und Papieren übersäten eichenen Schreibtisch aus vierter oder fünfter Hand, einen Drehstuhl mit einem fettigen Kunststoffpolster, einen Aktenschrank und ein paar Kataloge für Autoersatzteile. Eine Lampe mit grünem Schirm hing von der Decke herab. Das Telefon stand auf dem Schreibtisch. Das Büro hatte kein Fenster, nur eine Tür mit Schnappschloß. Eine Falltür befand sich in einer Ecke, in der keine Möbel standen. Sie war aufgeklappt und mit Haken und Öse an der Wand befestigt. Die Leiter führte steil nach unten. Padillo stieg als erster hinab, ich folgte ihm.

Der Keller war vier mal vier Meter groß und etwas über zwei Meter hoch. Eine Vierzig-Watt-Lampe diente als Beleuchtung. Burchwood und Symmes saßen auf einer grauen Decke an der Wand und kauten Brot und kaltes Fleisch. Max saß ihnen gegenüber auf einer anderen Decke und hielt eine Flasche in der Hand.

«Da liegt noch eine Decke, und hier sind Zigaretten und zu essen», sagte er. Auf dem Boden lagen auf einer ausgebreiteten Zeitung ein langes Stück Wurst und ein angeschnittenes Brot. Daneben vier Päckchen Zigaretten einer ostzonalen Marke, von der ich noch nie gehört hatte.

Ich hockte mich auf die Decke und nahm von Max die Flasche entgegen. Sie hatte kein Etikett. «Was ist das?»

«Billiger Kartoffelschnaps», antwortete er. «Aber er enthält Alkohol.»

Ich trank einen Schluck. Der Schnaps brannte mir in der Kehle und in der Speiseröhre, fraß sich in meinen Magen, der dagegen zu revoltieren drohte, und breitete sich dann wärmend überall in mir aus. «Meine Güte», stammelte ich würgend und gab die Flasche an Padillo weiter. Er trank einen Schluck, hustete und reichte die Flasche Max zurück.

Max stellte sie auf die Zeitung. «Hier ist zu essen.» Ich sah Wurst und Brot ohne Interesse an und erwog, ob ich einen weiteren Schluck von diesem Schnaps riskieren sollte. Ich entschloß mich dagegen und öffnete eine der Zigarettenpackungen, zündete mir eine an und gab die Packung an Padillo weiter. Der Tabak reizte uns zum Husten.

«Und was planen die geistreichen Herren als nächstes?» fragte Burchwood. «Wollen Sie uns wieder in so eine Schweinerei bringen wie heute abend?»

«So etwas Ähnliches», antwortete Padillo.

«Und vermutlich wird wieder auf uns geschossen», sagte Symmes. «Dann werden Sie wütend werden und es an uns auslassen.» Er schien vorauszusetzen, daß er nicht getroffen wurde.

«Wenn es diesmal nicht klappt, brauchen Sie sich über einen weiteren Versuch keine Sorgen mehr zu machen», erwiderte Padillo. «Genaugenommen brauchen Sie sich überhaupt keine Sorgen zu machen. Keiner von uns.»

Er blickte auf seine Uhr. «Wir haben noch gut zwei Stunden Zeit, ehe du anrufen kannst, Mac. Du und Max, ihr könnt also gern schlafen. Ich bleibe wach.»

Max grunzte, hüllte sich in seine Decke und senkte den Kopf auf die Arme, die er quer über die aufgestützten Knie legte. Padillo und ich saßen auf der anderen Decke, lehnten uns gegen die Wand und rauchten. Burchwood und Symmes folgten Max' Beispiel.

Die Zeit verstrich langsam. Ich überlegte mir wieder einmal, was, zum Teufel, ich hier eigentlich zu suchen hatte, überließ mich dann einer kleinen Orgie der Selbstbemitleidung und saß dann schließlich noch da und plante die Speisenfolge in unserem Restaurant für die nächsten fünf Jahre, Tag um Tag.

«Es ist elf», sagte Padillo schließlich.

«Gehen wir.»

Wir stiegen die Leiter hinauf, und ich wählte die Nummer, die Maas mir gegeben hatte. Schon nach dem ersten Rufzeichen wurde abgehoben. «Herrn Maas, bitte», sagte ich.

«Ah», meldete sich die vertraute Stimme, «Herr McCorkle. Ich muß gestehen, daß ich Ihren Anruf erwartet hatte – besonders nach dem Zwischenfall heute abend. Das waren doch Sie, oder?»

«Doch.»

«Und niemand wurde verletzt?»

«Nein.»

«Sehr gut. Ist Herr Padillo bei Ihnen?»

«Ja.»

«Nun, dann nehme ich an, daß Sie das Geschäft zum Abschluß bringen sollen, über das wir vorgestern diskutiert haben.»

«Wir würden gern darüber reden.»

«Ja, ja, ein Gespräch darüber ist durchaus angebracht, besonders da es jetzt fünf sind, nachdem Herr Baker sich Ihnen angeschlossen hat. Selbstverständlich macht das erforderlich, daß ich mein ursprüngliches Angebot noch einmal überprüfe. Sie verstehen, der erste Kostenvoranschlag …»

«Sie brauchen mir jetzt nichts aufzuschwatzen», unterbrach ich ihn. «Können wir uns nicht treffen, damit wir zur Sache kommen können?»

«Selbstverständlich, selbstverständlich. Wo sind Sie denn jetzt?»

Meine Hand packte den Telefonhörer fester. «Das ist eine törichte Frage.»

Maas lachte verhalten. «Ich verstehe, lieber Freund. Aber gehen wir doch von folgendem aus: Ich nehme an, daß Sie sich im Umkreis von etwa einem Kilometer von der Stelle aufhalten, an der heute abend dieser – äh – Unfall sich ereignet hat.»

«Akzeptiert.»

«Dann schlage ich ein Café vor, in dem ich bekannt bin. Es hat ein privates Hinterzimmer. Von dem Ort, wo Sie jetzt sind, müßte es zu Fuß leicht zu erreichen sein.»

«Einen Augenblick», sagte ich. Ich legte die Hand auf die Sprechmuschel und informierte Padillo.

Er nickte. «Laß dir die Adresse geben», sagte er.

«Wie ist die Adresse?»

Maas nannte sie mir, und ich wiederholte sie. Padillo notierte sie auf einem Zettel von Langemanns übersätem Schreibtisch.

«Um welche Zeit?» fragte ich.

«Würde Ihnen Mitternacht zusagen?»

«Gewiß.»

«Sie kommen zu dritt?»

«Nein, nur Mr. Padillo und ich.»

«Richtig. Herr Baker muß bei Ihren beiden amerikanischen Gästen bleiben.»

«Wir treffen uns um Mitternacht», sagte ich und hängte ein.

«Er weiß, daß Cooky bei uns war, und glaubt, er sei es immer noch», erklärte ich Padillo.

«Laß ihn das gern noch eine Weile glauben. Warte hier, während ich mir von Max ein paar Auskünfte hole.» Padillo stieg die Leiter hinunter und kam nach wenigen Minuten zurück. Max folgte ihm.

«Es ist etwa neun Blocks von hier entfernt», sagte Padillo. «Max bleibt an der Tür, bis wir zurückkommen. Unsere beiden Freunde schlafen.»

Das Café sah ganz alltäglich aus. Wir hatten die neun Blocks von Langemanns Werkstatt in fünfzehn Minuten zurückgelegt, waren durch dunkle Straßen gegangen und nur gelegentlich einem oder zwei Fußgängern begegnet. Wir postierten uns gegenüber dem Café im Hauseingang eines Bürogebäudes.

Maas traf etwa fünfzehn Minuten vor Mitternacht zu

Fuß ein. Seit wir unsere Wache aufgenommen hatten, waren drei Männer einzeln aus dem Café herausgekommen. Maas war der einzige, der in dieser Zeit hineingegangen war. Während der restlichen Viertelstunde kam oder ging niemand mehr.

«Los, gehen wir», sagte Padillo.

Wir überquerten die Straße und betraten das Café. Die Theke befand sich unmittelbar am Eingang. Links der Tür waren drei Nischen, der übrige Raum wurde von Tischen und Stühlen eingenommen. An einem der Tische saß ein Pärchen. Drei einzelne Trinker brüteten über ihrem Bier, und ein Kaffeekunde las eine Zeitung. Der Mann hinter der Theke nickte uns zu und sagte guten Abend.

«Wir werden hier von einem Freund erwartet», sagte Padillo. «Einem Herrn Maas.»

«Er sitzt schon im Hinterzimmer. Durch den Vorhang hindurch», antwortete der Mann hinter der Theke. «Wollen Sie gleich etwas bestellen?»

«Zwei Wodka», sagte Padillo.

Ich ging vor durch den Hauptraum und schob den Vorhang zur Seite. Maas, nach wie vor in seinem dicken braunen Anzug, saß vor uns an einem runden Tisch. Ein Pokal mit Wein stand vor ihm neben einem neuen braunen Hut. Er stand auf, als er uns erblickte.

«Ah! Herr McCorkle», gurgelte er.

«Herr Maas, Herr Padillo.»

Maas schüttelte Padillos Hand in der üblichen Weise und kam eilig um den Tisch herum, um uns Stühle zurechtzurücken. «Es ist mir ein wirkliches Vergnügen, Sie kennenzulernen, Herr Padillo. Sie sind ein Mann von hohem Ruf.»

Padillo setzte sich an den Tisch, ohne zu antworten.

«Haben Sie sich etwas zu trinken bestellt?» fragte Maas. «Ich habe dem Mann hinter der Theke befohlen, Ihnen nur das Beste zu geben. Ich darf Sie als meine Gäste ansehen.»

«Wir haben bestellt», antwortete ich.

«Nun, Sie haben einen ausgefüllten, anstrengenden Tag hinter sich, möchte ich meinen», sagte Maas.

Wir sagten nichts darauf, und der Mann von der Theke kam durch den Vorhang herein und stellte unsere Getränke vor uns hin.

«Sorgen Sie dafür, daß wir ungestört bleiben», befahl Maas.

Der Mann zuckte mit den Schultern. «In einer Stunde schließen wir.»

Er ging, und Maas griff nach seinem Weinglas. «Wollen wir auf ein erfolgreiches Unternehmen trinken, meine Freunde?»

Wir tranken.

Padillo zündete sich eine Zigarette an und blies den Rauch von sich. «Ich glaube, wir können gleich zum Geschäftlichen kommen, Herr Maas. Was haben Sie uns vorzuschlagen?»

«Haben Sie den Stadtplan gesehen, den ich Herrn McCorkle gegeben habe?»

«Ja. Das kann überall sein. Oder auch nirgends.»

Maas lächelte freundlich. «Der Gang existiert, Herr Padillo, er existiert wirklich. Ich will Ihnen etwas von seiner Entstehungsgeschichte erzählen.» Er machte eine Pause, um einen Schluck Wein zu trinken.

«Romanze, Verrat und Tod spielen dabei mit, ein recht faszinierendes Melodrama.» Maas zog drei Zigarren aus der Tasche und bot uns jedem eine an, lächelte verständnisvoll, als wir ablehnten, steckte zwei wieder weg und zündete sich die dritte an. Wir warteten.

«Im September 1949 starb eine zweiundsechzigjährige Witwe, die ich einmal Frau Schmidt nennen will, an Krebs. Frau Schmidt hinterließ ihren einzigen wertvollen Besitz, ein von Bomben etwas beschädigtes, dreistöckiges Haus, ihrem Lieblingssohn – wir wollen einmal annehmen, daß er Franz hieß, einem Ingenieur, der damals für die amerikanische Armee in Westberlin arbeitete. Die Wohnungsnot war damals in Ostberlin wie in Westberlin sehr groß, und deshalb zog Franz mit seiner Familie, die aus ihm selbst, seiner Frau und einem vierjährigen Sohn bestand, in das Haus seiner verstorbenen Mutter. Das Haus war alt, aber seinerzeit, 1910 oder 1911, gut gebaut worden.

In jener Zeit bestand zwischen den Sektoren im Westen und Osten praktisch freier Zugang, und Franz Schmidt arbeitete weiter für die Amerikaner. An Wochenenden renovierte er sein Haus. Für seine Mühe erhielt er eine kleine Unterstützung von einer Dienststelle der Ostberliner Verwaltung. 1955 arbeitete Herr Schmidt bei einer privaten technischen Beraterfirma in Westberlin. Ohne große Schwierigkeiten gelang es ihm, sein Haus vom Keller bis zum Dachboden völlig umzubauen, neu zu installieren und selbst eine elektrische Heizung anzulegen. Das

Haus wurde zu seinem einzigen Hobby. Manchmal erwog Herr Schmidt, wie ich gehört habe, nach Westberlin überzusiedeln, aber er hätte an seinem Haus ungeheure Einbußen erlitten, und solange er unbehindert in die Westsektoren fahren konnte, sah er eigentlich keinen Grund für einen Umzug.

Die Familie Schmidt fand Freunde in ihrer neuen Umgebung. Dazu gehörte die Familie eines Leo Boehmler, der an der Ostfront bis zu seiner Gefangennahme durch die Russen Feldwebel gewesen war. 1947 war er als Leutnant der Volkspolizei in Ostberlin wieder aufgetaucht. Zu der Zeit, als die Familie Boehmler und die Familie Schmidt sich anfreundeten, war er schon nicht mehr Leutnant Boehmler, sondern Hauptmann Boehmler. Doch selbst der Sold eines Hauptmanns war nicht mit dem Einkommen eines Ingenieurs, der bei einer florierenden Firma in Westberlin arbeitete, zu vergleichen. Deshalb halte ich den Verdacht für durchaus berechtigt, daß Hauptmann Boehmler den Ingenieur Schmidt wegen seines schönen Hauses, seines kleinen Wagens und wegen des allgemeinen Wohlstands, der den Haushalt umgab und in dem der Hauptmann, seine Frau und ihre hübsche Tochter bei echtem Bohnenkaffee und Kuchen oft zu Gast waren, etwas beneidete.

Schmidt war stolz auf seine Arbeit an dem Haus und bestand darauf, es dem Hauptmann mit allen Einzelheiten zu zeigen; Boehmler war wohl ein überzeugter Kommunist, das änderte aber nichts daran, daß ihm beim Anblick der vielen modernen Einbauten und Erneuerungen, die Schmidt an seinem Haus vorgenommen hatte, der

Mund wäßrig wurde. Die Beohmlers lebten in einer kleinen Wohnung in einer der hastig errichteten Mietskasernen. Das war zwar viel besser als das, was den meisten Bewohnern von Ostberlin damals zur Verfügung stand, aber verglichen mit dem schönen Haus von Schmidt war es eben eine Slum-Behausung.

Im Jahr 1960 oder um diese Zeit war Franz Schmidts Sohn Horst ein junger Mann von sechzehn oder siebzehn Jahren, der anfing, sich für junge Mädchen zu interessieren oder, um genauer zu sein, für ein bestimmtes Mädchen, nämlich die Tochter von Hauptmann Boehmler. Sie hieß Liese und war sechs Monate jünger als Horst. Beide Elternpaare sahen diese Romanze als – nun, sagen wir, eine Kinderliebe an, aber im Jahr 1961 verbrachten Liese und Horst den größten Teil ihrer Zeit zusammen. Hauptmann Boehmler hatte keine Einwände dagegen, daß seine Tochter mit dem Sohn eines erfolgreichen Ingenieurs eine gute Partie machte, auch wenn dieser Ingenieur von seiner Abneigung gegen die Politik nicht abzubringen war. Und wenn Franz Schmidt auch jeder Politik abgeschworen hatte, war er doch andererseits ein Realist, der nicht einsah, warum es nicht nützlich sein sollte, eine Schwiegertochter zu bekommen, deren Vater ein ehrgeiziger Offizier der Volkspolizei war. Es wurden also über die Romanze im Familienkreis kleine Witze gemacht, und Liese errötete schamhaft, und Horst stotterte verlegen, und sie taten all das, was Heranwachsende eben tun, wenn sie die Zielscheibe der Anzüglichkeiten von Erwachsenen werden.

Doch an einem schönen Tag im August 1961 kam die

Mauer, und Herr Schmidt fand sich stellungslos. Er besprach die Angelegenheit mit seinem guten Freund, dem Hauptmann Boehmler, der meinte, daß er ihm leicht eine geeignete Stellung im Ostsektor beschaffen könne. Ingenieur Schmidt fand mühelos eine Stellung, stellte aber fest, daß er nur ein Viertel dessen verdiente, was er im Westen bekommen hatte. Und die Dinge, die er liebte, wie echter Bohnenkaffee, Schokolade, amerikanische Zigaretten, waren für ihn unerreichbar.

Hier wäre der Punkt, darauf hinzuweisen, daß das Haus von Herrn Schmidt günstig gelegen war. Es stand an einer Ecke gegenüber der Spitze eines kleinen dreieckigen Parks im Westberliner Bezirk Kreuzberg. Als die Mauer errichtet wurde, berührte sie beinahe die Spitze dieses Parks. Der Park selbst lag keine fünfzig Meter von Schmidts Schwelle entfernt und war eine freundliche grüne Oase mitten im öden Häusermeer der Stadt.»

Maas unterbrach seine Geschichte, um Wein zu trinken. Er schien seine Rolle als Erzähler zu genießen.

«Nachdem Herr Schmidt einige Monate in seiner schlechtbezahlten Stellung gearbeitet hatte, fing er an, sich an ein Schlafzimmerfenster im zweiten Stock seines Hauses zu stellen und über die Mauer hinweg auf das kleine grüne Dreieck dahinter zu starren. Dann ging er dazu über, viel Zeit in seinem Keller zu verbringen. Er klopfte mit einem Hammer hier und klopfte da. Und manchmal arbeitete er bis spät in die Nacht, rechnete mit einem Bleistift auf einem Block und zeichnete Diagramme. Im Juni 1962 rief er seine Familie zu einer Konferenz um den Eßtisch zusammen. Er erklärte seiner Frau und seinem Sohn, daß er sich entschlossen habe, nach dem Westen zu gehen, um dort seine alte Stellung wieder anzunehmen. Was das Haus anging – nun, das mußten sie eben aufgeben. Weder seine Frau noch sein Sohn widersprachen ihm. Doch später nahm der junge Horst seinen Vater beiseite und gestand ihm, daß Liese schwanger sei, daß sie heiraten müßten und daß, wenn er nach dem Westen fliehen sollte, Liese mitkommen müsse.

Der alte Schmidt überdachte diese neue Lage mit der für ihn typischen methodischen Art. Er fragte seinen Sohn, wie weit es mit dem Mädchen sei, und der junge Horst antwortete, im zweiten Monat. Schmidt riet dann seinem Sohn, daß es klüger wäre, Liese nicht sofort zu heiraten, sondern sie erst mal so mit in den Westsektor zu nehmen. Er unterrichtete Horst über seinen Plan, unter der Mauer einen Tunnel zu bauen, der in dem kleinen, dreieckigen Park enden sollte. Er schätzte, daß die Grabearbeiten zwei Monate in Anspruch nehmen würden, wenn sie beide jede Nacht vier Stunden und samstags und sonntags je acht Stunden gruben. Er sagte seinem Sohn, wenn er jetzt gleich heiratete, würden sie die Boehmlers ständig im Haus haben. Horst fragte, ob er Liese von dem Vorhaben berichten dürfe, damit sie Zukunftspläne machen könne und an seinen Absichten keine Zweifel zu hegen brauchte. Der alte Schmidt gab dazu zögernd seine Zustimmung.

Am nächsten Abend begannen Schmidt und sein Sohn mit dem Tunnel. Die Arbeit war nicht allzu schwierig, außer der Beseitigung der Erde. Das geschah, indem sie an Wochenenden ihr kleines Auto damit beluden und zu verschiedenen abgelegenen Punkten der Stadt fuhren, wo die Erde aus Säcken, die Frau Schmidt genäht hatte, geleert wurde.

Der Zugang des Tunnels im Keller wurde von Herrn Schmidt durch seinen von ihm selbst angefertigten Werkzeugschrank verdeckt, den er an geschickt versteckten Scharnieren montierte, durch die er von der Wand geklappt werden konnte. Er beleuchtete den Tunnel mit elektrischem Licht so, wie die Arbeit voranging, verkleidete ihn mit Brettern, die er bereits vor dem Bau der Mauer angeschafft hatte, und legte sogar den Boden des Tunnels mit Linoleum grob aus. Anfang August war der Tunnel nahezu fertig. Und wenn Herr Schmidt ein weniger fähiger Handwerker gewesen wäre, könnte ich Ihnen diese Geschichte heute nacht nicht erzählen.

Schmidt hatte den Tunnel so angelegt, daß er in einer Gruppe Lebensbäume im Park endete. Sie bildete ein dichtes Gestrüpp, und er hatte den Ausgang wohlweislich so geplant, daß ein fester Druck die Erde über einem kreisrunden Metalldeckel löste. Die Erde konnte dann wieder darübergeschoben werden. All diese Mühe nahm selbstverständlich mehr Zeit in Anspruch, als ursprünglich geschätzt. Und Liese, die sich inzwischen dem vierten Monat näherte, begann zu bohren und nach der Ernsthaftigkeit des jungen Horst zu fragen. Schließlich brachte Horst sie ins Haus und zeigte ihr den Eingang des Tunnels. Mag es ihre Schwangerschaft gewesen sein oder auch ihre Furcht davor, die Eltern zu verlassen, jedenfalls gerieten die jungen Leute in Streit. Das war an dem Abend vor der von Herrn Schmidt geplanten Flucht.

Wie dem auch sei, Liese ging nach Hause und gestand alles ihrem Vater. Der gute Hauptmann überlegte schnell. Er sagte ihr, sie solle sich am nächsten Tag wieder mit ihrem Horst versöhnen, denn schließlich liebten sie sich ja, und es sei für sie vielleicht besser, wenn sie ihr Kind im Westen bekäme, wo sie bei ihrem Mann sein könne.

Am nächsten Abend packte Liese, die vorher ihren Streit mit Horst bereinigt hatte, einen kleinen Koffer, verabschiedete sich von ihren Eltern und ging zum Haus der Schmidts. Sie traf dort eine Stunde vor dem Zeitpunkt ein, zu dem Schmidt sein Haus verlassen wollte.

Sie tranken an dem freundlichen Eßtisch eine letzte Tasse Kaffee, griffen dann nach den wenigen Besitztümern, die sie mitnehmen wollten, und machten sich auf den Weg in den Keller. Als sie dort den Eingang zum Tunnel öffneten, erschien in der Kellertür Hauptmann Boehmler mit einer Pistole in der Hand. Er sagte, er bedauere es, das einem guten Freund und Nachbarn antun zu müssen, aber er sei schließlich ein Diener des Staates. Er befahl seiner Tochter, hinauf und nach Hause zu gehen. Völlig verstört gehorchte sie. Hauptmann Boehmler befahl der Familie Schmidt dann, ihm den Rücken zuzukehren. Nachdem sie das getan hatte, erschoß er sie.

Dann schleppte er die Leichen eine nach der anderen ins Wohnzimmer hinauf. Als nächstes suchte er die Vopos, die die Mauer an dieser bestimmten Stelle bewachten, schickte sie als Vorgesetzter unter einem Vorwand fort und sagte, er würde während ihrer Abwesenheit die Wache übernehmen. Er wartete, bis die Vopos fort waren, zerrte dann die drei Leichen aus dem Haus und schleppte sie zur Mauer. Er holte ihre wenigen Besitztümer und warf sie neben die Toten. Dann feuerte er drei Schüsse in die Luft, lud seine Pistole nach und schoß noch zweimal. Die beiden Vopos kamen zurückgerannt, und der Hauptmann erklärte ihnen, er habe die Familie Schmidt bei einem Fluchtversuch erschossen. Er befahl, das Haus zu verschließen und zu versiegeln, bis er am nächsten Tag Gelegenheit hätte, es genau zu durchsuchen.

Die Leichen wurden fortgeschafft. Hauptmann Boehmler übernahm selbst die Leitung der Untersuchung des Schmidtschen Hauses und widmete seine besondere Aufmerksamkeit dem Keller. In seinem Bericht wies er darauf hin, daß das Haus gefährlich nahe bei der Mauer stehe und daß es entweder versiegelt oder von einer Familie bezogen werden solle, deren Loyalität ganz außer Frage stehe. Seine Vorgesetzten zogen ein paar Drähte, und Hauptmann Boehmler wurde der neue Bewohner des Hauses, das er schon lange bewundert hatte, mit allem Drum und Dran, einschließlich des Fluchtwegs nach dem Westen.»

Maas trank seinen Wein aus. «Das ist die Geschichte des Tunnels.»

«Was ist aus dem Mädchen geworden?» fragte ich.

«Es ist sehr traurig», antwortete Maas. «Liese starb fünf Monate später im Kindbett.» Er rief nach dem Kellner, der wenige Augenblicke später den Raum mit einer neuen Runde Getränke betrat.

Als der Kellner gegangen war, fuhr Maas fort: «Auch Hauptmann Boehmler ist zu bedauern. Er wurde bei den Beförderungen übergangen. Nicht nur das, sondern die

Regierung plant, den gesamten Block, in dem sich sein schönes Heim befindet, abzubrechen. Ich glaube, man will hier ein Lagerhaus errichten, eins ohne Fenster. Hauptmann Boehmler hat sich entschlossen, den Tunnel – von dem er mir versichert hat, daß er noch in gutem Zustand ist – gewinnbringend zu nutzen. Nur ein einziges Mal. Glücklicherweise erfuhr ich als erster von seinen vorsichtigen Sondierungen.»

«Und Sie verlangen fünftausend Dollar?» fragte Padillo.

Maas klopfte Asche von seiner Zigarre. «Ich fürchte, Herr Padillo, daß der Preis jetzt etwas höher liegt als der, den ich zunächst meinem lieben Freund, Herrn McCorkle, genannt habe. Er ist gestiegen, aber ich versichere Ihnen, nur in Relation zu der Intensität, mit der Sie von Ihren Freunden hier im Osten gesucht werden – und ich darf hinzufügen, auch im Westen.»

«Wieviel?»

«Zehntausend Dollar.» Er hob die Hand wie ein Verkehrspolizist, der ein Haltzeichen gibt. «Ehe Sie Einwände erheben, lassen Sie mich sagen, daß ich nicht feilschen will, sondern Ihnen Kredit einräume. Die zehntausend Dollar können mir in bar bei Ihrer Rückkehr nach Bonn bezahlt werden.»

«Sie sind ungeheuer großzügig, Maas. Das letzte Mal, als ich mit Ihnen sprach, war nur von bar auf den Tisch die Rede.»

«Die Dinge haben sich seither etwas gewandelt, lieber Freund. Ich habe erfahren, daß meine Popularität hier im Ostsektor, der übrigens meine eigentliche Heimat ist, gelitten hat. Tatsächlich könnte man sagen, daß auch ich ein Objekt bin, nach dem gesucht wird, wenn auch nicht so intensiv wie nach Ihnen.»

«Wieviel bieten sie für uns?» fragte Padillo. «Nicht das offizielle Angebot meine ich.»

«Es ist eine beträchtliche Summe, Herr Padillo. Hunderttausend Ostmark. Das sind ungefähr fünfundzwanzigtausend DM-West oder siebentausendfünfhundert Ihrer Dollar. Wie Sie sehen, bin ich nicht übertrieben geldgierig.»

Ich trank ein Schlückchen Wodka, dann hielt ich ihm vor: «Woher sollen wir wissen, daß Sie uns nicht hintergehen, Maas? Woher sollen wir wissen, daß wir nicht Hauptmann Boehmler und sechzehn seiner besten Leute in die offenen Arme laufen?»

Maas nickte heftig. «Ich mache Ihnen aus Ihrer Vorsicht nicht nur keinen Vorwurf, Herr McCorkle, sondern ich bewundere Sie auch. Es gibt zwei Möglichkeiten, Ihnen meine Vertrauenswürdigkeit zu beweisen. Als erstes, ich muß aus Ostberlin verschwinden, und das ist gegenwärtig nicht leicht – ganz besonders gegenwärtig nicht. Deshalb beabsichtige ich, mit Ihnen zu gehen. Dadurch gewinne ich einen freien Weg aus dem Osten und bin gleichzeitig in der Lage, meine Kapitalanlage genau im Auge zu behalten. Aber nun zu meiner zweiten Methode, Ihnen meine Glaubwürdigkeit zu beweisen. Sie ist mit einer für Sie unerfreulichen Nachricht verbunden, aber ich bin sicher, daß Sie sie mit der Ihnen eigenen Fassung tragen werden.»

«Nur weiter», sagte ich.

«Nur mit dem tiefsten Bedauern», sagte Maas in seiner förmlichen, fast pastoralen Weise, «muß ich Sie davon unterrichten, daß Ihr Freund, Mr. Cook Baker, nicht vertrauenswürdig ist.»

Padillo hielt sich vorzüglich. Er ließ sogar den Mund etwas aufklappen und zog überrascht die Augenbrauen hoch. «Ich verstehe nicht», sagte er.

Maas schüttelte bedrückt den Kopf. «Ich muß gestehen, daß ich zu einem Teil daran mitschuldig bin. Wenn Sie sich erinnern, Herr McCorkle, waren Sie so freundlich, mir zu erlauben, in Bonn bis zu meiner Verabredung am nächsten Tag auf Ihrer Couch zu schlafen. Ich war mit Herrn Baker verabredet. Es ist wahr, ich muß es alles berichten. Nachdem es mir nicht gelungen war, eine richtige Verbindung zu Herrn Padillo aufzunehmen, handelte ich wie der Geschäftsmann, der ich bin. Ich verkaufte meine Information an Herrn Baker.»

«Für wieviel?» fragte Padillo.

«Für dreitausend Dollar, Herr Padillo.»

«An diesem Tag war ich guter Laune. Ich hätte vielleicht fünf gegeben.»

«Es war billig, aber der Markt war beschränkt. Herr Baker war der einzige andere Interessent.»

«Warum sollte er kaufen wollen?» fragte ich.

«Es wurde ihm befohlen. Sehen Sie, meine Herren, Herr Baker ist ein Agent Ihrer Gegenseite.» Er ließ diese Mitteilung wirken. «Selbstverständlich ist er erst in allerjüngster Zeit aktiv geworden. Anscheinend hat er vor ein paar Jahren einige Indiskretionen von ganz besonders unerfreulicher Natur begangen. Es wurden Fotos davon aufgenommen. Die Fotos fielen in gewisse Hände. Herr Baker hatte seine Firma in New York und seine finanziellen Interessen zu berücksichtigen. Als Freunde ihm seine gegenwärtige Stellung in Bonn beschafften, in das KGB in aller Stille an ihn herangetreten. Herr Baker handelt nicht aus Überzeugung, sondern aus Furcht. Erpressung mit der damit verbundenen ständigen Peinlichkeit und Entwürdigung – ein Mann von Herrn Bakers Temperament konnte das nicht ertragen.»

Maas seufzte. «Ich sollte Ihnen wohl die ganze Geschichte erzählen. Es war Bakers Idee, daß ich an McCorkle herantreten und mir eine Geschichte ausdenken sollte, die es für meinen Freund notwendig machte, Herrn Baker nach Berlin zu rufen. Glücklicherweise dachte ich an den Tunnel, und da ich Geschäftsmann bin, machte ich einen legitimen Vorschlag. Der Preis von fünftausend Dollar wurde von mir mit Herrn Baker ausgehandelt. Er hielt den Tunnel für einen Mythos. Ich sah keinen Grund, ihn aufzuklären. Aber jetzt stellt er ein Problem dar.»

«Darüber werden wir uns später den Kopf zerbrechen», sagte Padillo. «Aber wann steht Ihr Tunnel zur Verfügung?»

Maas blickte auf seine Uhr. «Jetzt ist es zwölf Uhr. Ich kann für fünf Uhr heute morgen eine Vereinbarung treffen. Wäre Ihnen das angenehm?»

Padillo sah mich an. Ich zuckte mit den Schultern. «Sobald wie möglich.»

«Ich habe gewisse Fragen mit dem Hauptmann zu klären.»

«Sie wollen sagen, Sie müßten ihn bezahlen», sagte Padillo.

«Ganz richtig. Ferner muß ich mir einen Wagen beschaffen. Es ist besser, wenn ich Sie abhole. Zu Fuß ist der Weg zu weit, besonders zu dieser frühen Morgenstunde. Sie müssen mir Ihre Adresse geben.»

Padillo nahm ein Stück Papier und schrieb die Adresse von Langemanns Werkstatt auf. Er reichte es Maas. «Die Hintertür, zur Hintergasse.»

Maas steckte das Papier ein. «Ich werde heute morgen um vier Uhr fünfundvierzig dort sein. Inzwischen aber, Herr Padillo, muß ich, obwohl mir durchaus bewußt ist, daß Sie ein Mann mit beträchtlichen Erfahrungen auf diesem Gebiet sind, darauf bestehen, daß irgendwelche Vorkehrungen bezüglich Herrn Baker getroffen werden. Er bedeutet eine Gefahr für uns alle, und er versteht es, sehr gut mit dem Revolver umzugehen.»

Padillo stand auf. «Jetzt nicht mehr, Herr Maas.»

«Wie bitte?»

«Er ist tot. Ich habe ihn heute nachmittag erschossen.»

16

Unser Glück verließ uns auf dem Rückweg zu Langemanns Werkstatt. Sie traten aus einem dunklen Hauseingang, zwei Mann, und richteten den Schein der Taschenlampe

Padillo ins Gesicht. Der eine sagte: «Ihre Ausweise, bitte.» Die Stimme klang jung, und bei dem letzten Wort knallte sie beinahe wie eine Peitsche. Padillo sagte: «Selbstverständlich» und schnippte seine Zigarette dem Vopo mit der Taschenlampe ins Gesicht. Als der abwehrend die Hände hob, schlug ihm Padillo mit voller Wucht in den Magen. Damit blieb der andere mir überlassen. Er war so groß wie ich und schien mir breiter zu sein, aber bei der Dunkelheit ließ sich das nicht zuverlässig beurteilen, deshalb trat ich ihm in den Unterleib, und als er schrie und vornüber sackte, um sich den Bauch zu halten, stieß ich ihm das linke Knie ins Gesicht. Etwas schien zu brechen, und seine Zähne gruben sich in mein Bein. Er fiel aufs Pflaster, stöhnte und zuckte, deshalb trat ich ihm zweimal gegen den Kopf. Er hörte auf zu zucken. Der Vopo, der die Ausweise verlangt hatte, lag rücklings auf der Straße. Seine Taschenlampe brannte noch. Padillo bückte sich, hob sie auf und schaltete sie aus. Dann steckte er sie in seine Manteltasche. Er kniete nieder und untersuchte beide Männer. Als er sich erhob, sagte er: «Deiner ist auch tot.»

Padillo blickte nach beiden Richtungen die Straße entlang. Sie war leer. «Wir müssen sie wegschaffen», sagte er. Er ging zur Mitte der Fahrbahn und lief dann im Zickzack hin und her, bis er fand, was er suchte: ein Einstiegsloch der Kanalisation. Der Deckel hatte Löcher, drei Zoll lang und einen halben Zoll breit, durch die man ihn anheben konnte. Padillo zog sein Taschenmesser, band seinen Schlips ab und befestigte ihn mit einem kleinen, festen Knoten an dem Messer. Er senkte es durch eines der Löcher, ließ es hin und her pendeln, bis es quer zu dem

Loch stand und fing an zu ziehen. Der Deckel hob sich einen Zoll. Ich schob meine Finger darunter und stemmte ihn hoch, bis er senkrecht stand, dann schob ich ihn vorsichtig auf das Pflaster.

Wir liefen zu den Vopos zurück und schleiften sie an den Füßen zu dem Einstiegsloch. Wir warfen sie ohne jede Zeremonie hinein. Padillo ging schnell zu der Stelle zurück, an der sie unsere Ausweise verlangt hatten. Er nahm die Taschenlampe heraus und ließ den Strahl wandern. Er fand die beiden Uniformmützen, brachte sie zum Einstiegsloch und warf sie hinein. Dann schoben wir leise den Deckel zurück. Padillo steckte sein Messer ein und band sich den Schlips wieder um, während wir davongingen.

Ich zitterte noch, als wir die Gasse hinter Langemanns Werkstatt erreichten. Ich mußte dringend etwas zu trinken haben und war entschlossen, mich mit dem Kartoffelschnaps zufriedenzugeben, den Langemann besorgt hatte. Padillo klopfte leise an die Tür zu dem kleinen Büro. Sie öffnete sich einen Spaltbreit, und Max flüsterte Padillos Namen. Padillo antwortete, und wir traten ein.

«Alles in Ordnung?» fragte Padillo.

«Sie schlafen», antwortete Max.

«Schließen Sie die Klappe. Wir müssen etwas besprechen.»

Max löste den Haken aus der Öse und ließ die Klapptür fallen. Ich hockte mich auf den Schreibtisch, Padillo setzte sich auf den Drehstuhl, Max blieb stehen.

«Auf dem Rückweg hatten wir Ärger», sagte Padillo. «Zwei Vopos verlangten unsere Ausweise zu sehen. Wir haben die beiden in die Kanalisation geworfen.»

Max nickte beifällig. «Sie werden sie nicht vor morgen früh finden», meinte er, «aber sie werden in ein oder zwei Stunden anfangen, nach ihnen zu suchen, weil sie sich nicht melden.»

«Dagegen können wir nichts machen. Glauben Sie, daß Sie noch sauber genug sind, um ungehindert in den Westen hinüberzukommen?»

«Wenn ich nach Hause gehen, mich rasieren und baden kann, ja», antwortete Max. «Ich habe die richtigen Papiere. Sie sind gültig und nicht einmal gefälscht.»

«Die Papiere des Exporteurs?»

«Ja.»

«Haben Sie den Stadtplan bei sich?»

Max griff in seine Innentasche und zog den Stadtplan heraus, auf dem wir die Route verfolgt hatten, über die Burchwood und Symmes vom Flughafen gekommen waren. Mir schien, als wäre das alles irgendwann im vergangenen Monat gewesen. Max breitete den Stadtplan auf dem Boden aus. Padillo kniete sich nieder und suchte mit dem Finger einen Augenblick lang das Gebiet von Kreuzberg ab. «Hier. Dieser Park, dieser dreieckige.»

«Ich kenne ihn», sagte Max.

«Hier kommen wir heraus – mitten in einem Gebüsch von Lebensbäumen. Von dem hier liegenden Haus führt ein Tunnel dorthin.» Und sein Finger wanderte zu einem hellbraun gefärbten Häuserblock, der entsprechend der Zeichenerklärung auf dem Stadtplan «Wiederaufgebautes Gebiet» bedeutete.

Max klopfte sich mit dem Finger gegen die Unterlippe. «An den Häuserblock erinnere ich mich nicht – nur an den Park. Aber die Mauer führt unmittelbar an dem Park vorbei. Sie berührt beinahe die eine Spitze.»

«Richtig», bestätigte Padillo. «Ich möchte, daß Sie dort um halb sechs mit einem Lastwagen warten. Ein VW-Transporter genügt. Parken Sie hier. Beschaffen Sie uns ferner einen Ort, zu dem wir fahren und uns mit Kurts Organisation in Verbindung setzen können. Aber es ist wohl besser, wenn Sie sich das alles notieren.»

Max zog ein Notizbuch und einen Kugelschreiber aus der Tasche.

«Vier GI-Uniformen», sagte Padillo. «Eine mit den Abzeichen eines Tech-Sergeants, eine für einen Master-Sergeant, eine für einen Corporal und eine für einen Buck-Sergeant. Und beschaffen Sie zwei Infanterie-Kampfspangen.»

«Die Uniformen in welcher Größe?» fragte Max.

«Was trägst du, Mac?»

«Zweiundvierzig lang», antwortete ich.

«Eine zweiundvierzig lang, eine vierzig normal, eine achtunddreißig kurz – glaubst du, daß die Burchwood passen wird?» Ich nickte. «Und eine achtunddreißig lang für Symmes. Und beschaffen Sie auch Schuhe. Sie können zehn-B tragen. Das kann jeder.»

«Das wollen Sie alles bis halb sechs?» fragte Max. «Es dürfte kaum zu schaffen sein.»

«Nein, sorgen Sie nur dafür, daß Kurts Organisation sich daranmacht. Und sagen Sie den Leuten, sie sollen das Zeug dahin schaffen, wo sie uns unterbringen. Vergessen Sie Hemden nicht, alle Kragenweite fünfzehn, Ärmellänge vierunddreißig.»

«Das meiste haben sie schon vorrätig», sagte Max.

«Wie steht es mit Ausweisen?»

«Das macht keine Schwierigkeiten.»

«Urlaubsscheinen?»

Max überlegte kurz. «Damit haben wir schon einmal gearbeitet. Sie erinnern sich sicher daran. Wir müssen vielleicht ein paar neue Formulare anfertigen, aber vielleicht auch nicht. Ich prüfe es nach. Für vierzehn Tage?»

«In Ordnung», stimmte Padillo zu. «Und vier Rückflugscheine nach Frankfurt. Die Namen sollen sie sich selbst ausdenken, aber sagen Sie ihnen, sie sollten nicht zu auffällig sein. Ganz gewöhnliche Namen wie Johnson und Thompson und Miller. Namen, an die man sich nicht gleich erinnert.»

Max notierte wieder etwas.

«Wie steht es mit Geld?» fragte Padillo.

Max runzelte die Stirn und schüttelte den Kopf. «Langemann hat mich bis auf zweihundert Mark völlig ausgenommen.»

«Wieviel haben wir noch in Westberlin?»

«Es sollten noch zwölf- oder vierzehntausend Mark dasein und etwa fünfhundert Dollar.»

«Gut. Sagen Sie Kurt, er soll die Flüge für morgen abend buchen und in Frankfurt einen Wagen für uns bereitstellen. Am Flughafen. Sagen Sie ihm, er soll uns einen schnellen beschaffen. In Bonn kann er ihn zurückhaben.»

Max machte wieder eine Notiz. «Ist das alles?»

«Alles, was mir im Augenblick einfällt. Sie machen sich am besten gleich auf den Weg.»

«Ich gehe noch einmal runter und hole die Flasche», antwortete Max. «Falls ich angehalten werde, habe ich einen sitzen und komme gerade von meiner Braut.» Er öffnete die Klapptür, stieg die Leiter hinunter und kam wenige Augenblicke später mit der Flasche Kartoffelschnaps zurück. Er öffnete sie, nahm einen kräftigen Schluck, schwenkte ihn im Mund herum und schluckte. «Mein Gott, das Zeug ist scheußlich.»

Meine Hand griff bereits nach der Flasche.

«Noch etwas», sagte Max. «Wie lange soll ich im Park warten?»

«Bis sechs», antwortete Padillo.

«Und wenn Sie bis dahin nicht kommen?»

«Dann vergessen Sie uns.»

Max blickte Padillo durch seine Brille an. Er lächelte. «Wir werden sehen», sagte er. Dann öffnete er die Tür zur Hintergasse und ging.

Ich reichte Padillo die Flasche, und er trank einen kräftigen Schluck. Er brachte ihn fast ohne zu husten hinunter.

«Wer ist dieser Kurt?» fragte ich.

«Kurt ist die Berliner Version des ‹Mädchens für alles›. Ein ehrlicher Schurke. Der blonde Bursche, der auf der Mauer erschossen worden ist, hat für ihn gearbeitet. Er liefert alles in kürzester Frist. Du wirst ihn kennenlernen. Sein erstes Geld machte er auf dem schwarzen Markt. Dann fand er im richtigen Augenblick den Anschluß ans Aktiengeschäft und schwamm mit der Woge. Er bringt Leute über die Mauer, beschafft Pässe und Ausweispapiere, gebrauchte Kleidung, Waffen, alles, womit man einen Dollar verdienen kann. Wir haben schon früher miteinander Geschäfte gemacht.»

«Das mit den Uniformen und Dienstgradabzeichen habe ich begriffen», sagte ich. «Wir sind schon ein bißchen zu alt, um als einfache Soldaten zu gelten. Aber warum gerade Frankfurt? Warum nicht direkt nach Bonn?»

«GIs gehen nicht nach Bonn – nicht einmal nach Köln. Sie fahren nach München oder Frankfurt oder Hamburg, wo es Schnaps und Weiber gibt. Wie viele GIs hast du schon in Bonn gesehen?»

«Verdammt wenige», gab ich zu. Dann fragte ich: «Wie bekommen wir unsere beiden schlafenden Freunde in ein Flugzeug hinein und wieder heraus?»

«Du hast doch noch einen Revolver?»

Ich nickte.

«Den steckst du in deine Manteltasche, und hin und wieder gibst du dem einen oder anderen damit einen kleinen Stoß, dann werden sie artig sein. Und wenn wir erst einmal über die Mauer sind, gibt es für sie kein Versteck mehr, wo sie unterkriechen können. Wenn sie Theater machen, kommen sie genau dahin, wo sie schließlich doch landen werden. Es ist nur die Frage, wer sie da abliefert, und ich lege Wert darauf, daß ich derjenige bin.»

Ich griff nach der Flasche. «Ich fürchte, du wirst ihn vermissen.»

«Wen?»

«Deinen anderen Beruf.»

Padillo grinste. «Wann hast du zum letztenmal jemanden umgebracht?»

Ich sah auf meine Uhr. «Vor etwa zwanzig Minuten.»

«Und davor?»

«Vor über zwanzig Jahren. In Burma.»

«Hast du vorhin dabei Angst gehabt?»

«Gräßliche.»

«Was hast du in den letzten zwanzig Jahren gemacht?»

«Auf meinem Hintern herumgesessen.»

«Hat es dir gefallen?»

«Ich fand es angenehm.»

«Angenommen, du kommst nach Bonn zurück, und wir betreiben unser Lokal für zwei Monate; dann wirst du eines Tages angerufen und bekommst gesagt, daß du etwas Ähnliches wie diese Geschichte noch einmal machen sollst, nur für dich allein. Es könnte höchstens schlimmer sein als diesmal. Dann kommst du also zu mir und sagst mir, du müßtest für eine Woche etwa weg, und dir krampft sich der Magen zusammen, weil du mit jemandem darüber reden möchtest – mir irgend jemandem –, wohin du gehst und was du tun sollst, aber du weißt verdammt genau, daß du nicht darüber reden kannst. Folglich trinkst du mit mir zusammen nur einen, und dann gehst du, allein, und steigst in ein Flugzeug oder in einen Zug, allein. Du mußt allein sein, und nie holt dich jemand ab, wenn du ankommst, und nie wartet jemand auf dich, wenn du zurückkehrst. Versuche das immer wieder, zwanzig Jahre lang, und zähle um drei Uhr morgens die Toten, und laß dich manchmal von der Panik packen, weil du dich nicht mehr daran erinnern kannst, wie sie hießen oder wie sie aussahen. Und wenn dann zwanzig Jahre vorbei sind, geben sie dir kein Abschiedsessen und keine goldene Uhr. Nein, du kriegst den Ein-Weg-Auftrag. Sie schicken dich los und sagen dir, wie verdammt gut du bist und daß es eine reine Routineangelegenheit ist. Ehe du vierzig bist, giltst du schon als überaltert und bist abgeschrieben, weil sie meinen, daß du ab jetzt nicht mehr die Nerven hast – und damit haben sie wahrscheinlich recht. Und nun sagst du, mir gefiele das?»

«Vielleicht habe ich es nur gesagt, weil du deinen Job anscheinend gut verstehst. Jedenfalls nach dem, was ich davon gesehen habe.»

Padillo grunzte verächtlich. «Überlege doch mal. Die Geschichte war von Anfang an Pfusch. Ich habe dich hineingezogen, weil du sentimental genug bist, zu glauben, daß Freundschaft mehr bedeutet als eine Postkarte zu Weihnachten, und weil du groß genug bist, daß du nützlich sein könntest, wenn sie in der Eckkneipe anfangen, mit Flaschen zu schmeißen. Ich habe dich benutzt, um Cook so weit hineinzuziehen, daß ich ihn unter Kontrolle hatte und damit meine Chance, unsere beiden Homos nach Bonn zurückzuschaffen, besser als sechzig zu vierzig stand. Ich habe dich benutzt, Mac, und du kannst dadurch immer noch ums Leben kommen. Bei Weatherby habe ich das geschafft, und er war schon lange mit dabei und war zweimal so vorsichtig und wachsam wie die meisten. Sagen wir einmal so: Meine goldenen Manschettenknöpfe habe ich dir schon versprochen. Du hast noch einen Gefallen bei mir gut und kannst ihn jederzeit abrufen.»

«Ich werde mir was überlegen. Inzwischen aber, was ist mit unseren beiden Freunden da unten?»

«Die sind unsere Lebensversicherung», sagte er. «Die NSA hat nie bekanntgegeben, daß die beiden abtrünnig geworden sind, und die Leute, die in dem neuen Gebäude draußen in Virginia, unmittelbar hinter dem Schild ‹Büro für Straßenbau›, arbeiten, werden die Tatsache, daß die beiden wieder da sind, nicht im Rundfunk verbreiten. Aber wenn sie nicht alles sauber in Ordnung bringen, einschließlich daß Weatherby tot in deinem Zimmer im Hilton gefunden wurde und dem Geld, das wir ausgegeben haben, veranstalte ich in Mac's Place eine Pressekonferenz und packe alles aus.»

«Das wird denen wenig Freude machen.»

«Denen gewiß nicht, aber den Journalisten.»

«Was wird aus Burchwood und Symmes?»

«Die werden sang- und klanglos verschwinden.»

«Tot?»

«Möglich, aber nicht wahrscheinlich. Irgendwann könnte mal jemand einen Stein umdrehen und sich verwundert fragen, wieso da zwei Asseln fehlen, die doch sonst immer da saßen. Dann müssen sie die beiden schnell vorzeigen können.»

«Und du glaubst, es wird sich alles so entwickeln, wie du angedeutet hast?»

«Nein, aber wenn ich das nicht behaupte und zu glauben versuche, hätte das Ganze überhaupt keinen Sinn. Und dann käme ich mir noch viel dümmer vor als ohnehin.»

Ich sah auf meine Uhr. «Wir haben noch zwei Stunden Zeit, bis unsere gute Fee kommt. Willst du nicht so lange schlafen?»

Padillo erhob sich von dem Drehstuhl, ließ sich auf den Boden nieder und streckte sich in voller Länge aus. Sein Kopf ruhte auf der geschlossenen Klapptür. «Weck mich in ein paar Wochen», sagte er.

Ich nahm mir den Stuhl, lehnte mich zurück und legte die Füße auf den Schreibtisch. Ich bemerkte, daß meine Schuhe es vertragen konnten, wenn sie geputzt würden – und ich eine Rasur und ein Bad und gut und gern sechs Eier mit einem runden Dutzend dicker Scheiben Speck, einen Stapel gut gebutterten Roggentoast, eine frische, ganz rote Tomate und eine Gallone Kaffee. Statt dessen begnügte ich mich mit einem weiteren Schluck schlechtem Schnaps und einer Zigarette zweifelhafter Qualität. Ich saß in dem Drehstuhl und wartete weiter. Das Telefon klingelte nicht, und niemand klopfte an die Tür. Ich sagte mir, daß ich Geduld lernen müsse. Ich war ein schlechter Schüler.

Um halb fünf stieß ich Padillo mit der Fußspitze an. Er war sofort hellwach. Ich sagte ihm, wie spät es war.

«Ich wecke die da unten», antwortete er.

Er öffnete die Klapptür und kletterte die Leiter hinunter. Symmes kam als erster herauf, gefolgt von Burchwood, und danach Padillo. Ich schloß die Klapptür wieder.

«In etwa zehn Minuten unternehmen wir wieder eine kleine Fahrt», erklärte Padillo dem Paar. «Sie werden genau das tun, was Ihnen gesagt wird. Sie sprechen kein Wort, gleichgültig, wen Sie sehen oder was von Ihnen verlangt wird. Sie sprechen nur, wenn er oder ich Ihnen eine direkte Frage stelle. Haben Sie verstanden?»

«Mir ist es gleichgültig, was noch kommt», antwortete Symmes. «Wenn es nur endlich vorbei ist. Ich will kein Töten mehr und will nicht mehr herumgestoßen und geschunden und angeschrien werden wie ein Idiot. Machen Sie nur, daß es um Gottes willen endlich vorbei ist, was auch kommt.»

«Haben Sie noch etwas zu sagen, Burchwood?» fragte Padillo.

Burchwood riß die dunklen Augen auf und fuhr sich mit der Zunge nervös über die Lippen. Er schüttelte erschöpft und hoffnungslos den Kopf. «Mir ist es egal», murmelte er. «Ich bin so müde, daß mir alles egal ist.»

«In zwei Stunden etwa werden Sie die Möglichkeit haben, sich auszuruhen. Tun Sie nur, was Ihnen gesagt wird. Ist das klar?»

Sie standen da, heruntergekommen, blaß und erschöpft, mit kraftlos hängenden Händen. Symmes schloß die Augen und nickte. Burchwood stammelte: «Ja, ja, ja, mein Gott, ja.»

Padillo sah mich an und zuckte mit den Schultern. Ich lehnte an der Wand. Padillo saß wieder auf dem Stuhl. Burchwood und Symmes standen einfach da, schwankten etwas. Symmes behielt die Augen geschlossen.

Um vier Uhr fünfundvierzig hörten wir den Wagen. Padillo zog seinen Revolver und öffnete die Tür. Ich nahm den Revolver aus meiner Manteltasche. Er fühlte sich allmählich an wie ein alter Freund.

Maas war an der Tür. Er hatte den Motor des Wagens laufenlassen. «Ah, Herr Padillo.»

«Alles bereit?»

«Ja, ja, aber wir müssen uns beeilen. Wir sollen um fünf Uhr dasein.»

«Also los», sagte Padillo. «Gehen Sie zu dem Wagen zurück. Wir steigen ein.» Er drehte sich von der Tür um und uns zu. «Sie beide setzen sich mit Mac auf die Rücksitze. Steigen Sie von dieser Seite ein.»

Er ging als erster hinaus. Ich folgte Symmes und Burchwood. Draußen hielt Padillo die Tür eines braunen Mercedes 220 auf. Burchwood und Symmes kletterten hinten hinein. Ich folgte ihnen. Padillo schloß die Tür des Büros und setzte sich vorn neben Maas. «Los jetzt», sagte er.

Maas fuhr langsam durch die dunkle Hintergasse. Er hatte nur die Parklichter eingeschaltet. Als er sich dem Ende der Gasse näherte, hielt er an. Ohne ein Wort stieg Padillo aus, ging bis zur Ecke und spähte vorsichtig nach beiden Seiten. Er winkte Maas zu. Der Wagen fuhr wieder an, hielt, um Padillo einsteigen zu lassen, und wir waren draußen auf der Straße. Maas schaltete die Scheinwerfer an.

«Wo haben Sie den Wagen her?» fragte Padillo.

«Von einem Freund», antwortete Maas.

«Ihr Freund hat vergessen, Ihnen den Zündschlüssel zu geben.»

Maas lachte verhalten. «Sie sind ein sehr scharfer Beobachter, Herr Padillo.»

«Für fünfhundert Mark hätten wir auf einen heißen Wagen verzichten können», sagte er.

«Er wird erst morgen spät am Tag vermißt werden. Ich habe ihn mir sorgfältig ausgesucht, und bei diesem Modell läßt sich die Zündung mühelos kurzschalten.»

Die Fahrt dauerte einundzwanzig Minuten. Auf einem Boulevard überholten wir ein paar Lastwagen, und dann wich Maas auf Nebenstraßen aus. Ostberlin schlief. Um neun nach fünf hielt er vor einem Haus an.

«Ist es hier?» fragte Padillo.

«Nein, um die nächste Ecke. Aber ich lasse den Wagen hier stehen. Das letzte Stück gehen wir.»

«Nimm du Symmes», sagte Padillo zu mir. «Burchwood kommt mit mir. Und wir wollen wie eine Gruppe gehen, nicht wie eine Prozession.»

Wir blieben dicht beieinander. Hinter der Ecke verhielt Maas vor einem zweistöckigen Haus. Er stieg die drei weißen Marmortreppen hinauf und klopfte leise an die Tür. Sie wurde geöffnet, und Maas flüsterte: «Schnell rein!»

Wir traten ein. Eine große, undeutlich erkennbare Gestalt stand vor uns, anscheinend in einem Gang. Es brannte kein Licht. «Hier», sagte die Stimme eines Mannes. «Gehen Sie geradeaus. Wenn Sie eine Tür erreichen, bereiten Sie sich darauf vor, an mir vorbei ein paar Stufen hinunterzugehen. Wenn Sie alle auf der Treppe sind, bleiben Sie stehen, dann schalte ich Licht ein.»

Wir bewegten uns langsam in der Dunkelheit. Ich ging als erster, ertastete mir mit ausgestreckten Händen den Weg.

«Sie sind an der Treppe», sagte die Stimme unmittelbar neben mir. «Das Geländer ist rechts. Ich führe Sie.»

Ich fand das Geländer mit der rechten Hand, stieg sechs Stufen hinab und blieb stehen. Ich hörte, wie die anderen mir folgten. Ich hörte, wie die Tür geschlossen wurde, und dann wurde Licht eingeschaltet. Wir standen auf einer Treppe, die zu einem Absatz führte und dann nach rechts abbog. Ich blickte zurück. Auf der obersten Stufe stand ein großer magerer Mann mit Hakennase und borstigen graugesprenkelten Augenbrauen, die Hand an einem Lichtschalter. Er trug ein weißes Hemd, der Kragen stand offen. Er mochte fünfzig oder fünfundfünfzig sein. Maas stand auf der nächsten Stufe unter ihm, und unter Maas standen Padillo, Burchwood und Symmes.

«Weiter», sagte der magere Mann.

Ich stieg die zwei Stufen zu dem Treppenabsatz und dann fünf weitere abwärts. Die Kellerwände waren weiß und blau gestrichen, und blaugemustertes Linoleum bedeckte den Boden. Eine Werkbank mit einem Schraubstock nahm auf einer Seite die ganze Wand ein. Darüber hing eine Reihe braungebeizter Wandschränke. An der einen Schmalseite des Kellers, wie ich meinte, auf der Straßenseite, befand sich ein anderhalb Meter hoher Schrank aus gutem Walnußholz. Oben hatte er vier schmale Fächer und darunter eine Reihe flacher Schubladen. Ich hatte die Hand an der Waffe in meiner Manteltasche. Padillo winkte Burchwood und Symmes auf eine Seite des Raums. Er stand neben ihnen.

Der große Mann kam die Treppe herunter und sah uns an. «Das sind ja Amerikaner», sagte er wütend.

Maas zog die Hände aus den Taschen eines hellbraunen Regenmantels, den ich bisher noch nicht an ihm gesehen hatte, und spreizte sie beschwörend. «Ihr Geld ist gut. Es wäre aber nicht gut, wenn Sie gerade in diesem

Augenblick Ihre Absichten änderten. Bitte, öffnen Sie den Gang.»

«Sie haben gesagt, es sind Deutsche», brummte der Mann ungehalten.

«Den Gang», drängte Maas.

«Das Geld», entgegnete der Mann schroff.

Maas zog die linke Hand wieder aus der Manteltasche und händigte dem Mann einen Umschlag aus.

Der magere Mann ging zu der Werkbank, riß den Umschlag auf und zählte das Geld. Zweimal. Er stopfte Umschlag und Geld in seine Hosentasche und trat vor den Schrank. Er zog die erste Schublade auf und schloß sie, er zog die dritte auf und schloß sie, er zog die unterste auf und ließ sie offenstehen. In keiner befand sich etwas, aber das Öffnen und Schließen betätigte eine Art Kombinationsschloß.

Er zog an dem Schrank, der sich mühelos aufschwingen ließ. Er schien weniger als ein Viertel Zoll Bodenfreiheit zu haben. Hinter dem Schrank lag der Tunnel, seine Öffnung war etwa einen Meter hoch und nicht ganz einen Meter breit. Ich konnte erkennen, daß sein Boden mit rötlichem Linoleum bedeckt war. Rote, braungebeizte Bretter rahmten den Eingang. Der magere Mann griff in den Tunnel und schaltete Licht an. Padillo und ich knieten nieder, um hineinzuspähen. Als wir uns wieder erhoben, hielt Maas eine Luger in der rechten Hand. Ich griff nach meiner rechten Tasche, aber Padillo hielt mir den Arm fest. «Das ist seine Sache.»

«Bitte, Hauptmann, würden Sie mir das Geld zurückgeben?»

«Betrüger!» schrie der magere Mann gellend.

«Das Geld, bitte.»

Der magere Mann zog den Umschlag aus der Tasche und reichte ihn Maas. Der Dicke stopfte ihn in seine Manteltasche. «Und jetzt, Hauptmann Boehmler, wollen Sie bitte die Hände auf den Kopf legen und sich vor die Wand stellen? Nein, drehen Sie sich um, und kehren Sie mir den Rücken zu.» Der Mann gehorchte. Maas nickte befriedigt.

«Sie, Herr Padillo, und Sie, Herr McCorkle», fuhr Maas fort, «werden sich sicher an Franz Schmidt erinnern, von dem ich Ihnen erzählt habe. Er hieß allerdings so wenig Schmidt, wie ich Maas heiße. Aber er war mein Bruder, und ich habe das Gefühl, daß ich ihm etwas schuldig bin. Ich denke, Sie werden verstehen, Hauptmann Boehmler ...»

Er schoß den mageren Mann zweimal in den Rücken. Symmes schrie auf. Der magere Mann wurde gegen die Wand geschleudert und sank in sich zusammen. Maas schob die Luger in seine Manteltasche zurück und wandte sich uns zu. «Das war eine Ehrensache», sagte er.

«Sind Sie fertig?» fragte Padillo.

«Ja.»

«Dann wollen wir gehen. Sie zuerst, Maas.»

Der fette Mann ließ sich auf Hände und Knie nieder und verschwand im Tunnel.

«Du als nächster, Mac.»

Ich folgte Maas. Symmes und Burchwood krochen hinter mir her. Der Tunnel war mit rohen Holzplanken verkleidet. An einigen Stellen war lose Erde durch die Ritzen auf das Linoleum gebröckelt. Die Vierzig-Watt-Birnen waren alle sechs bis sieben Meter angebracht. Wir krochen auf Händen und Knien. Gelegentlich stieß ich mit dem Kopf gegen die Holzverkleidung. Erde fiel mir in den Kragen.

«Mein Bruder hat gut gebaut», rief Maas zu mir zurück.

«Hoffentlich hat er den Ausgang nicht vergessen», murmelte ich. Ich schätzte die Länge des Tunnels auf sechzig Meter. Während ich hindurchkroch, versuchte ich zu berechnen, wie viele Kubikmeter Erde die Familie Schmidt-Maas in Säcke gefüllt und mit dem Familiengefährt fortgeschafft hatte. Aber ich wurde nicht mit den Dezimalstellen fertig und gab es auf.

Maas kroch nicht mehr weiter. «Wir sind am Ende.»

Ich gab die Nachricht an Symmes weiter.

«Ist die Öffnung da?» rief Padillo.

«Ich versuche den Deckel zu heben», antwortete Maas grunzend. Er stand jetzt aufrecht, ich konnte seine Beine unter dem Regenmantel herausragen sehen. Ich kroch weiter, drängte den Kopf in die Öffnung neben Maas' Beinen, und blickte nach oben. Maas stand gebückt. Kopf, Nacken und Schultern drückten gegen ein rundes Stück verrosteten Metalls, das wie der Deckel eines Abfallkübels aussah. Seine Hände, Flächen nach oben, waren gleichfalls gegen das Metall gepreßt. Nichts geschah. Er hielt inne. «Er bewegt sich nicht.»

«Wir wollen versuchen, die Plätze zu tauschen», sagte ich. «Ich bin größer als Sie und kann mehr Druck mit den Beinen ausüben.»

Wir quetschten uns aneinander vorbei. Maas atmete mühsam. Jemand hätte ihn schon längst darauf aufmerksam machen sollen, daß er etwas dagegen tun müsse. Ich blickte nach oben. Die Metallplatte befand sich etwa anderthalb Meter über der Sohle des Tunnels. Ich spreizte die Beine so weit, wie ich konnte, die Knie halb gebeugt. Ich setzte Kopf, Nacken und Schultern gegen die Platte und legte die Handflächen flach gegen sie. Dann begann ich mich langsam aufzurichten, spannte die Muskeln. Sie waren schon lange nicht mehr so strapaziert worden. Ich hoffte, sie würden sich daran erinnern, wozu ich sie hatte.

Nichts geschah. Ich spürte, wie mir das Blut in den Kopf drang. Schweiß trat mir auf die Stirn und tropfte herunter. Ich hielt inne und ruhte mich aus. Dann nahm ich die Stellung von neuem ein und fing an, von den Beinen aus nach oben zu drücken. Ich spürte, wie etwas nachgab, und hoffte, daß es nicht mein Nacken war. Noch eine letzte mühevolle Anstrengung, und die Metallplatte bewegte sich. Ich steigerte den Druck, richtete mich langsam aus den Knien heraus auf. Es folgte ein leises «Plopp», und ich spürte kalte Luft. Ich drückte noch einmal, diesmal nur mit den Armen, und die Metallplatte hob sich und fiel zur Seite. Ich blickte nach oben. Es waren keine Sterne zu sehen.

17

Ich stemmte mich aus dem Tunnel hinaus und taumelte durch ein Gewirr von Ästen und Zweigen, die mir das Gesicht zerkratzten und die Hände zerschrammten. Dann kamen Blätter, die sich weich und schmiegsam anfühlten. Ich konnte Maas hinter mir herausklettern hören. Als ich aus dem Gebüsch herauskam, nahm ich die Mauer wahr, etwa dreißig Meter entfernt, wo sie an der Spitze des dreieckigen Parks vorbeiführte. Vor der anbrechenden Dämmerung am östlichen Himmel ragte sie plump und düster und häßlich auf.

Eine Hand berührte meinen Arm, und ich zuckte zurück. Es war Max Voss.

«Wo sind die anderen?» fragte er.

«Sie kommen.»

«Der Tunnel existiert also.»

«Ja.»

Maas brach durch die Äste der Lebensbäume, wischte sich Gesicht und Hände und klopfte seinen Regenmantel ab. Hinter ihm folgten Symmes, Burchwood und Padillo.

«Der Wagen steht da drüben», sagte Max und deutete nach rechts.

Maas wandte sich an Padillo. «Ich verlasse Sie jetzt, Herr Padillo», sagte er. «Ich bin sicher, daß Ihre Freunde in der Lage sein werden, Sie und Ihre Begleitung nach Bonn zu bringen. Aber falls Sie auf Schwierigkeiten stoßen sollten … Unter dieser Nummer können Sie mich erreichen.» Er gab Padillo ein Stück Papier. «Ich werde nur einen Teil des heutigen Tages dort sein. Morgen komme ich in Ihrem Restaurant vorbei, dann können wir abrechnen.»

«In bar», antwortete Padillo.

«Zehntausend.»

«Ich werde sie für Sie bereit haben.»

Maas nickte. «Ja», sagte er, «davon bin ich überzeugt. Auf Wiedersehen.» Er ging davon und verlor sich schnell in der Dunkelheit und dem Morgendunst.

Der Laster war ein VW-Transporter. Wir folgten Max zu dem Fahrzeug und stiegen durch die Seitentür ein. Ehe Max sie schloß, sagte er: «Sie können zwar nicht hinaussehen, aber es kann auch niemand bemerken, daß Sie hier drin sind.»

«Wie weit ist es?» fragte Padillo.

«Fünfzehn Minuten.»

Tatsächlich dauerte es siebzehn Minuten. Symmes und Burchwood saßen auf der einen Seite in dem geschlossenen Transporter, den Kopf auf den Armen. Padillo und ich hockten auf der anderen Seite und rauchten unsere letzten ostdeutschen Zigaretten.

Der Wagen hielt, und wir konnten Max aussteigen hören. Er öffnete die Tür, und Padillo und ich sprangen hinaus. Symmes und Burchwood folgten. Sie sprachen weder mit uns noch miteinander. In dem Dämmerlicht sahen sie blaß aus, und Burchwood war sehr unrasiert.

Ich blickte mich um. Wir waren in einer Art Hof. Hohe, von staubigem Efeu bedeckte Ziegelmauern bildeten seine drei Seiten. Auf der einen befand sich eine von einem Tor aus rohem grauem Holz verschlossene Einfahrt. Der Boden war mit unregelmäßigen Steinplatten gepflastert. Die Mauer stieß an ein grauverputztes, vier Etagen hohes Haus mit eingelassenen Fenstern. Die Fenster im Erdgeschoß waren durch Eisengitter gesichert.

Max führte uns durch einen Gang ohne Türen, der vor einer Stahlplatte ohne Scharniere und Griff endete. Darüber befand sich eine mit feinem Drahtgeflecht bedeckte runde Öffnung. Max blieb vor der Platte stehen, und wir reihten uns hinter ihm auf. Wir mußten fünfzehn Sekunden warten, ehe die Platte lautlos aufglitt. Ich konnte sehen, daß sie zwei Zoll stark war und aus massivem Stahl zu sein schien.

Max führte uns durch einen weiteren Korridor, an dessen Ende sich ein kleiner Aufzug befand. Die Tür stand offen, und er war für fünf Personen gerade groß genug. Wir traten ein, die Tür schloß sich, aber Knöpfe für den Fall, daß man im Zwischenstock aussteigen wollte, gab es nicht. Er stieg schnell, und ich schätzte, daß er uns in die oberste Etage des Hauses brachte.

Als er hielt, öffnete sich die Tür automatisch und geräuschlos, und wir traten in einen Raum, den ich für eine Empfangshalle hielt. Die verputzten Wände waren pastellgrün gestrichen, und der Putz sah aus, als ob mit einem Kamm darübergestrichen worden wäre, als er noch naß gewesen war. Bilder, Ölgemälde und Federzeichnungen von Berlin bedeckten die Wände über den Möbeln. Es waren ein paar gleichartige orangerote Sofas vorhanden, zwei oder drei bequeme Sessel im skandinavischen Stil und ein kantiger Kaffee- oder Cocktailtisch mit einem dicken, stumpfgrünen, nierenförmigen Aschenbecher aus

Glas. Der Teppich war dick und bestand aus braunen, schwarzen und grünen Karos. Ein geruhsamer Raum war es nicht, aber er verriet Geld. Seine Atmosphäre war weder zurückhaltend noch kultiviert.

Unmittelbar gegenüber dem Fahrstuhl befand sich eine weitere Tür. Sie war mit der Sorte Tapete beklebt, die Holzmaserung vortäuschen will, was ihr aber nie ganz gelingt. Max blieb eine kleine Weile vor der Tür stehen, dann glitt sie auf, genauso wie die unten. Auch über ihr war die runde, von Maschendraht bedeckte Öffnung, die, wie ich vermutete, eine Fernsehkamera verdeckte. Wir traten hindurch, folgten einem Gang und bogen nach links in einen schmalen, länglichen Raum, an dessen hinterem Ende ein Kamin brannte. Vor dem Kamin stand ein Mann und wärmte sich den Rücken. Er hielt eine Tasse mit Untertasse in der Hand. Ich konnte Kaffee riechen und entdeckte auf der linken Seite ein Sideboard mit einer elektrischen Kaffeemaschine, die aussah, als ob sie achtzehn oder noch mehr Tassen fassen könnte. Auf dem Sideboard standen auch einige Schüsseln auf einem dicken weißen Polster, das ich für eine Wärmplatte hielt. Der Raum war mit dunklem Holz getäfelt, enthielt einen Bibliothekstisch mit einer Lampe, beige Vorhänge, zwei Ledercouches, einige Ledersessel, zwei davon mit hohen Rücklehnen, einen dunkelgrünen Teppich und einen vollen Bücherschrank. Ich glaubte, außer dem Kaffee Toast und gebratenen Speck zu riechen.

Der Mann lächelte, als er Padillo sah, stellte seine Tasse auf einen Tisch und kam auf uns zu. Er schüttelte Padillo die Hand. «Hello, Mike», begrüßte er ihn auf englisch. «Wie schön, Sie wieder einmal zu sehen.»

«Hallo, Kurt.» Padillo stellte mich Kurt Wohlgemuth vor, der mir die Hand schüttelte, als ob ihm das wirklich solche Freude machte, wie er behauptete. Er war Anfang Fünfzig und trug seine Jahre mit Würde. Sein langes Haar war nur stellenweise grau durchzogen und lag gebürstet und glänzend gepflegt um seinen gutgeformten Kopf. Er hatte dunkelbraune Augen, eine gute gerade Nase und ein kleine festes Kinn unter einem Mund, der noch alle Zähne zu besitzen schien und nicht zuviel Zahnfleisch zeigte, wenn er lächelte. Er trug einen Morgenmantel aus weinroter Seide und einen weißseidenen Schal über einer dunkelgrauen oder schwarzen Hose. Er hielt sich aufrecht und zog die meiste Zeit über den Bauch ein.

«Für diese beiden brauche ich essen, eine Dusche und ein Bett», sagte Padillo und deutete auf Symmes und Burchwood. Wohlgemuths dunkle Augen flogen über sie hin. Er lächelte wieder, trat an den Kamin zurück und drückte auf einen eingelassenen elfenbeinfarbenen Knopf.

Einen Augenblick später öffnete sich die Tür, und zwei Männer kamen herein. Sie ließen jene stille Selbstsicherheit erkennen, die große Männer oft besitzen.

«Diese beiden Herren», sagte Wohlgemuth, «müssen sich säubern, brauchen zu essen und anschließend Ruhe. Sorgen Sie dafür, bitte.»

Die beiden Männer musterten Symmes und Burchwood genau. Einer von ihnen machte eine Kopfbewegung zur Tür. Symmes und Burchwood gingen hinaus. Die beiden großen Männer folgten ihnen.

«Ihre Geschäfte scheinen gut zu gehen, Kurt», sagte Padillo und sah sich nach allen Seiten um.

Der Mann hob die Schultern und ging zu dem Sideboard. «Erst mal eine Tasse Kaffee – und erlauben Sie, daß ich mich für das, was gestern abend an der Mauer passierte, entschuldige. Wir haben einen Fehler begangen.»

«Jemand muß daran schuld sein», sagte Padillo.

Wohlgemuth blieb vor dem Sideboard stehen, Tasse und Untertasse in der einen, die Kaffeekanne in der anderen Hand. «Ich habe einen vollständigen Bericht für Sie, Mike. Vielleicht wollen Sie ihn nach dem Frühstück lesen.»

Max erklärte, daß er völlig erschöpft sei und schlafen wolle. «In etwa vier Stunden bin ich wieder auf dem Damm», sagte er und ging.

Padillo und ich beluden uns Teller mit Rührei, Speck, Käse und Würstchen. Wir aßen an kleinen Tischen, die Wohlgemuth vor die beiden hochrückigen Ledersessel zu beiden Seiten des Kamins geschoben hatte. Wir schlangen das Essen schweigend hinunter, und als ich bei meiner dritten Tasse Kaffee war, nahm ich dankbar eine amerikanische Zigarette von Wohlgemuth an.

«Haben Sie alles beschaffen können, was wir brauchen?» fragte Padillo und bediente sich selbst mit einer Zigarette.

Wohlgemuth nickte und wedelte mit einer gutgepflegten Hand Rauch von sich fort. «Uniform wie von Ihnen angefordert, die notwendigen Marschbefehle, die Flugscheine, und ich habe ein Fahrzeug für heute nachmittag nach Tempelhof bereitgestellt. Ferner wird Sie in Frankfurt ein Wagen erwarten – ein schneller.» Er machte eine Pause, lächelte liebenswürdig und sagte dann: «Da meine Gewährsleute darauf hinweisen, daß Sie jetzt freischaffend sind, Mike, darf ich fragen, an wen ich die Rechnung richten soll.»

«An mich», antwortete Padillo. «Max kann Ihnen eine kleine Anzahlung geben.»

Wohlgemuth lächelte wieder. «Ich hatte immer das Gefühl, daß Sie für diesen Beruf zu feinfühlig sind. Sie können mir einen Scheck schicken, wenn Sie nach Bonn zurückkommen – falls Sie zurückkommen.»

«Dann sind sie wohl wirklich scharf hinter mir her, wie?»

Wohlgemuth nahm zwei blaue Aktendeckel vom Kaminsims. Einen gab er Padillo, den anderen mir. «Als Bettlektüre», sagte er. «Es ist eine Zusammenfassung von allem, was wir festgestellt haben, durch einige eigene Beobachtungen ergänzt. Aber um Ihre Frage zu beantworten, sie sind wirklich scharf hinter Ihnen her. Selbst die Engländer haben Weatherbys wegen ein paar unfreundliche Töne von sich gegeben. Die einzigen, die Sie nicht vor den Kopf gestoßen haben, sind die Franzosen.»

Padillo blätterte durch seine Akte. «Wir werden uns etwas einfallen lassen müssen. Aber jetzt brauchen wir zunächst einmal Schlaf.»

Wohlgemuth drückte wieder auf seinen elfenbeinfarbenen Knopf. Einer der großen Männer erschien. «Herr Padillo und Herr McCorkle sind meine besonderen Gäste», sagte Wohlgemuth. «Zeigen Sie ihnen ihre Zimmer. Wurden sie so vorbereitet, wie ich angeordnet habe?»

Der große Mann nickte. Wohlgemuth blickte auf seine Uhr. «Jetzt ist es ein Viertel nach sechs. Zu Mittag lasse ich Sie wecken.»

Ich nickte erschöpft, stand auf und folgte dem großen Mann. Padillo kam hinter mir her. Wir durchquerten den Gang und wandten uns nach rechts. Der große Mann trat in ein Schlafzimmer, sah nach, ob das Fenster geöffnet war, schaltete das Licht im Bad ein, deutete auf eine Flasche Scotch und zwei Packungen Pall Malls und reichte mir den Schlüssel. Beinahe hätte ich ihm ein Trinkgeld gegeben. Als er fort war, ging ich ins Bad und sah in die Wanne. Sie schimmerte einladend. Ich drehte den Wasserhahn auf, setzte mich auf das Klosett und öffnete den Bericht. Ich hatte einen Durchschlag. Er war engzeilig auf deutsch geschrieben und drei Seiten lang:

Von: FMS
An: Wohlgemuth
Betr.: Michael Padillo und Begleitung
Michael Padillo, 40, kam unter dem Namen Arnold Wilson Mittwoch 20.30 Uhr an Bord des BEA-Fluges 431 aus Hamburg an. Er fuhr danach in ein Café am Kurfürstendamm 43, wo er plangemäß mit John Weatherby zusammentraf. Sie unterhielten sich 33 Minuten lang, worauf Padillo mit dem Taxi zum Sektorenübergang Friedrichstraße fuhr. Er überquerte die Sektorengrenze mit einem britischen Paß auf den Namen Arnold Wilson.
Weatherby kehrte in seine Wohnung zurück und rief Fräulein Friedl Arndt in Bonn an, teilte ihr mit, sich mit Padillos Geschäftspartner in Verbindung zu setzen und

ihn zu unterrichten, daß Padillo «Weihnachtshilfe» benötige.

In Ostberlin blieb Padillo bis zur Dunkelheit in der Wohnung von Max Voss. Dann fuhren sie in einem 1964er Citroën zur Kerlerstraße 117. Das Haus ist ein fünfstökkiger, vorübergehend stillgelegter Bau einer Leuchtkörperfabrik. Padillo und Voss verbrachten die Nacht in diesem Haus.

McCorkle traf in Tempelhof um 19.30 Uhr an Bord des BEA-Fluges 319 von Düsseldorf ein. Zum Hilton-Hotel wurde er von Agenten amerikanischer Abwehrstellen und einem Agenten des KGB verfolgt. Um 20.20 Uhr meldete er sich in dem Hotel an und erhielt Zimmer 843. Er blieb dort eine halbe Stunde, telefonierte mit niemandem und ging dann zum Kurfürstendamm, wo er sich in ein Café setzte. Ihm schloß sich Wilhelm Bartels, 28, amerikanischer Agent, wohnhaft Meirenstraße 128, an. Nach einer kurzen Unterhaltung ging Bartels. McCorkle trank sein Bier aus und fuhr mit einem Taxi zum Purzelbaum, wo er Bartels wieder traf und sich noch einmal kurz mit ihm unterhielt. Darauf kehrte McCorkle in sein Hotel zurück.

John Weatherby betrat McCorkles Zimmer wie geplant am nächsten Tag um 12 Uhr. Er bieb dort 37 Minuten. McCorkle nahm ein Taxi zu Stroetzl, wo er zu Mittag aß. Er stand unter Überwachung durch Bartels und eines nicht identifizierten Agenten des KGB. Um 13.22 Uhr verließ McCorkle das Restaurant und ging zu Fuß fort. Während McCorkle aß, war der Agent des KGB durch Franz Maas, 46, alias Konrad Klein, Rudi Salter, Johann Wickermann und Peter Soerig, ersetzt worden. Er hat

praktisch für alle Organisationen (einschließlich unserer eigenen 1963 in Leipzig) gearbeitet und gilt als einfallsreich, intelligent und verwegen, was er hinter einem bewußt geschwätzigen und ungeschickten Auftreten maskiert.
Er spricht fließend Englisch, Französisch und Italienisch und besitzt Kenntnisse des Yoruba-Dialekts, der in West-Nigeria verbreitet ist, wo Maas sich von 1954 bis 1957 aufhielt. Er ist viel in Europa, Südamerika, Afrika, aber auch im Nahen Osten gereist. Am linken Unterarm trägt er eine eintätowierte Konzentrationslagernummer, die aber gefälscht ist. Aus der Zeit vor 1946, als Maas in Frankfurt auftauchte, ist nichts von ihm bekannt.
McCorkle hielt Maas an, und sie gingen in ein Café. Sie hatten ein kurzes Gespräch (21 Minuten), und Maas überreichte dem Amerikaner ein Papier, ehe er ihn verließ. Über den Inhalt des Papiers ist nichts bekannt. McCorkle kehrte in sein Hotel zurück, rief Cook Baker in Bonn an und bat ihn, 5000 Dollar in bar zu beschaffen und noch an diesem Abend nach Berlin zu bringen. Baker stimmte zu.
NOE berichtet, daß Baker sich am Abend im *Hilton* anmeldete, von einem Hausapparat ein Telefongespräch führte, das nur wenige Sekunden dauerte, und danach fünf Minuten lang in einer Zelle telefonierte. Dann setzte er sich in die Halle.
Als Weatherby eintraf, stieg Baker zu ihm in den gleichen Fahrstuhl. Andere Gäste fuhren nicht mit. Der Fahrstuhl hielt in der sechsten und in der achten Etage. Als er zurückkam, beschlagnahmte NOE ihn, indem er sich gegen-

über den wartenden Gästen als amtlicher Inspektor ausgab. Auf dem Boden des Fahrstuhls fand NOE eine Patronenhülse Kaliber .22. Eine anschließende Durchsuchung von Bakers Zimmer ergab eine Colt-Pistole Kaliber .22. Wir vermuten, daß Baker Weatherby in den Rücken geschossen hat, ihn im sechsten Stock aus dem Fahrstuhl stieß, bis zum achten weiterfuhr und zu McCorkles Zimmer ging. Blutspuren weisen darauf hin, daß Weatherby sich die Treppe bis zu McCorkles Zimmer hinaufschleppte, wo er starb.

Um 21.21 Uhr verließen Baker und McCorkle das Hotel, mieteten einen Mercedes und fuhren zum Sektorenübergang Checkpoint Charlie. Im Ostsektor kamen sie sofort unter die Überwachung des Agenten Bartels. Über dessen Tod und die erfolgreiche Verschleppung der beiden amerikanischen Überläufer durch Padillo und seine Helfer haben Sie bereits Bericht erhalten.

Wir haben inzwischen jedoch von Max Voss erfahren, daß Padillo vor dem Versuch, über die Mauer zu gelangen, Cook Baker erschossen hat. Die Leiche ist noch nicht entdeckt worden.

Der Fehlschlag an der Mauer beruht auf einem Versagen. Eine Zweimannpatrouille befand sich unerwartet in dem Bereich. Die Ablenkung durch die Benzinbomben funktionierte gut, und es ist bedauerlich, daß diese seit drei Jahren nicht mehr benutzte Methode nunmehr durch den Fehlschlag belastet ist. Max Voss berichtete, daß Padillo und seine Begleitung in der Werkstatt von Langemann Zuflucht fanden, wo sie für Unterkunft und Verpflegung 2000 DM-West bezahlten. Ich beabsichtige, mit Lange-

mann über diese Berechnung ein ernstes Wort zu sprechen.
Padillo und McCorkle trafen sich mit Maas in einem Ostberliner Café. Maas bot an, die Gruppe für 10 000 Dollar durch einen Tunnel nach Westberlin zu bringen. Padillo und McCorkle nahmen das Angebot an. Auf dem Rückweg zu Langemanns Werkstatt waren sie gezwungen, zwei Angehörige der Volkspolizei zu töten und ihre Leichen in einen Einstiegsschacht der Kanalisation zu werfen.
Max Voss wird Padillo und seine Begleitung kurz nach fünf Uhr heute morgen erwarten und hierher bringen. Ihre weiteren Bedürfnisse sind Ihnen aus dem mündlichen Bericht von Max Voss bekannt.
Bemerkung: Alle unsere Wagen, die bei der Operation eingesetzt wurden, konnten sichergestellt werden. Ich habe die Buchhaltung in einem besonderen Bericht über die entstandenen Gesamtkosten informiert.

Ich drehte den Wasserhahn ab und ging ins Zimmer zurück. Ich legte den Bericht hin, griff nach der Whiskyflasche, öffnete sie und schenkte mir ein. Ich tat einen langen, tiefen Zug, blieb in dem kleinen, sauberen Zimmer mit dem aufgeschlagenen Bett und dem Bild einer Kaffeehausszene an der Wand stehen und wartete, bis sich der Alkohol im Magen und im ganzen Körper bis zum Gehirn ausbreitete. Ich leerte das Glas und öffnete die Schranktür. Im Schrank hing ordentlich eine Uniform Klasse A, komplett mit den Dienstgradabzeichen eines Tech-Sergeants, Infanteriekampfspange und Bändern, die darauf hinwiesen, daß der Träger einige Schlachten im Pazifik mitgemacht hatte. Ich schloß die Tür wieder und ging ins Bad. Das Glas stellte ich auf den Klosettdeckel in bequemer Reichweite von der Wanne. Dann kehrte ich in das Zimmer zurück, nahm ein Päckchen der Zigaretten und einen Aschenbecher und stellte beides neben das Glas Scotch. Dann zog ich mich aus, warf die Kleidungsstücke in eine Ecke des Badezimmers und ließ mich behutsam in die Wanne gleiten. Das Wasser war so heiß, daß es mich beinahe verbrühte. Dann lag ich in der Wanne, starrte an die Decke und ließ meine Muskeln vom heißen Wasser aufweichen.

Ich lag in der Wanne, trank Whisky, rauchte und dachte nach, aber nicht zu angestrengt, bis das Wasser abkühlte. Ich ließ heißes Wasser nach, seifte mich ein und spülte mich unter der Dusche ab. Ich rasierte mich und putzte mir die Zähne und rauchte eine letzte Zigarette. Dann legte ich mich ins Bett.

Betten wie dieses sind für gewöhnliches Volk zu gut.

18

Ich rannte wieder durch den langen Korridor auf die hellerleuchtete Tür am fernen, fernen Ende zu, die nicht näher zu kommen schien, als ich in die ausgelegte Schlinge trat, die sich um meinen Fuß schloß und an ihm zerrte. Es war aber nur Padillo in der Uniform eines Master-Sergeants, komplett mit Dienstgradabzeichen, Streifen und Bändern für Überseedienst. Er sah wie eine der Typen aus, die mit Urlaubsscheinen nicht übermäßig großzügig sind.

Als er merkte, daß ich wach war, hörte er auf, meinen Fuß zu schütteln, und wandte sich dem Scotch zu. Er schenkte sich ein und sagte: «Ich habe uns Kaffee bestellt.»

Ich schwang die Beine über die Bettkante und griff nach einer Zigarette. «Der Schlaf war gut, wenn auch zu kurz. Du siehst verdammt echt als widerlicher Spieß aus.»

«Hast du deine Uniform gefunden?»

«Sie hängt im Schrank.»

«Zieh sie an. Wir werden im Schönheitssalon erwartet.»

Ich nahm die Uniform heraus. «Für einen ehemaligen Captain ist das ein Abstieg, weißt du.»

«Du hättest beim Militär bleiben sollen», antwortete Padillo. «Dann hättest du in diesem Jahr in den Ruhestand gehen können.»

«Es sieht so aus, als würde mir eine andere Institution ein Angebot auf kostenlose Unterkunft und Verpflegung machen. Für zwanzig Jahre etwa, wenn ich mich nicht sehr täusche.»

Jemand klopfte an die Tür, und Padillo rief: «Herein.» Es war einer dieser großen Männer mit einer Kanne Kaffee und zwei Tassen. Er stellte sie auf den Frisiertisch und ging wieder. Ich knüpfte meine Krawatte und goß mir eine Tasse ein. Dann zog ich die Feldbluse über und bewunderte mich im Spiegel. «Ich kenne einen Kerl, der vor einundzwanzig Jahren in Camp Wolters so wie ich aussah», sagte ich. «Ich kann ihn nicht ausstehen.»

«Hundemarken haben wir keine», sagte Padillo. «Aber wenn sie anfangen, uns danach zu fragen, sind wir so gut wie tot.»

«Was passiert jetzt?»

«Wohlgemuth ist etwas besorgt wegen möglicher Kontrollen auf dem Flughafen. Er hat eine Fachkraft, die uns ein Make-up verpassen wird. Uns allen.»

«Der Mann hat eine beachtliche Organisation.»

«Hast du den Bericht gelesen?»

«Anscheinend hatten wir die ganze Zeit über Gesellschaft, von der wir nichts ahnten.»

«Weatherby auch», sagte Padillo.

«Quält dich das immer noch?»

«Das wird es noch lange tun. Er war ein guter Mann.»

Ich trank meinen Kaffee aus, und wir gingen durch den Gang zu dem getäfelten Raum, in dem wir schon am Morgen von Wohlgemuth empfangen worden waren. Diesmal trug er einen blauen Einreiher, ein weißes Hemd mit einer sorgfältig geknüpften schwarzen und blauen Krawatte und glänzende schwarze Schuhe. Ein weißes Taschentuch ragte diskret aus seiner Brusttasche.

Er nickte mir freundlich zu und fragte, ob ich gut geschlafen hätte. Er schien ehrlich interessiert und sich zu freuen, als ich bejahte.

«Wenn Sie und Mike jetzt mit mir kommen wollen», bat er höflich und deutete auf die Tür.

Wir folgten ihm durch den Gang, an unseren Schlafzimmern vorbei und in einen Raum, dessen eine Seitenwand von Kleiderschränken bedeckt war. Ihnen gegenüber stand eine Reihe Schminktische.

Eine große blonde Frau mit kantigem Kinn ordnete einige Gegenstände auf einem der Schminktische, dessen Spiegel von einem Kranz mattierter Glühbirnen eingerahmt wurde.

«Das ist Frau Koepler», sagte Wohlgemuth. Die Frau drehte sich um, nickte und wandte sich dann wieder ihrer Tätigkeit zu. «Frau Koepler ist die Leiterin dieser Abteilung.»

Wohlgemuth öffnete einen der Schränke. «Hier haben wir Uniformen jeder Art. In diesem Schrank hier hängt ein kompletter Satz aller Größen Uniformen der Volkspolizei, vollständig, mit passenden Stiefeln, Mützen, Hemden – allem, was dazugehört.» Er schloß den Schrank und öffnete den nächsten. «Das sind Militäruniformen, amerikanische, britische, französische und westdeutsche. Auch ostdeutsche selbstverständlich. Danach Polizeiuniformen, wie sie in Berlin getragen werden. Und hier sind Damenkleider – aus New York, London, Berlin, Chicago, Hamburg, Paris, Rom. Die Etiketten sind echt, die Stoffe auch. Mäntel, Unterwäsche, Schuhe – eine komplette Garderobe. Dann kommt zivile Männerkleidung: Konfektionsanzüge vom Kaufhof in Frankfurt, aus Chicago und Los Angeles und Kansas City und New York. Auch aus London, Paris, Marseille, Ostberlin, Leipzig, Moskau, fast von überall her. Hüte und Schuhe, durchgeknöpfte Hemden und welche mit Sportkragen. Anzüge auf drei Knöpfe, Zweireiher, Smokings und so weiter.»

Ich war beeindruckt und sprach es aus. Wohlgemuth lächelte stolz. «Wenn wir noch Zeit haben, Herr McCorkle, werde ich Ihnen gern auch unser graphisches Atelier zeigen.»

«Er meint seine Werkstatt für Dokumentenfälschung», erklärte Padillo. «Ich habe sie schon einmal gesehen, sie ist gut. Vielleicht die beste, die es gibt.»

«Das glaube ich dir aufs Wort», sagte ich.

«Ich bin soweit», meldete sich Frau Koepler.

«Gut. Wer ist freiwillig der erste?» fragte Wohlgemuth.

«Mach du das mal», sagte ich zu Padillo.

Er setzte sich auf den Stuhl vor dem Schminktisch, und Frau Koepler hüllte ihn in ein weißes Tuch von der Art, wie Friseure sie benutzen. Sie studierte sein Gesicht im Spiegel und bedeckte dann sein Haar mit einer Gummikappe, die auch über seine Koteletten und bis in den Nakken reichte. Sie murmelte vor sich hin, neigte den Kopf nach rechts und dann wieder nach links und nahm dann etwas Nasenkitt.

«Wir haben eine gerade, schmale Nase», sagte sie. «Wir wollen sie etwas breiter machen und die Nasenlöcher etwas weiter.» Ihre Hände huschten geschickt über Padillos Gesicht. Sie klopften und tasteten und formten und modellierten. Als sie fertig war, hatte er eine neue Nase. Ich hätte ihn immer noch erkannt, aber sein Gesicht war verändert.

«Ihre Augen sind braun, und Ihr Haar ist schwarz. Wir werden bald braunes Haar haben und auch braune Augenbrauen.» Sie griff nach einer Tube und rieb etwas von ihrem Inhalt in Padillos Augenbrauen. Sie wurden braun

– oder vielmehr schmutzigblond. «Jetzt der Mund. Er ist einer der wichtigsten Züge. Darf ich Ihre Zähne sehen?»

Padillo grinste sie breit an.

«Sie sind sehr weiß und bilden einen reizvollen Kontrast zu Ihrer ziemlich olivfarbenen Haut. Wir sollten sie ein bißchen fleckig machen, ihnen einen kräftigen gelben Schimmer geben, wie bei einem netten alten Pferd.» Sie drückte Paste auf eine Zahnbürste und reichte die Bürste Padillo. «Jetzt wollen wir uns sorgfältig die Zähne bürsten. In ein paar Tagen verschwindet es wieder von allein.»

Er bürstete seine Zähne.

«Und jetzt zur Form des Mundes und der Wangen», fuhr Frau Koepler fort. «Wir wollen sie ein bißchen blähen.» Sie paßte etwas fleischfarbenen Schwammgummi in seinen Mund ein. «Jetzt zubeißen. Jetzt öffnen. Jetzt hier und hier. Jetzt zubeißen. Wieder aufmachen. Wie Sie sehen, haben wir jetzt eine leicht herabhängende Unterlippe, rundere Wangen, und wir haben einen breiteren Mund bekommen. Er steht immer etwas offen, als ob Sie leichte Atembeschwerden hätten. Wir wollen auch Ihren Teint etwas aufhellen und Ihnen ein paar Äderchen wie bei einem starken Trinker geben.»

Frau Koepler öffnete einen kleinen weißen Topf, tauchte ihre Fingerspitzen in eine gräuliche Paste und begann, die Paste in Padillos Gesicht einzumassieren. Seine Haut nahm einen hefeartigen, fast krankhaften Ton an, so als ob er sich zu lange im Krankenhaus oder zu oft in einer Bar aufgehalten hätte. Unmittelbar neben den Koteletten klebte sie eine Schablone aus Pflaster auf, betupfte sie dann mit einem Wattestäbchen, das sie in eine Flüssigkeit getaucht hatte. Sie ließ die Flüssigkeit trocknen und schälte die Schablone ab. Padillos Kapillarvenen leuchteten als ein Gewirr von Violett und Rot. Sie wiederholte das gleiche auf der anderen Seite seines Gesichts und begann dann mit etwas Ähnlichem an der Nasenspitze. «Hier nicht zuviel», sagte sie. «Wir sind ein Freund von gutem Schnaps seit – nun sagen wir – vielleicht fünfzehn Jahren. Etwa eine halbe Flasche täglich.» Sie löste die Schablone, und Padillos Nase leuchtete fröhlich. Sie zog ihm die Gummikappe vom Kopf, griff in eine der unteren Schubladen und zog eine Perücke heraus, die sie ihm vorsichtig aufsetzte. Anstelle des grau durchsetzten Bürstenschnitts hatte er einen dünnen Schopf aus schmutzigblondem Haar, das rechts sorgfältig gescheitelt war. Rosa Kopfhaut schimmerte in der Nähe des Haaransatzes durch.

Sie musterte ihr Werk kritisch. «Vielleicht noch eine kleine Hautunreinheit – ein Pickel von übersäuertem Magen.» Sie griff nach einer kleinen Schachtel in der Größe einer Aspirinpackung und legte den Zeigefinger auf Padillos Kinn. Er hatte einen Pickel. Er hatte aber auch ein ungesundes, aufgeschwemmtes Gesicht, den Teint eines Trinkers, schütteres Haar und einen nie ganz geschlossenen Mund mit gelben Zähnen. Er stand auf. «Schultern hängen lassen», befahl sie. «Ein Mann von Ihrem Äußeren vermeidet militärische Haltung.»

Padillo ließ die Schultern heruntersacken und schlurfte auf und ab.

«Dreißig Jahre Dienstzeit, kein Tag weniger», bestätigte ich.

«Glauben Sie, daß ich die Prüfung bestehe, Sergeant?» Sogar Padillos Stimme hatte sich geändert und den schleppenden Tonfall des Weißen Hauses angenommen.

«Also, schön bist du nicht – aber anders.»

«Wenn wir mehr Zeit hätten, aber ...» Frau Koepler wischte über den Stuhl und hob die Schultern.

«Der nächste», sagte ich und setzte mich. Sie nahm eine ähnliche Verwandlung an mir vor, allerdings wurde mein Teint dunkler, aber ungesünder. Sie versah mich auch mit einem hübschen, aber sauber gestutzten Schnurrbart. Unter meinen Augen bildeten sich dunkle Ringe, und sie schienen tiefer in den Höhlen zu liegen als zuvor. Eine kleine, aber leuchtende Narbe erschien über meinem rechten Auge.

«Es ist wie bei einem Bild», erklärte Frau Koepler. «Der Blick richtet sich zuerst automatisch auf die linke obere Ecke. Dorthin habe ich die Narbe gesetzt. Der Verstand registriert die Narbe, überfliegt das übrige Gesicht und bleibt am Schnurrbart hängen. Wieder etwas Unerwartetes, denn der Besitzer des gesuchten Gesichts hatte weder eine Narbe noch einen Schnurrbart. Das ist doch ganz einfach!»

«Sie sind ausgezeichnet», lobte ich.

«Das Beste, was es gibt», bestätigte Wohlgemuth und strahlte wieder zufrieden. «Mit den beiden anderen hatten wir nicht so viel Arbeit, weil sie nur nach Fotografien bekannt sind. Aber es wird sicher genügen. Und jetzt müssen wir noch Aufnahmen für Ihre Ausweise machen.»

Wir verabschiedeten uns von Frau Koepler. Das letzte, was ich von ihr sah, war, wie sie an dem Schminktisch saß, in den Spiegel blickte und sich nachdenklich über ihr kantiges Kinn strich.

Nachdem die Aufnahmen gemacht worden waren, aßen wir mit Wohlgemuth zusammen zu Mittag. Padillo und ich kauten vorsichtig, wegen der Gummipolster. Sie machten keine großen Schwierigkeiten – nicht mehr als das erste falsche Gebiß. Sie rutschten nicht im Mund herum, aber fühlten sich merkwürdig und fremd an. Wir fanden, daß trinken viel besser ging, und Wohlgemuth hatte uns aufmerksamerweise einen vorzüglichen Wein vorgesetzt.

«Wissen Sie, Herr McCorkle, ich habe Mike seit langem zu überreden versucht, herzukommen und für uns zu arbeiten. Er ist tatsächlich in einem wirklich schweren Beruf einer der Allerbesten.»

«Er hat einen festen Beruf», antwortete ich. «Das heißt, zwischen seinen Reisen.»

«Ja, das Restaurant in Bonn. Das war wirklich eine ausgezeichnete Tarnung, aber ich fürchte, daß sie jetzt geplatzt ist.»

«Das spielt keine Rolle», sagte Padillo. «Nach dieser Geschichte werden sie mich nicht einmal mehr zum Bierholen an die nächste Ecke schicken. Aber so wollte ich es haben.»

«Sie sind ein noch junger Mann, Mike», sagte Wohlgemuth. «Sie haben die Erfahrung, besitzen die Kenntnisse aus erster Hand, beherrschen die Sprachen.»

«Mir fehlt es an Phantasie», antwortete Padillo. «Manchmal glaube ich, daß ich während der Prohibition als Schmuggler für Scotch ganz brauchbar gewesen wäre.

Oder vielleicht könnte ich es als Einzelgänger noch schaffen, dienstag nachmittags abgelegene Bankfilialen auszurauben. Ich beherrsche die Sprachen, stimmt, aber meine Methoden sind zu orthodox, und vielleicht bin ich einfach auch nur träge. Ich will mich auf keinen Einsatz einlassen, bei dem es auf hohle Münzen ankommt oder bei denen man aus Füllfedern Motorroller machen kann.»

Wohlgemuth schenkte uns Wein nach. «Also gut, sagen wir, daß Ihre bisherigen Erfolge sich aus der Einfachheit Ihrer Methoden ergeben haben. Wären Sie aber interessiert, gelegentlich einen Auftrag zu übernehmen? Gut bezahlt, selbstverständlich.»

Padillo trank einen Schluck Wein und genoß seinen Wohlgeschmack. Seine frischvergilbten Zähne blinkten wie ein Warnsignal. «Nein, danke. Zwanzig, einundzwanzig Jahre sind eine lange Zeit. Vielleicht hätte ich vor Jahren auf eine Universität gehen und politische Wissenschaften und Sprachen studieren und, nachdem ich meine Prüfung bestanden hätte, einen Antrag an die CIA oder das Außenministerium stellen sollen, und dann könnte ich heute etwa FO 2 oder 3 mit einem Haus im Fairfax County sein oder Journalisten in Ghana für die amerikanische Vietnampolitik gewinnen. Doch vergessen Sie nicht, Kurt, das einzige, was ich wirklich verstehe, ist, wie man eine Kneipe führt. Meine Sprachkenntnisse sind gut, aber nur weil ich sie frühzeitig und richtig erworben habe. Ich beherrsche nicht einmal die primitivsten Grundregeln der Grammatik. Ich weiß nur, wann es richtig klingt. Ich bin schwach in Geschichte, schlecht in politischen Wissenschaften, und meine Ansichten über den

Machtkampf in der Welt sind zweideutig. Ich respektiere und bewundere ja alle die klugen Leute, die darüber Bescheid wissen oder es wenigstens glauben. Aber seit zwanzig Jahren träume ich schlecht, habe kalte Schweißausbrüche und mußte mich darauf konzentrieren, wie ich am Leben bleibe.» Er streckte die Hand aus und spreizte die Finger. Sie zitterten leicht. «Meine Nerven sind zerrüttet. Ich trinke zuviel, ich rauche zuviel. Ich bin verbraucht und erschöpft, und diesmal stecke ich es endgültig auf, und es gibt nichts auf Gottes weiter Welt, was mich davon abhalten kann.»

Wohlgemuth hatte Padillos Worten aufmerksam zugehört. «Selbstverständlich unterschätzen Sie sich, Mike. Sie besitzen seltene Eigenschaften, die Ihre Auftraggeber veranlaßten, immer wieder, Jahr für Jahr, auf Sie zurückzugreifen, damit Sie gerade nur noch diese eine Aufgabe übernahmen. Sie besitzen die Fähigkeit des Schauspielers, eine andere Identität anzunehmen, eine neue Persönlichkeit, mit all ihren Verschrobenheiten und Idiosynkrasien. Wenn Sie Deutscher sind, dann gehen Sie wie ein Deutscher, essen wie einer und rauchen wie einer. Das sind Kleinigkeiten, aber nach zwanzig Jahren Besetzung kann ein Europäer jeden Amerikaner an seinem fetten Hintern und an der Art, wie er sich beim Gehen bewegt, erkennen. Sie sind der geborene Komödiant, ein bis zum Äußersten verwegener und rücksichtsloser Schurke mit der Raffinesse und der Skepsis eines erfolgreichen Strafverteidigers – und für diese Kombination bin ich bereit, einen wirklich sehr hohen Preis zu bezahlen.»

Padillo hob ironisch sein Glas. «Das Kompliment

nehme ich an, aber das Angebot lehne ich ab. Sie sollten sich nach jüngeren Kräften umsehen, Kurt.»

«Könnte ich Sie nicht einmal mit der Aussicht auf eine kleine Rache an Ihren gegenwärtigen Arbeitgebern verlocken?»

«Nichts zu machen. Die glaubten, sie hätten ein gutes Geschäft angeboten. Die Russen brauchten einen Superagenten, um eine große Schau abziehen zu können. Meine Arbeitgeber, Gott segne sie, wollten Symmes und Burchwood still und ohne Aufsehen zurückbekommen. Folglich handelt man A gegen B und C ein, besonders, da A etwas abgenutzt zu sein scheint. Wer hat eigentlich das Geschäft im Osten ausgehandelt? Der gute Colonel?»

«So habe ich es gehört», bestätigte Wohlgemuth. «Er ist seit einigen Monaten wieder zurück, angeblich als Leiter der Propaganda-Abteilung.»

«In der Kunst des Tauschens hat er einige Erfahrung», sagte Padillo, «aber unsere Seite ist mit Boys besetzt, die in Prozenten rechnen, und wie unser Freund Maas zu McCorkle sagte, führen sie mich als einen Agenten, der sich bereits amortisiert hat.»

Es klopfte. Wohlgemuth rief: «Herein», und einer seiner hünenhaften Helfer trat mit einem großen Briefumschlag aus festem Papier ein. Er überreichte ihn Wohlgemuth und ging wieder. Der Deutsche riß ihn auf und nahm zwei abgegriffene Brieftaschen heraus. «Noch so ein paar dieser überflüssigen Kleinigkeiten, gegen die Sie etwas haben, Mike, aber sie könnten sich als ganz nützlich erweisen.»

Ich öffnete die Brieftasche, die er mir gereicht hatte. Sie

enthielt 92 US-Dollar, 250 DM-West, einen Ausweis der Army, der besagte, daß ich T/Sgt. Frank J. Bailey sei, sorgfältig gefaltete Marschbefehle, ein paar schweinische Fotos, einen Führerschein der amerikanischen Streitkräfte, einen Brief in schlechtem Englisch von einem Frankfurter Mädchen namens Billi, der mehr als eindeutig war, eine Karte, die besagte, daß ich Mitglied des Book-of-the-Month-Club sei, und eine Packung Pariser.

Wohlgemuth nahm zwei weitere Brieftaschen heraus und sagte: «Die sind für die beiden anderen.»

Padillo stopfte sie in seine Hüfttasche. «Wie finden Sie unser Make-up, Kurt?»

«Es ist gut genug. Wie Frau Koepler ganz richtig sagte, das Ganze beruht auf der Theorie der Ablenkung. Die Hauptsache sind selbstverständlich die Uniformen. Dann die Gesichter. Wenn Sie sich in Tempelhof nicht zu lange aufhalten, sollten Sie glatt durchkommen. Und selbstverständlich wird notfalls ein Betrunkener eine Schlägerei anfangen, um die Aufmerksamkeit für ein paar Augenblicke von Ihnen abzulenken.»

Padillo schob seinen Stuhl zurück. «Und die Flugscheine?»

«Die hat der Fahrer», antwortete Wohlgemuth.

Padillo streckte die Hand aus. «Vielen Dank für alles, Kurt.»

Wohlgemuth wischte den Dank mit einer Handbewegung beiseite. «Sie bekommen eine Rechnung.» Er schüttelte auch mir die Hand und versicherte mir, wie sehr er sich freue, mich kennengelernt zu haben, und es klang immer noch so, als ob er es ehrlich meinte.

«Sie finden Ihre beiden Schützlinge unten», sagte er.

Padillo nickte, und wir gingen. Max stand in dem prächtigen Empfangsraum neben der stählernen Schiebetür zum Fahrstuhl. Er sah uns durch seine Brille kritisch an. Dann nickte er beifällig.

«Wir werden uns gelegentlich in Bonn wiedersehen», versprach er.

«Sagen Sie Marta ...» Padillo fand keine Worte. «Sagen Sie ihr einfach, daß ich ihr herzlich danke.»

Wir schüttelten Max die Hand und traten in den Fahrstuhl. Er brachte uns zu dem Korridor im Erdgeschoß. Symmes und Burchwood warteten schon, rasiert und in Klasse-A-Uniformen gesteckt. Einer der Riesen lehnte neben ihnen an der Wand und schien die Decke zu bewundern. Padillo reichte Burchwood und Symmes die beiden Brieftaschen.

«Ihre neuen Namen können Sie auf der Fahrt nach Tempelhof auswendig lernen. Symmes hält sich an mich, Burchwood bleibt bei McCorkle. Wir melden uns ohne jedes Aufsehen bei der Pan American, so wie Sie es früher schon oft gemacht haben. Ich glaube nicht, daß Sie weitere Belehrungen brauchen. Sie sehen beide nett aus. Ihre neue Frisur gefällt mir, Symmes.»

«Müssen wir mit Ihnen sprechen?» fragte Symmes. Sein Tonfall klang beleidigt.

«Nein.»

«Dann wollen wir darauf verzichten.»

«Ausgezeichnet. Gehen wir.»

Draußen stand ein gebrauchter Ford. Ein großer Neger in amerikanischer Uniform mit dem einzelnen Winkel eines Pfc polierte die Scheinwerfer. Er sah uns kommen und lief um den Wagen, um uns die Tür zu öffnen. «Jawohl, Sir, hier, Sir. Steigen Sie ein, Sir, wir fahren sofort los, Sir», sagte er dienstbeflissen.

Padillo musterte ihn kalt. «Sparen Sie sich die Onkel-Tom-Komödie, Sambo. Wohlgemuth hat gesagt, Sie hätten unsere Flugscheine. Her damit», nölte er unfreundlich.

Der Neger strahlte Padillo an. «Einen Texas-Akzent wie Ihren habe ich nicht mehr gehört, seit ich von Mineral Wells weg bin.»

Padillo grinste zurück. «Er hätte eigentlich aus der Gegend von Kilgore sein sollen», sagte er in seinem normalen Ton. «Sind Sie soweit?»

«Ja, Sir», antwortete der Neger, ging zum Fahrersitz und stieg ein. Ich setzte mich vorn zu ihm, Padillo stieg mit Symmes und Burchwood hinten ein. Der Neger öffnete das Handschuhfach und nahm vier Flugscheine der PanAm heraus, die er mir gab. Ich suchte mir den für Sergeant Bailey heraus und reichte die übrigen Padillo.

«Wie sieht der Plan für den Flughafen aus?» fragte Padillo.

«Ich lasse Sie aussteigen und parke schnell», antwortete der Neger, «wo, spielt keine Rolle, denn entweder schnappt mich die deutsche Polizei oder die MPs. Während Sie sich anmelden, kommt es zu einem häßlichen Rassenzusammenstoß. Ein amerikanischer Tourist aus Georgia wird behaupten, ich hätte seine Frau beleidigt. Er wird mir eine schmieren, und dann gehe ich mit der Waffe auf ihn los, die unserer Rasse eigentümlich ist.» Er zog ein

Rasiermesser aus der Tasche und klappte die Klinge heraus. «Wenn der Idiot zu grob wird, schneide ich ihn vielleicht ein bißchen.»

«Wer ist der Idiot?»

«Ein Bursche, den Wohlgemuth in Frankfurt angeheuert hat. Er ist ziemlich echt. Nachdem die Polizei eingegriffen und mich weggeschafft hat, wird er sich nicht mehr melden, um Strafantrag zu stellen.»

«Was ist Ihre Tarnung sonst?» fragte Padillo.

«Spiele ein bißchen Saxophon in einer von Wohlgemuths Kneipen. Mache gelegentlich Botengänge oder fange, wie heute, Streit an, wenn's nötig ist.»

«Wie sieht es in Frankfurt aus?»

«Ein Mann mit einem Wagen wartet auf Sie und gibt Ihnen die Schlüssel. Das Weitere liegt bei Ihnen.»

«Woran wird er uns erkennen?»

«Kann er nicht. Aber Sie erkennen ihn. Er ist mein Zwillingsbruder.»

19

Ein Captain der MP, begleitet von einem Staff Sergeant mit ledernem Gesicht und blinzelnden blauen Augen, trat sofort an Padillo heran, nachdem er am Schalter der PanAm seinen Flugschein hatte abfertigen lassen.

«Zeigen Sie mal Ihren Marschbefehl, Sergeant.»

Padillo knöpfte langsam seinen Regenmantel auf und griff nach seiner Hüfttasche, als die Frau aufschrie. Der Schrei war schrill und durchdringend, und sie legte ihre ganze Seele hinein. Er kam aus einer Entfernung von etwa einem Dutzend Schritte links von uns. Ich drehte mich um und sah einen fülligen Mann von etwa dreißig Jahren zu einem ungeschickten Schlag nach unserem Fahrer ausholen. Der Neger wich ihm elegant aus und zückte sein Rasiermesser. Der Weiße fixierte ihn und fing an, seinen Mantel auszuziehen. Er schien es damit nicht eilig zu haben. Eine Frau stand dicht bei dem Weißen und preßte eine schwarze Handtasche gegen ihr Kinn. Sie war blond und pummelig, und es gelang ihr gut, erschrocken und verängstigt auszusehen. Eine Menschenansammlung bildete sich.

Der Neger bewegte sich im Gegen-Uhrzeigersinn um den Mann herum. Er schlurfte jetzt, tanzte nicht mehr. Seine Arme waren weit gespreizt, das Rasiermesser in seiner rechten Hand, mit der Schneide nach oben, funkelte. Er schien zu wissen, was er tat.

«Los, weißer Boy, komm doch», höhnte der Neger leise. Sein Akzent war jetzt wieder pure Molasse. «Hier sin' wir nich' in den Staaten, komm doch, weißer Boy.»

Der Weiße schien den Neger zu studieren, während er sich mit ihm drehte. Dann schleuderte er dem Neger plötzlich seinen zusammengeknäulten Mantel ins Gesicht. Er folgte dem Mantel – mit einem Hechtsprung nach den schlurfenden Beinen. Für sein Gewicht bewegte er sich schnell. Beide stürzten zu Boden und wälzten sich. Der Neger stieß einen lauten Schrei aus. Der MP-Captain und sein Sergeant befanden sich mitten in der Menge und versuchten, das Durcheinander von Armen und Beinen zu entwirren. Über den Lautsprecher rief eine Stimme den PanAm-Flug nach Frankfurt aus. Padillo und ich drängten Symmes und Burchwood zu dem Durchgang, der zu den Warteräumen führte.

Es war Flug 675 der Pan American, der in Tempelhof um 16.30 Uhr starten und auf dem Rhein-Main-Flughafen um 17.50 Uhr landen sollte. Der Start erfolgte mit drei Minuten Verspätung, und wir kamen als letzte an Bord. Wohlgemuths Termine waren etwas riskant knapp geplant, aber es hatte geklappt. Wir fanden noch Plätze nahe beieinander. Ich saß neben Burchwood, Padillo neben Symmes. Keiner von beiden sprach mit uns.

Es war ein langweiliger Flug, und ich behielt meinen Regenmantel an. Den Revolver hatte ich in der Tasche, und ich versuchte mich zu erinnern, wie viele Schüsse ich abgegeben hatte und ob überhaupt noch Patronen darin waren. Ich kam zu der Überzeugung, daß es keine Rolle spielte, da ich so bald sowieso nicht mehr auf jemanden schießen würde. Ich saß auf meinem Sitz am Mittelgang und starrte vor mich hin, und als ich das sattbekommen hatte, bewunderte ich die Beine der Stewardeß und gab mich leicht erotischen Phantastereien hin. Das vertrieb die Zeit.

Wir landeten um 17.52 Uhr in Frankfurt und stiegen mit den übrigen Passagieren die Gangway hinunter. Ständig ging mir eine Verballhornung von *She'll Be Comin' Round the Mountain* durch den Kopf, etwa *Uns erwartet keiner, uns begrüßt nicht einer* ... und dazwischen immer ein paarmal *da-da-da, da-da-da*, um das Versmaß einzuhalten. Den anderen Passagieren wurden die Hände geschüttelt, die Wangen geküßt und der Rücken geklopft; alles, was uns empfing, war die Andeutung eines Nickens von einem Neger, dessen Zwilling ich zuletzt vor einer Stunde und zwanzig Minuten gesehen hatte, wie er auf dem Boden lag und, ein Rasiermesser in der rechten Hand, mit Armen und Beinen um sich schlug.

Padillo ging auf ihn zu und sagte: «Wohlgemuth schickt uns. Wir haben uns gerade von Ihrem Bruder in Berlin verabschiedet.»

Der große Neger musterte uns aufmerksam, schien unendlich viel Zeit zu haben. Er trug ein am Hals offenes Hemd, dessen Kragen lange, spitze Ecken hatte, darüber eine schwarze Wollweste, von der nur die beiden untersten Knöpfe geschlossen waren, eine Hose ohne Aufschläge aus leichtem grauem Flanell, schwarze, starkgerippte Socken, die wie Seide aussahen, und stumpfschwarze, flache Schuhe mit bunten Quasten. Seine Hände waren die gleichen wie die seines Bruders: groß genug, um mühelos einen Baseball umschließen zu können. In einer hielt er eine dünne, lange Zigarre mit Elfenbeinmundstück.

«Ich habe gerade mit Wohlgemuth gesprochen», antwortete er. «Sie sollen meinen Wagen haben. Er ist der schnellste, den wir beschaffen konnten. Nur um eines möchte ich gebeten haben: Ich möchte ihn heil zurückbekommen.»

«Ist er was Besonderes?» fragte ich.

Er nickte und blies Rauch aus der Nase. «Für mich

schon. Ich habe vielleicht 122 Stunden Arbeitszeit hineingesteckt.»

«Sie bekommen ihn zurück», versprach Padillo. «Wenn nicht, kauft Wohlgemuth Ihnen einen neuen.»

«Lieber nicht.» Er drehte sich um und ging uns voran. Vor dem Empfangsgebäude führte er uns zu einem neuen, zweitürigen Chevrolet Impala Hardtop. Er war schwarz, und ich fand sein Heck plump. Er hatte keine Radkappen. Eine hohe Antenne schmückte das Hinterteil wie eine Angelrute. Der Neger zog die Schlüssel aus der Tasche und reichte sie Padillo, der sie an mich weitergab.

«Ihnen ist auf dem Flughafen nichts aufgefallen?» fragte Padillo.

«Ein paar MPs mehr als gewöhnlich, doch um diese Zeit im Monat ist das normal, kurz nach dem Zahltag. Aber es war keiner der hilfreichen Brüder da, den ich vom Sehen her kenne. Und ich habe mich gründlich umgesehen.»

Padillo runzelte die Stirn und schüttelte den Kopf. «Na schön. Los, Mac, du fährst. Sie beide setzen sich nach hinten.»

Symmes und Burchwood stiegen ein. Padillo setzte sich vorn hin.

«Was ist an dem Karren so besonders?» fragte ich den Neger.

Er lächelte, fast so, als ob ich ihn gefragt hätte, wie man sich fühlt, wenn man im Lotto fünfhunderttausend Mark gewonnen hat. «Er hat die Vier-siebenundzwanziger-Maschine und ein Hurst-Getriebe. Dazu eine Schiefer-Kupplung, Jahn-Stoßdämpfer und Isky-Exhauster.»

«Klingt ja bombig», sagte ich und stieg ein.

Er legte die großen Hände auf die Tür, beugte sich zu mir herab und sah mich an. «Was haben Sie für Fahrpraxis?»

«Ich habe zwei- oder dreimal den Nürburgring gemacht. Vorwiegend mit Sportwagen.»

Er nickte. «Also, ich möchte den Wagen gern heil zurückbekommen.»

«Mal sehen, was ich tun kann.»

Er nickte wieder, diesmal etwas düster. Er hatte kein großes Zutrauen. Zärtlich klopfte er auf die Tür. «Ja», sagte er, «sehen Sie zu, was Sie tun können. Und immer schön vorsichtig.» Mir schien, als hätte er die letzten Worte zu dem Wagen gesagt.

«Das wünsche ich Ihnen auch», sagte ich, schob den Zündschlüssel ins Schloß, trat auf die Kupplung und ließ den Motor an. Dann setzte ich den Wagen zurück und fuhr in Richtung Autobahn los.

«Was haben wir hier?» fragte Padillo

«Einen auffrisierten Chevy mit einem Polizeiradio. Der Wagen schafft wahrscheinlich hundertachtzig – bergab vielleicht hundertneunzig. Wie schnell soll ich es mit ihm versuchen?»

«Halte ihn auf hundertzwanzig. Wenn wir jemanden treffen, der mit uns Fangen spielen will, dann tue das, was du für richtig hältst.»

«Okay.»

Ich konzentrierte mich aufs Fahren. Ich mußte es. Die Kupplung ging etwas stramm, und die Spezialfederung verhinderte das königliche amerikanische Stoßen. Auch an der Steuerung war herumgedoktert worden. Sie ging schwer und war sehr direkt. Das Gaspedal war eine massive Angelegenheit aus Chrom und Gummi, und ich mußte fest drauftreten. Der Wagen war danach angelegt, schnell gefahren zu werden, und die in der V-8-Maschine eingeschlossenen Kräfte waren beachtlich. Ich beschleunigte auf hundertfünfunddreißig bis hundertvierzig, hielt dieses Tempo und zog an den Lastzügen vorbei, die in Richtung Norden aus Frankfurt herausströmten.

Etwa dreißig Kilometer von Frankfurt entfernt hielten wir bei einem Rasthaus und besorgten uns Zigaretten und eine Flasche Weinbrand. Wir ließen Symmes und Burchwood allein auf die Toilette gehen.

Als wir wieder auf der Autobahn waren, sagte Padillo: «Irgend etwas stimmt nicht.»

Ich verringerte das Tempo erst auf hundertzehn, dann noch weiter auf neunzig. «Wie kommst du darauf?»

«In Frankfurt hätte irgend etwas passieren müssen. Ich weiß nicht genau, was, aber irgend etwas hat gefehlt.»

«War dir der Empfang nicht herzlich genug?» fragte ich und beschleunigte wieder auf hundertfünfunddreißig.

«Irgend jemand hätte auf unserer Spur sein müssen, bis wir dort ankamen.»

Ich drückte aufs Gas, und der Impala beschleunigte schnell auf hundertfünfzig. «Wenn du dich mal umsiehst, findest du vielleicht jemanden, der es geschafft hat. Sie fahren einen großen grünen Cadillac und haben sich an uns gehängt, seit wir den Schnaps gekauft haben.»

Padillo drehte sich um und blickte zurück. Symmes und Burchwood taten das gleiche.

«Es sind drei», sagte Padillo. «Solange sie den Abstand halten, bleibe auf hundertzwanzig. Wenn sie näher kommen wollen, dann probier mal, wie schnell dieser Karren läuft. Worin besteht unsere größte Chance?»

Ich spähte im Rückspiegel nach dem Cadillac, der sich in gut hundert Meter Abstand hinter uns gesetzt hatte. «Das hängt davon ab, was sie vorhaben. Wenn sie uns abdrängen wollen, dann müssen sie sich neben uns setzen, und dazu haben sie meiner Meinung nach weder die Geschwindigkeit noch den Fahrer. Wenn sie uns nur folgen wollen, können sie bei dem Verkehr ganz gut mithalten. Wenn die Maschine in Ordnung ist, schafft der Cadillac hundertsechzig, vielleicht hundertsiebzig, wenn sie frisiert ist, aber das ist nur sehr selten der Fall. Die beste Chance für uns besteht, wenn wir nach Bonn die Autobahn verlassen. Da geht es dann bergab und bergauf, und mit seiner Federung schafft der Cadillac die Kurven nicht, wohl aber unser Wagen. Wahrscheinlich können wir da einen Vorsprung gewinnen und den Fluß entlang zur Brücke, statt auf die Fähre zu warten, und dann durch Bonn nach Godesberg zurückfahren. Hast du schon eine bestimmte Stelle im Sinn?»

«Nein, das können wir uns noch überlegen. Versuch mal, ob sie genug Dampf haben, unser Tempo mitzuhalten.»

«In unserem Wagen sind Haltegurte», sagte ich. «Wir sollten sie lieber anlegen.»

«Die können einen durchschneiden oder wenigstens das Gefühl verursachen», meinte Padillo mißmutig, legte seinen Sicherheitsgurt aber trotzdem an. Er drehte sich zu

Symmes und Burchwood um. «Schnallen Sie sich auch an. Wir gehen wieder mal auf Fahrt.» Die beiden blieben stumm, gehorchten aber.

«Wollen wir?» fragte ich.

«Los», antwortete Padillo.

Ich trat das Gaspedal fast bis zum Bodenbrett durch, und der Chevrolet raste an zwei Volkswagen vorbei. Der Verkehr war mittelstark, und ich blieb auf der linken Fahrbahn, drückte immer wieder auf die Lichthupe, während wir an den langsameren Lastzügen und Personenwagen vorbeizischten. Der Cadillac lenkte auf die gleiche Fahrbahn, und auch sein Fahrer fing an, Lichtsignale zu geben. Er hielt sich im Abstand von hundert Metern hinter uns, als ob wir durch eine Kette aneinandergekuppelt wären.

«Was zeigt er an?» fragte ich Padillo.

«Die Nadel tanzt um hundertachtzig.»

Ich riskierte einen Blick auf das Spezialtachometer. Die Nadel schwankte über der roten Linie. Ich trat das Gaspedal den letzten Viertelzoll durch und preßte es fest gegen das Bodenbrett. Ein großes blaues Mercedes-Kabriolett sah in meinem Überholen eine persönliche Herausforderung und bog auf die linke Fahrbahn, um hinter mir herzujagen. Mit Hupe und Blinklicht trieb der Cadillac den Wagen zurück.

Der Fahrtwind hatte sich fast zu einem Kreischen gesteigert, und trotz der harten Federung schwankte der Chevrolet stark. An einer Steigung scherte ein Opel zweihundert Meter vor uns nach links aus, um einen Volkswagen zu überholen. Er hatte mit seinen Vorderrädern noch nicht die Höhe der hinteren Stoßstange des VW erreicht, als ich mich auf die Hupe legte und mit der Lichthupe blinkte. Es war für den Opel schon zu spät, zurückzufallen, und er besaß nicht die Beschleunigung, um zu überholen. Er schlug den einzigen ihm offenstehenden Weg ein und wich nach dem Grünstreifen aus. Der VW drängte sich nach rechts an den Rand der Fahrbahn. Wir rasten zwischen ihnen hindurch, und ich glaube immer noch, daß ich mit der vorderen Stoßstange den Opel streifte. Der Cadillac schoß hinter uns her.

«So was habe ich nicht mehr gemacht, seit ich sechzehn war», schrie ich Padillo zu.

Padillo griff in seine Manteltasche, zog den Revolver heraus und kontrollierte, ob er geladen war. Ich zog meinen und reichte ihn ihm, und er lud ihn aus einer Schachtel Patronen nach und gab ihn mir zurück. Ich blickte in den Rückspiegel und sah, daß der Cadillac den Abstand beibehielt. Symmes und Burchwood saßen steif aufgerichtet auf den Rücksitzen, die Augen zusammengekniffen, den Mund zu einer geraden Linie der Furcht und Mißbilligung zusammengepreßt. Ich vermutete, daß sie sich an den Händen hielten, aber das ging mich nichts an.

Wir brauchten nicht ganz fünfzig Minuten für die sechzig Meilen von dem Rasthaus, wo wir den Weinbrand gekauft hatten, bis zur Ausfahrt nach Bonn. Ich kuppelte aus und schaltete den Chevrolet auf den dritten Gang zurück, ohne die Bremse zu benutzen. Ich schaltete wieder und ging in den zweiten. Der Motor bremste den Wagen ab, und da der Fahrer des Cadillac durch kein Bremslicht gewarnt wurde, saß er mir fast schon auf der Stoßstange, ehe er durchschaute, was ich tat.

Ich ging zu schnell in die Kurve, aber der Motor bremste weiter, und der Cadillac hatte keine Chance. Er raste an uns vorbei. Ich hielt den Chevrolet im zweiten Gang, kam gut durch die Kurve und schaltete wieder in den dritten Gang.

«Sie stoßen zurück», sagte Padillo.

«Das ist auf der Autobahn höllisch riskant.»

Wir durchfuhren schnell die Unterführung der Autobahn und erreichten die Straße, die zum Venusberg und zur Fähre, die den Rhein nach Bonn überquerte, führte. Ich hielt den Wagen im dritten Gang, schaltete in den zweiten hinunter, als wir in einem Dorf ein paar kleine Kinder und eine Schar Enten von der Straße scheuchten. Dann begann der Aufstieg über die gewundene Straße.

«Ich kann sie nicht sehen», sagte Padillo.

«Wir haben vielleicht schon ein paar Minuten Vorsprung. In diesen Kurven sollten wir weitere fünf bis zehn gewinnen.»

Der Chevrolet nahm sie auf zwei Rädern, und seine harte Federung erinnerte mich an einen alten MG-TC I, den ich einmal besessen hatte. Ich schaltete in den zweiten Gang zurück, um die erste Biegung einer scharfen S-Kurve zu nehmen. Der Motor reagierte in der kurzen folgenden Geraden sauber, und ich schätzte die Tourenzahl, die wir für die nächste Kurve brauchten, als ich in sie hineinging, durch sie hindurchkam und unversehens die Straßensperre vor mir hatte.

Sie hatten zwei schrottreife Wagen quer über die Fahrbahn gestellt: ein Paar zerbeulter und zerschrammter, aber unverändert solider Mercedes. Ich befand mich noch im zweiten Gang, darum stieg ich mit dem linken Fuß auf die Bremse und trat mit dem rechten das Gaspedal durch, um dadurch den Wagen in einer engen Kehrtwendung herumzureißen, aber es war zu spät. Der Chevrolet krachte gegen den einen Mercedes, und ich wurde vorwärts gegen das Lenkrad geschleudert.

Es schienen Dutzende zu sein. Sie rissen die Türen des Chevrolet auf und zerrten uns heraus. Ich war stark benommen, und der Leib schmerzte mir an der Stelle, wo der Sicherheitsgurt beim Aufprall in ihn hineingeschnitten hatte. Ich spürte, wie sie mir den Revolver aus der Tasche zogen. Ich glitt zu Boden und übergab mich. Es war hauptsächlich Wein. Ich lag, wie mir schien, lange so da, und als ich dann aufblickte, stand Padillo noch auf den Beinen, gestützt von zwei Männern mit grauen Filzhüten und in gegürteten Mänteln, deren Farben mit dem Licht, das durch das Laub der Bäume fiel, wechselte. Einer von ihnen griff in Padillos Tasche und nahm ihm den Revolver ab. Sie klopften seine weiteren Taschen ab, fanden das Messer und nahmen auch das an sich. Mir wurde noch einmal schlecht.

Zwei der Männer faßten mich unter den Armen und halfen mir, zu einem Wagen hinüberzutaumeln, und stießen mich dann hinten auf den Wagenboden. Dort blieb ich keuchend liegen und unterdrückte mühsam den Drang, mich noch einmal zu übergeben. Es gelang mir, an der Rücklehne der Vordersitze Halt zu finden und mich auf die Knie aufzurichten. Ich brauchte einen ganzen Tag dazu. Padillo lag auf dem Rücksitz ausgestreckt, den Mund leicht geöffnet. Seine Augen gingen langsam auf und blinzelten mir ein paarmal zu, dann schlossen sie sich wieder. Ich kniete hinten im Wagen auf dem Boden und blickte durch das Rückfenster hinaus. Sie hatten die beiden Mercedes und den Chevrolet an den Straßenrand geschoben und zerrten jetzt den einen Mercedes in ein Gebüsch. Er wurde von einem Ford Taunus geschleppt, wenigstens schien es mir ein Ford Taunus zu sein, aber das Licht war inzwischen schlecht geworden. Ein Mann setzte sich auf den Vordersitz und richtete eine Waffe auf mich. Er hatte ein teigiges, häßliches Gesicht, und seine lange Nase war voll schwarzer Mitesser.

«Stützen Sie Ihren Freund so, daß er sitzt», befahl er. Er sprach deutsch, aber mit einem starken Akzent, den ich nicht identifizieren konnte. Ich drehte mich um, faßte Padillos Füße und schwang sie von der Sitzbank herunter. Dann drückte und schob ich ihn in eine sitzende Haltung, aber er sank vornüber, und ich mußte ihn zurückstoßen. Er hatte sich über seine Uniform erbrochen, und unter seinem rechten Ohr zeigte sich ein häßlicher roter Fleck, aus dem Blut sickerte. Ich drängte mich neben ihn auf den Rücksitz und sah den Mann mit der Waffe und den Mitessern auf der Nase an.

«Keine Dummheiten, bitte. Keine Heldentaten», sagte er.

«Keine Dummheiten», stimmte ich zu und spie einen der Schwammgummis aus, der sich in meinem Mund gelockert hatte. Da ich schon dabei war, pulte ich auch etwas Wachs aus meiner Nase. Ich besaß keine Manieren und brauchte keine. Ich fing an, den anderen Schwammgummi mit der Zunge zu bearbeiten. Er lockerte sich, und ich spuckte auch ihn aus. Außerdem schälte ich mir den Schnurrbart ab.

Der Mann mit der Waffe sah mir neugierig zu, sagte aber nichts. Der Wagen, in dem wir saßen, war englischer Herkunft, bemerkte ich; ein Humber mit eingebauten Klappbrettern aus Walnuß, die man als Teetablett herunterlassen konnte. Oder als Cocktailtabletts, falls einem das mehr lag. Es war ein Exportmodell mit Linkssteuerung. Neben dem Lenkrad befand sich ein Funksprechgerät aus grauem Metall. Ich bot mir selbst eine Wette neun zu zwei an, daß in dem grünen Cadillac genauso ein Gerät war. Ich blickte aus dem Rückfenster. Sie schleppten den Chevrolet in das Gebüsch ab. Jemand mochte ihn dort finden – morgen oder in der nächsten Woche. Der große Neger unten in Frankfurt hatte kein großes Zutrauen gehabt, und ich wünschte, ich hätte auf ihn gehört. Wir hätten in eine Kneipe gehen und uns über Autos unterhalten und Bier trinken können.

Ein anderer Mann setzte sich ans Steuer. Er wandte sich nach uns um, musterte uns ohne besonderes Interesse, grunzte, drehte sich wieder nach vorn und ließ den Motor an. Wir folgten einem anderen Humber über die gewundene, schmale Straße. In dem Wagen vor uns saßen vier Leute. Die beiden auf den Rücksitzen waren Symmes und Burchwood. Ich konnte nicht erkennen, ob sie wieder mit anderen Menschen sprachen.

Am Rhein bogen wir nach links und fuhren etwa einen Kilometer weit, bis wir eine Stelle erreichten, an der sich die Straße mit einer leichten Kurve dem Ufer näherte. Dort befand sich ein Rastplatz mit Picknicktischen, Abfallkübeln und Abstellplätzen für Wagen. Eine niedere Steinmauer bildete eine Ausbuchtung zum Rhein hin, und dort waren auch Stufen, die zu einer schmalen Anlegestelle hinunterführten, an der ein sechs Meter langes Motorboot festgemacht hatte. Der grüne Cadillac stand auf einem der Parkplätze, und ich kam zu der Meinung, daß er an uns vorbeigefahren sein mußte, als ich auf dem Boden lag. Ich bemerkte, daß es ein Fleetwood war.

Unser Wagen hielt an, der Fahrer stieg aus und sprach mit dem Fahrer des anderen Humber, in dem Symmes und Burchwood saßen. Dann stieg dieser Fahrer aus, ging zu dem grünen Cadillac und sprach mit jemandem auf dem Rücksitz. Der Mann mit der Waffe blieb bei uns. Auf dem Vordersitz des anderen Humber saß auch ein Mann. Wahrscheinlich hatte er zwei Waffen.

Unser Fahrer kam zurück und sagte etwas in einer Sprache, die ich nicht einmal erkannte und schon gar nicht verstand. Aber der Mann mit der Waffe verstand sie und befahl mir, auszusteigen und Padillo aus dem Wagen zu helfen. Padillo öffnete die Augen und sagte: «Ich kann gehen», aber es klang nicht sehr überzeugend. Ich ging um den Wagen herum und half ihm heraus.

Der Mann mit der Waffe hielt sich dicht neben mir. «Die Stufen hinunter. Schaffen Sie ihn ins Boot», befahl er. Ich schlang mir Padillos Arm um den Nacken und schleppte ihn die Stufen hinunter.

«Du hast ein paar Pfund zugelegt», sagte ich.

Ich half ihm in das Boot, und er sank auf die mit Kissen

belegte Bank an der Reling. Symmes und Burchwood kamen die Stufen herunter und gleichfalls an Bord. Sie sahen Padillo an, der vornüber gesunken dahockte.

«Ist er verletzt?» fragte Symmes.

«Weiß nicht», antwortete ich. «Er spricht nicht viel. Sind Sie verletzt?»

«Nein, wir sind nicht verletzt», sagte er und setzte sich neben Burchwood.

Der Mann, der unseren Humber gelenkt hatte, ging zum Steuerrad am Bug. Er drückte auf den Anlasser. Der Motor sprang an und gurgelte im Leerlauf. Fünf Minuten lang saßen wir so da, schienen auf etwas zu warten. Ich folgte dem Blick des Mannes am Steuer. Ein Licht auf der anderen Seite des Rheins blinkte dreimal auf. Er griff nach einer Handlampe am Armaturenbrett des Bootes, richtete sie über den Fluß und schaltete sie dreimal an und aus. Das war das Signal, durchschaute der gescheite McCorkle. Die Innenbeleuchtung des grünen Cadillac leuchtete auf, als die hintere Tür des Wagens geöffnet wurde. Ein Mann stieg aus und kam auf die Stufen zur Anlegestelle zu. Er war klein und dick und watschelte ein bißchen, als er über die Anlegestelle zum Boot lief. Es war zu dunkel geworden, um sein Gesicht deutlich sehen zu können, aber das brauchte ich nicht. Es war wirklich Maas.

20

Maas winkte mir von der Anlegestelle herunter fröhlich zu und kam in das Boot geklettert. Einer der Fahrer löste die Leine am Heck, und das Boot glitt auf den Rhein hinaus. Es schlug einen Kurs ein, der schräg stromaufwärts führte.

Ich stieß Padillo mit dem Ellbogen gegen die Rippen. «Wir haben Gesellschaft bekommen», sagte ich.

Er hob den Kopf und betrachtete Maas, der uns von seinem Platz im Heck vergnügt zulächelte.

«Mein Gott», sagte Padillo und ließ den Kopf wieder auf die Arme sinken.

Maas sprach leise mit einem der Fahrer. Die beiden anderen Männer saßen uns gegenüber im Boot und rauchten Zigaretten. Jeder hielt beiläufig eine Waffe auf den Knien, ohne damit in eine bestimmte Richtung zu zielen. Ich kam zu der Überzeugung, daß sie ihre Waffen behalten sollten. Burchwood und Symmes saßen neben mir und sahen gerade vor sich hin. Es war jetzt dunkel.

Der Mann am Steuer verringerte die Geschwindigkeit und lenkte das Boot scharf nach links. Flußabwärts, einen dreiviertel Kilometer entfernt, erkannte ich die Lichter der amerikanischen Botschaft. Sie sahen warm, einladend und Sicherheit versprechend aus, aber sie kamen nicht näher. Das hatte ich in Wirklichkeit auch nicht von ihnen erwartet. Der dunkle Umriß eines selbstfahrenden Lastkahns ragte über uns auf. Er war etwa fünfzehn Meter vom Ufer verankert und lag so tief im Wasser, als ob er schwer beladen wäre. Es war einer der Kähne, die man zwischen Amsterdam und Basel mit fröhlich flatternder Familienwäsche den Rhein auf und ab pflügen sieht. Sie sind fast ausschließlich in Familienbesitz. Kinder werden auf ihnen geboren, und alte Menschen sterben auf ihnen. Die Besatzung schläft und ißt und liebt unter Deck in den engen Kajüten nahe dem Heck, die etwa die Größe eines kleineren amerikanischen Wohnwagens haben. Der Kahn, dem wir uns näherten, war etwa fünfzig Meter lang. Der Mann am Steuer stellte den Motor ab und ließ das Boot, das Heck voran, dem Bug des Kahns entgegentreiben.

Jemand richtete einen Lichtstrahl auf uns und warf uns ein Tau zu; der Mann im Heck neben Maas fing es auf und zog uns an eine Strickleiter mit hölzernen Sprossen heran. Maas kletterte als erster hinauf und bekam Schwierigkeiten mit einer der Sprossen. Ich hoffte, daß er fallen würde, aber jemand auf dem Kahn packte ihn und zog ihn hinauf. Die beiden Männer mit den Waffen waren aufgestanden, und einer von ihnen winkte Symmes und Burchwood nachlässig zu. Sie begriffen, was gemeint war, und kletterten nach Maas die Leiter hinauf. Padillo hatte den Kopf von den Armen gehoben und beobachtete Symmes und Burchwood, als sie nach oben stiegen.

«Glaubst du, daß du es schaffst?» fragte ich.

«Nein», antwortete er. «Aber es wird trotzdem gehen.»

Wir standen auf, und ich ließ Padillo vor mir an die Leiter treten. Er packte eine Sprosse und begann sich hinaufzuhieven. Ich stützte ihn von hinten, und Hände streckten sich nach unten, faßten ihn unter den Armen und zogen. Ich kletterte hinauf, und der Druck in meinem Leib wurde zum Krampf und zerrte an der Stelle, wo der Sicherheitsgurt des Chevrolet eingeschnitten hatte. Wieder kamen ein paar Hände, packten nicht gerade besonders sanft zu und halfen mir. Der Lastkahn hatte seine Positionslichter gesetzt, und das einzige andere Licht kam von der Taschenlampe, mit der jemand umherleuchtete.

«Geradeaus», murmelte eine Stimme an meinem Ohr, und ich streckte die Hände aus und begann mich vorsichtig in dieser allgemeinen Richtung vorzutasten. Plötzlich fiel Licht aus einer geöffneten Tür, die in das Wohnquartier hinunterführte. Ich konnte Maas sich rückwärts den Weg über die Stufen suchen sehen, wobei er sich am Geländer festhielt. Burchwood und Symmes folgten ihm, dann Padillo und ich. Ich hörte, wie das Motorboot ablegte. Nur die beiden Männer mit den Waffen blieben zurück und winkten mir, Padillo zu folgen.

In der Türöffnung drehte ich mich um und tastete rückwärts nach den Stufen unter mir. Ich bewegte mich langsam die schmale Treppe hinab, bis keine Stufen mehr da waren. Unten wandte ich mich um. Wir standen in einem ungefähr zweieinhalb mal dreieinhalb Meter großen Raum. Die Decke war kaum hoch genug, daß ich mich aufrichten konnte. Auf einer Seite befanden sich zwei Schlafkojen mit bunt überzogenen Bettdecken. Padillo stand gebeugt und lustlos daneben. Ich bemerkte, daß er den größten Teil seiner Maskierung und auch die Perücke beseitigt hatte. Von der bleichen Hautfarbe abgesehen, war sein Gesicht wieder das alte. Neben ihm standen Burchwood und Symmes.

Maas saß an einem Tisch, der gegen die Wand geklappt werden konnte. Er lächelte und nickte mir zu, und seine Knie schlugen nervös gegeneinander wie die eines fetten, kleinen Jungen auf einer Kindergesellschaft, der zur Toilette müßte, aber fürchtet, daß er dann zuwenig Eis und Kuchen abbekäme. Am anderen Ende des Tisches stand ein weiterer Stuhl, und dahinter befand sich eine Tür.

«Hallo, Maas», sagte ich.

«Meine Herren», sagte er, kicherte und nickte noch ein paarmal, «wir begegnen uns schon wieder, wie es scheint.»

«Nur *eine* Frage», sagte ich.

«Selbstverständlich, mein lieber McCorkle. So viele, wie Sie wollen.»

«Sie standen vom Cadillac aus mit dem Humber in Funksprechverbindung, oder?»

«Ganz richtig. Wir haben Sie nur über die Autobahn in unsere kleine Falle gejagt. Einfach, aber wirkungsvoll, das werden Sie doch zugeben?»

Ich nickte. «Haben Sie was dagegen, wenn wir rauchen?»

Maas rollte mit großer Geste die Schultern. Ich zog eine Zigarettenpackung, gab Padillo eine Zigarette, nahm mir selbst eine und entzündete sie beide mit einem Streichholz. Die schmale Tür ging auf, und ein Mann in einem grau und schwarz gemusterten Jackett und einer grauen Hose kam rückwärts hindurch. Er sprach auf holländisch mit jemandem im Nebenraum. Sein Hinterkopf war von langem, schwarzem, glänzendem Haar bedeckt, das in einer stumpfen Spitze auslief. Er schloß die Tür, drehte sich um, und seine Hornbrille blitzte im Licht. Er mochte fünfzig oder vierzig oder noch jünger sein, aber eines stand jedenfalls fest: Er war Chinese.

Er blieb vor der geschlossenen Tür einige lange Augenblicke stehen und sah Padillo an. Schließlich sagte er: «Hallo, Mike.»

«Hallo, Jimmy», antwortete Padillo.

Maas sprang von seinem Stuhl auf und tanzte respektvoll vor dem Chinesen hin und her. «Es ging alles sehr glatt, Mr. Ku», sagte er auf englisch. «Es gab keine unerwarteten Schwierigkeiten. Dies ist Symmes und dies Burchwood. Der andere ist McCorkle, Geschäftspartner von Padillo.»

«Setzen Sie sich und halten Sie den Mund, Maas», sagte der Chinese, ohne ihn anzusehen. Maas zog sich auf seinen Stuhl zurück und fing wieder damit an, seine Knie gegeneinanderzuschlagen. Der Chinese setzte sich am anderen Ende des Tisches, nahm eine Packung Kent aus der Tasche und zündete sich eine mit einem goldenen Feuerzeug an.

«Es ist lange her, Mike», sagte er.

«Dreiundzwanzig Jahre», antwortete Padillo. «Und du nennst dich jetzt Ku.»

«Es war in Washington, im alten Willard, nicht wahr – als wir uns zum letztenmal sahen?» meinte Ku.

«Du hast damals Jimmy Lee geheißen und Gibsons geraucht.»

Der Chinese nickte gedankenverloren. «Wir müssen

uns über die alten Tage noch mal ausführlich unterhalten. Ich habe den Kontakt verloren. Wie ich allerdings höre, bist du immer noch aktiv.»

«Eigentlich nicht», antwortete Padillo. «Nur hin und wieder einen Gelegenheitsauftrag.»

«Wie in Bukarest – damals im März.»

«Daran erinnere ich mich nicht», entgegnete Padillo höflich.

Ku lächelte. «Es wird behauptet, das wärest du gewesen.»

«Du mußt in den letzten Tagen eine spannende Wartezeit verbracht haben», sagte Padillo. «Aber um diese Jahreszeit ist es am Rhein sehr hübsch.»

«Es gab ein paar kritische Augenblicke», antwortete Ku. «Und es war etwas kostspielig. Mit meiner Spesenabrechnung werde ich höllischen Ärger bekommen.»

«Aber du hast erreicht, was du wolltest», sagte Padillo.

«Du meinst diese beiden», sagte Ku und deutete mit dem Daumen auf Symmes und Burchwood.

Padillo nickte.

«Es passiert nicht jeden Tag, daß wir einem abtrünnigen Paar von der NSA auf die Spur kommen.»

«Vielleicht liegt das an eurem Klima in Peking.»

«Man lernt, es zu schätzen», sagte Ku. «Nach einer kleinen Weile.»

«Darf ich mich setzen?» fragte Padillo. «Ich bin etwas angeschlagen.»

«Mach dir nicht erst die Mühe. Ich habe einen Raum für euch bereithalten lassen. Dort drüben.» Er stand auf und ging zu einer Tür neben dem Aufgang. Er öffnete sie mit einem Schlüssel und hielt sie auf. «Er ist nicht groß, aber ruhig. Du kannst dich hier ungestört ausruhen.» Einer der Männer mit den Waffen war die Treppe halb heruntergekommen. Er hockte auf einer Stufe, die Waffe in keine bestimmte Richtung, aber überallhin gleichzeitig gerichtet. Er winkte damit zu der Tür, die Ku offenhielt. Ich ging voran, die anderen folgten mir.

Ku griff in einen Schrank und nahm eine Flasche heraus. Er reichte sie Padillo. «Holländischer Genever», sagte er. «Trink einen Schluck auf mein Wohl.»

Wir traten durch die Tür in einen Raum mit zwei Kojen an der Wand und hörten das Schloß hinter uns einschnappen. Eine von einem Gitter geschützte rote Birne brannte an der Decke. Sie spendete kein sehr fröhliches Licht.

«Dieser gräßlich fette, kleine Mann ist wieder da», sagte Symmes zu niemandem im besonderen. Vielleicht sprachen wir jetzt wieder alle miteinander.

«Sie befinden sich jetzt auf einer Reise, die sich durchaus als eine langsame Kahnfahrt nach China erweisen könnte», sagte Padillo. «Es tut mir leid», fügte er hinzu. «Ich konnte einfach nichts dagegen tun.»

«Ich vermute, daß der Knabe mit den Mandelaugen nicht gerade ein Werber für die Heilsarmee ist», sagte ich.

Padillo und ich hatten uns auf den Boden gekauert, und Burchwood und Symmes hockten auf der unteren Koje. Wir hatten es automatisch getan, so als ob wir ihnen eine Vergünstigung schuldeten. Padillo hob die Flasche gegen das rote Licht und prüfte sie kritisch. «Nein, er ist ein etwas raffinierter Geselle und hat diesen Gin wahrscheinlich mit einer fremden, neuen Wahrheitsdroge versetzt. Für diesen Fall will ich freiwillig die Rolle des Versuchskaninchens übernehmen.» Er öffnete den Schraubverschluß der Flasche, nahm einen tiefen Zug und reichte die Flasche mir. «Keine üble Nebenwirkung», versicherte er.

Ich trank und bot die Flasche Burchwood und Symmes an. Sie sahen einander an, und schließlich griff Burchwood danach. Er wischte den Hals mit seinem Ärmel ab und schlürfte vorsichtig. Symmes machte es ihm nach und reichte die Flasche Padillo zurück.

«Der listenreiche Orientale da vorn ist ein ehemaliger Klassenkamerad von mir. Wir nahmen an dem gleichen Kurs bei so einer merkwürdigen Sonderformation in Maryland teil. Später habe ich irgendwo gehört, daß er mit einem Auftrag zu Maos Verein geschickt worden war und nie wieder nach Hause gekommen ist. Wahrscheinlich ist er so etwas wie ein General bei Maos Nachrichtenorganisation.»

«Man hat oft gehört, daß fleißige Arbeit und eiserne Pflichterfüllung sich bezahlt machen», sagte ich.

«Und er ist ein helles Kerlchen. Mit neunzehn machte er seine Abschlußprüfung in Stanford. Und Sie beide», fuhr Padillo fort, wobei er Symmes und Burchwood ansah, «werden wahrscheinlich gern wissen wollen, was er auf diesem holländischen Frachtkahn zu suchen hat.»

«Nämlich?» fragte Symmes.

Padillo trank wieder einen Schluck Genever und steckte sich eine neue Zigarette an. «Mr. Ku ist das Schlüsselstück im Puzzlespiel dieser Woche. Alles, was geschehen ist, fügt sich durch ihn zu einem Bild. Es war eine sehr raffiniert angelegte Operation, für die jemand eine Menge Geld bezahlen muß.»

«Wir zum Beispiel», warf ich ein.

«Darüber brauchen wir uns vielleicht keine Sorgen mehr zu machen. Aber fangen wir einmal ganz von vorn an, als du Maas in dem Flugzeug von Berlin kennenlerntest. Er hatte sich an dich gehängt und versuchte an mich heranzukommen, unter dem Vorwand, mir die Information über den Tausch zu verkaufen: ich gegen die beiden hier, Symmes und Burchwood. Eigentlich sollte er mir die Information nicht verkaufen; Ku wollte nur, daß er mir einen Tip gab. Aber Maas war geldgierig und wollte dabei verdienen, und vorher versuchte er noch ein anderes kleines Geschäft abzuschließen, nämlich mit dem dunklen, kleinen Cola-Trinker, der in unserem Lokal erschossen wurde.»

Padillo machte eine Pause und zog an seiner Zigarette. «Ku wollte Burchwood und Symmes. Irgendwie hatte er von dem geplanten Tausch zwischen den Russen und unserer Seite erfahren. Wahrscheinlich erhielt er die Information durch seine Moskauer Quellen, aber das ist nicht wichtig. Als er herausbekam, daß ich ein Teil des Tauschgeschäfts sein sollte, kam ihm der großartige Einfall: Warum mir nicht einen Tip geben und mir die Sorge überlassen, Burchwood und Symmes aus Ostberlin heraus und zurück nach Bonn zu schaffen? Wenn wir an eine bequem gelegene Stelle kamen, etwa in die Nähe von Bonn, konnte er einen Überfall arrangieren, um uns zu fassen, uns auf einen Kahn laden und den Rhein hinunter nach Amsterdam verfrachten. Da war es dann ganz leicht, uns auf ein Schiff zu bringen. In einem Punkt sieht es allerdings anders aus.»

«Und das wäre?» fragte ich.

«Ich glaube nicht, daß du und ich die ganze Reise mitmachen werden. Nur Burchwood und Symmes.»

«Wir sind keine Kommunisten», beteuerte Burchwood. «Das habe ich Ihnen beiden immer wieder gesagt. Und ganz bestimmt sind wir keine chinesischen Kommunisten.»

«Darin liegt ja Ihr besonderer Wert», sagte Padillo. «Den Chinesen ist es lange nicht mehr gelungen, für sie wirklich brauchbare Leute in die Hände zu bekommen. Die meisten Amerikaner, die sie zu fassen kriegten, erwiesen sich sehr schnell als komplette Nieten. In aller Stille haben sie das ganze Gebiet vor dem Eisernen Vorhang abgegrast und versucht, mit irgendwelchen Abtrünnigen in Kontakt zu kommen. Und sie wollen sie nicht nur aus propagandistischen Gründen, sie brauchen sie, um Englisch zu unterrichten, im Rundfunk zu sprechen, um Übersetzungen zu prüfen – all diese kleinen, mühseligen Arbeiten, die die Mitarbeit geborener Amerikaner erfordern.

Und jetzt einmal angenommen, sie sähen eine Chance, zwei hochgebildete Leute zu kriegen, die sich nach Rußland abgesetzt hatten, deren Abfall sowohl von Moskau wie von Washington verheimlicht worden ist und die darüber hinaus auch zufällig noch in der Code-Abteilung der National Security Agency gearbeitet haben. Man kann beinahe das Signal ‹Achtung› in den Köpfen der Chinesen aufleuchten sehen, denn erstens: Sie können ihren Fang als wirkliche, lebendige ‹Bekehrte› vorführen, die den wahren Heiligen Gral aus den Nebeln des Jangtsekiang aufsteigen sahen. Dazu wäre vielleicht eine kleine Behandlung notwendig, aber sie haben schon bewiesen, daß sie das schaffen. Zweitens: Sie erfahren alles über die amerikanischen Codes, was Symmes und Burchwood wissen. Das mag zwar etwas überholt sein, ein bißchen veraltet, aber für die Chinesen ist es besser als nichts, denn man kann darauf wetten, daß es keinen Nachrichtenaustausch zwischen Moskau und Peking gegeben hat. Drittens – und das ist das wirkliche Juwel: Sie haben ein zweischneidiges Propagandawerkzeug für sich in der Hand. Zwei Mitarbeiter der National Security Agency haben die Vereinigten Staaten satt und setzen sich nach China ab. Wenn die Kerle in Moskau ein Geschrei veranstalten, daß sie die beiden zuerst gehabt hätten, dann kontern die Chinesen mit der Behauptung, es wäre ein doppelter Abfall gewesen: erst vom Imperialismus der Vereinigten Staaten und dann von den russischen Abweichlern. Nachdem sie den letzten Tropfen an Propagandawert und Wissen aus Burchwood und Symmes herausgepreßt haben, können sie die beiden einsetzen, in einem Kindergarten für Fortgeschrittene Englisch zu lehren oder als Shanghai-Sam den Plattenjockey für die amerikanischen Truppen in Vietnam zu spielen.»

«Du zeichnest da ein sehr hübsches Bild, das in der Mitte ganz deutlich ist», sagte ich, «aber an den Rändern ist es noch etwas verschwommen. Wie, zum Beispiel, kam Cooky ins Spiel?»

«Cook war ein Werkzeug des KGB. Kein Geld, keine Überzeugung, nur simple Erpressung. Das wußte Maas, und als er mich verpaßte, machte er sich an Cook heran und verkaufte ihm die Information über den vereinbarten Tausch. Cook setzte sich mit seinem Residenten in Bonn in Verbindung und teilte ihm mit, was er wußte. Der Resident sagte ihm, er solle sich über dich an die Sache anhängen. Dann ergab sich das Problem, wie man dich veranlassen könnte, Cook nach Berlin zu holen. Der KGB setzte Maas an, und der kam mit dem Tunnel und der Idee der fünftausend Dollar bar im voraus. Maas arbeitete also als Doppelagent, aber seine Hauptaufgabe war, mich zu veranlassen, Symmes und Burchwood für Jimmy Ku still und heimlich über die Mauer zu bringen. Doch der KGB beauftragte ihn damit, dich zu bearbeiten, Cook mit den fünftausend nach Berlin zu holen. Von wem konntest du sonst kurzfristig so viel Geld bekommen? Die Russen verließen sich auf Cook und seine Geschicklichkeit mit dem Revolver, damit die Dinge nicht zu weit gehen würden. Dann hätten sie nicht nur Burchwood und Symmes, sondern auch noch mich gehabt und hätten jedem wegen ihres vorher vereinbarten Tauschgeschäfts mit unserer Seite eine lange Nase drehen können.»

«Wann bist du hinter all das gekommen?» fragte ich.

«Vor ein paar Minuten, als ich Jimmy Ku durch die Tür treten sah. Zum größten Teil jedenfalls.»

«Gib mir die Flasche», sagte ich. Er reichte sie mir, und ich nahm einen Schluck und bot die Flasche Burchwood und Symmes an, aber sie lehnten ab. Diesmal höflich.

«War der KGB denn gegenüber Maas nicht etwas mißtrauisch, weil er Cooky die Information über dich und den Tausch verkauft hatte?»

«Das wären sie gewesen, wenn Cook ihnen gesagt hätte, von wem er die Geschichte erfahren hatte. Aber das kann er nicht getan haben, sonst hätten sie niemals Maas eingesetzt. Cook wurde gedroht. Er hatte überhaupt noch nichts geleistet, er hatte nur zuviel getrunken. Hier bot sich für ihn die Chance, den dicken Max zu spielen. Deshalb bezahlte er Maas für eine Information, die er von Maas sowieso bekommen sollte. Und an diesem Punkt fingen du und ich und Max und der arme alte Weatherby an, die Kastanien aus dem Feuer zu holen.»

«Ich frage mich, ob Ku über Maas und seine diversen Geschäfte Bescheid weiß. Unser fetter Freund hätte uns sehr gut abliefern, sich dann aus dem Staub machen und Ku bei den Russen verpfeifen können.»

«Ich zweifle ernsthaft daran, daß Jimmy Maas vom Kahn läßt, ehe er neben irgendeinem Frachter im Hafen von Amsterdam festgemacht hat. Wie ich schon gesagt habe, Jimmy ist kein Dummkopf.»

«Und du meinst nicht, daß Maas schon für unsere Seite gearbeitet hat, vorausgesetzt, daß wir überhaupt noch eine Seite haben?»

Padillo runzelte nachdenklich die Stirn. «Das hat mich ja in Frankfurt beunruhigt. Ich dachte, sie würden uns dort in Empfang nehmen. Tatsächlich spielte ich mit dem Gedanken, einfach zum IG-Farben-Bau zu fahren und denen die ganze Geschichte vor die Füße zu werfen. Vielleicht haben die Uniformen und die Maskierung sie wirklich getäuscht. Vielleicht glauben sie, wir seien immer noch in Ostberlin, und warten darauf, daß wir durch Checkpoint Charlie zurückkehren. Vergiß nicht, wir sind heute morgen um fünf unter der Mauer durchgekommen. Die einzigen, die wissen, daß wir es geschafft haben, sind der Mann, dem das Haus und der Tunnel gehören – und der ist tot –, sowie Wohlgemuths Leute, und die sagen nichts. Ich schulde denen zuviel Geld.»

Ich zündete mir eine neue Zigarette an und lehnte mich gegen die Wand. Mein Magen schmerzte immer noch, aber durch den Genever wurde es besser. «Die Vorstellung, so kurz vor dem Ziel aufzugeben, gefällt mir einfach nicht», sagte ich. «Mit einem Taxi könnten wir in einer Viertelstunde bei uns an der Bar sitzen und bei einem kalten, langen Drink geruhsam die Tageseinnahmen zählen.»

«Das ist ein hübscher Gedanke.»

«Es ist der einzige, den ich in letzter Zeit hatte. Aber du hast selbstverständlich einen Plan.»

Padillo rieb sich mißmutig die Stirn. Er hielt die Hand gerade vor sich und betrachtete sie aufmerksam. Sie zitterte. «Ich bin in einer miserablen Verfassung. Wahrscheinlich habe ich ein paar angeknackste Rippen. Aber du irrst dich. Ich habe keinen Plan – nur ein oder zwei Ideen, und dabei brauchen wir Hilfe.» Er sah Burchwood und Symmes an. «Was halten Sie beide von China?»

«Was sollen wir darauf antworten?» entgegnete Burchwood. «Daß wir mächtig scharf darauf sind?»

«Sie veranstalten da diese Gehirnwäsche», sagte Symmes. «Das haben wir in Moskau alles gehört. Sie machen die Leute zu Zombies.»

«Das würden sie mit Ihnen nicht tun», erwiderte Padillo. «Sie hätten nur ein paar Reden zu halten, ein paar Tonbandaufnahmen. Sie müßten ihnen sagen, an was Sie sich von der NSA erinnern, und dann bekämen Sie eine Stellung. Als Lehrer wahrscheinlich.»

«Nein, vielen Dank», sagte Symmes.

«Wie wollen Sie dem entgehen?»

«Sie haben uns in die Schweinerei hineingebracht, jetzt bringen Sie uns auch wieder heraus. Dafür sind Sie verantwortlich», sagte Burchwood.

Padillo sah die beiden einen Augenblick prüfend an. «Ich mache Ihnen ein Angebot.»

«Und welches?»

«Sie helfen McCorkle und mir, und wenn wir von diesem Kahn herunterkommen, ist alles erledigt. Sie können hingehen, wohin Sie wollen. Die russische Botschaft ist eine Meile von hier entfernt, Sie können dort um politisches Asyl nachsuchen. Allerdings hatten die Russen angeboten, Sie gegen mich auszutauschen, und Sie könnten die Russen damit in eine gewisse Verlegenheit bringen, aber dieses Risiko müssen Sie eingehen. Oder Sie können sich den Amerikanern stellen, und ich werde dann für Sie tun, was ich kann. Es wäre eine Art Erpressung, aber ich glaube, daß unsere Seite zahlen wird. Sie müßte eigentlich.»

«Was meinen Sie mit Erpressung?» fragte Burchwood.

«Wie Sie wahrscheinlich erraten haben, sind meine früheren Arbeitgeber und ich nicht in allem einer Meinung. Entweder sie lassen Sie in Frieden – und weisen mir das alle sechs Monate eindeutig nach –, oder ich rufe die Presse zusammen, und dann können sie erklären, wie es kommt, daß zwei führende Mitarbeiter der NSA zu den Russen übergelaufen sind.»

«Wir waren keine führenden Mitarbeiter», widersprach Symmes.

«So wie ich es darstelle, waren Sie das.»

Symmes und Burchwood sahen sich an, und ihr wortloses Verständigungssystem schien so gut zu funktionieren wie eh und je. Sie nickten gleichzeitig.

«Müssen wir dabei jemanden niederschlagen?» fragte Burchwood.

«Dazu könnte es kommen, und falls ja, dann schlagen Sie so fest zu, wie Sie können. Wenn irgend etwas herumliegt, womit Sie zuschlagen können, eine Flasche zum Beispiel, dann greifen Sie danach. Es sind vier Mann – Ku, Maas und die beiden Albaner.»

«Ich habe mich die ganze Zeit schon gefragt, was die sind», sagte ich.

«Dann sitzt noch jemand in dem Raum, aus dem Jimmy Ku herauskam – vermutlich ein holländisches Paar, dem der Kahn gehört.»

Padillo umriß seinen Plan. Wie bei seinen meisten Einfällen lag der Vorzug in seiner Einfachheit. Wir brauchten nicht den Kahn zu versenken oder den Rhein in Brand zu setzen. Wir brauchten nur das sehr hohe Risiko einzugehen, daß wir erschossen und über Bord geworfen wurden.

«Was halten Sie davon?» fragte Padillo Burchwood und Symmes.

«Gibt es keine andere Möglichkeit?» fragte Symmes. «All diese Gewalttätigkeiten.»

«Wenn Sie etwas Besseres zu bieten haben, nur heraus damit.»

Symmes und Burchwood verständigten sich telepathisch miteinander. Sie nickten. Ich hob die Schultern.

«Also gut. Mac, hier ist die Flasche.»

«Vergeudung wäre unsinnig», sagte ich, trank einen Schluck und reichte Padillo die Flasche zurück. «Gib sie mir hinauf.» Ich hievte mich in die obere Koje. Padillo trank und reichte mir die Flasche. Ich schob sie mit dem Hals durch das Drahtgeflecht vor dem roten Licht und zerschlug die Birne. Ich drehte mich um und streckte mich in der Koje aus, die nur knapp einen halben Meter von der Decke entfernt war. Die Tür war rechts von der Koje, und ich hielt die Flasche in der rechten Hand.

«Alles klar?» flüsterte Padillo.

«Fertig», antwortete ich.

«Dann los, Symmes», sagte Padillo.

Ich konnte es hören, aber nicht sehen, wie Symmes sich zur Tür bewegte. Dann stieß er einen Schrei aus, einen guten, lauten, der die ganze Tonleiter hinauf- und wieder herabkletterte. Er begann mit den Fäusten gegen die Tür zu hämmern. Ich packte die Flasche fester.

«Laßt uns raus!» schrie Symmes mit sich überschlagender Stimme. «Er erbricht Blut! Laßt uns raus, um Gottes willen, laßt uns raus!» Er stöhnte und wimmerte. Er war sehr gut.

«Was ist los – was geht vor?» Das war einer der Albaner, der auf deutsch durch die Tür rief.

«Dieser Mann – dieser Padillo ist krank –, er ist von oben bis unten voll Blut bedeckt. Er stirbt!»

Stimmen murmelten in dem anderen Raum. Ein Schlüssel drehte sich im Schloß. Die Tür öffnete sich, Licht fiel aus dem anderen Raum herein und beleuchtete Padillo, der zusammengekauert, den Kopf auf die Arme gestützt, in einer Ecke hockte. Der Albaner kam durch die Tür, die Waffen schußbereit in der Hand, den Blick auf Padillo gerichtet. Ich schwang die Flasche in einem flachen, seitwärts gerichteten Rückhandschlag. Sie traf ihn auf den Hinterkopf und zerschellte. Die Splitter klirrten zu Boden. Padillo sprang auf, versetzte dem Albaner einen Handkantenschlag gegen den Kehlkopf und entriß ihm die Waffe. Der Albaner sank in sich zusammen. Ich wälzte mich aus der Koje, packte Symmes' linken Arm und bog ihn hinten hoch, bis er fast seinen Nacken berührte. Symmes schrie auf, und diesmal war es echter Schmerz. Ich drückte ihm die scharfen Zacken der abgebrochenen Flasche mit der rechten Hand gegen den Hals. Padillo drückte den Revolver des Albaners Burchwood unter das rechte Ohr.

«Wir kommen raus, Jimmy», rief Padillo. «Bleib ruhig stehen, wo du bist. Wenn du auch nur blinzelst, erschieße ich Burchwood, und Mac zerfetzt Symmes die Kehle.»

Über Symmes' Schulter hinweg konnte ich Ku und Maas durch die Türöffnung sehen. Sie standen neben dem Tisch. Maas hielt den Mund etwas offen. Ku hatte die Hände in seinen Jackentaschen, das Gesicht, von dem Anflug eines nachdenklichen Lächelns abgesehen, unbewegt.

«Wie hast du das Blut gefälscht, Mike?» fragte Ku.

«Habe ich nicht», log Padillo. «Ich habe mir einfach den Finger in den Hals gesteckt, und es kam mir hoch. Ich habe ein paar angebrochene Rippen und irgendeine innere Blutung. Ruf deinen Mann von oben herunter, Jimmy.»

Ku rief nach ihm, und der andere Albaner kam rückwärts die Treppe heruntergeklappert. Padillo versetzte ihm mit dem Revolverlauf einen harten Schlag in den Nacken. Er fiel vorwärts auf die Treppe und rutschte die Stufen hinunter zu Boden. Er rührte sich nicht.

«Das war nicht notwendig», sagte Ku.

«Ich war ihm etwas schuldig», antwortete Padillo.

«Du weißt, daß ich eine Pistole in der Hand habe?»

«Daran zweifle ich nicht, aber durch die Tasche schießen ist schwierig, Jimmy. Du könntest mich vielleicht treffen, aber wahrscheinlicher ist, daß du Burchwood triffst. Und außerdem würde ich abdrücken, und dann hätte er nachher kein Ohr und kein Gesicht mehr. Und Mac würde Symmes wahrscheinlich die große Halsschlagader durchschneiden oder ihn mindestens so verletzen, daß er für den Rest seines Lebens nur noch flüstern könnte.»

«Schießen Sie!» raunte Maas Ku zu, und seine Augen schienen vorzuquellen. «Schießen Sie doch, Sie Narr!»

«Eigentlich sollte ich Sie erschießen, Maas», sagte Padillo, «und mein Geschäft mit Jimmy allein abwickeln.»

Kus Lächeln wurde breiter, und er zeigte ein paar sehr gute Zähne oder die ausgezeichnete Arbeit eines Dentisten. «Mach mir deinen Vorschlag, Mike.»

«Wir lassen die beiden hier für dich auf Deck zurück, nachdem wir die Tür von außen verriegelt haben.»

Ku schüttelte langsam den Kopf. «Das reicht nicht. Du würdest uns verraten, sobald du von Bord bist. So oder so, du mußt dir deinen Weg freischießen.»

Ich konnte spüren, wie sich Symmes' Adamsapfel unter dem abgebrochenen Flaschenhals bewegte, den ich ihm gegen die Kehle preßte. Ich gab seinem linken Arm einen kleinen Ruck, und er stieß einen leichten Schrei aus, wie das Wimmern eines Kätzchens.

«Bitte», flehte er, «bitte, tun Sie, was sie sagen. Ich weiß, daß sie mich umbringen werden. Ich habe sie schon zu viele Menschen umbringen sehen.»

«Schießen Sie doch», drängte Maas.

Kus Hand machte eine Bewegung in seiner Tasche.

«Keine Bewegung, Jimmy. Ich brauche nicht zu zielen, du mußt aber.»

«Halt den Mund, Fettwanst», befahl Ku Maas.

«Los, Mac», sagte Padillo zu mir und begann, auf die Treppe zurückzuweichen. Er drückte den Revolver weiter Burchwood gegen den Hals, den Blick auf Ku gerichtet. Ich beobachtete Maas und gab Symmes' Arm einen Ruck. Wir wichen hinter Padillo und Burchwood zurück.

Die Tür neben dem Tisch wurde aufgestoßen, und ein untersetzter blonder Mann sprang in die Kajüte. Er hielt eine Flinte in Händen, mit der er herumfuchtelte, ehe Padillo ihn niederschoß. Ich stieß Symmes zu Boden und sprang nach der Treppe. Maas fummelte nach seiner Luger. Padillo schoß noch einmal, doch niemand schrie auf. Wieder folgte ein Schuß, und Padillo grunzte hinter mir, kletterte aber weiter die Treppe hinauf. Ich war draußen, und Padillo taumelte hinter mir durch die Türöffnung. Er fiel der Länge nach auf Deck. Ich ergriff seine Waffe, nahm den abgebrochenen Flaschenhals in die linke Hand und preßte mich gegen den Kajütenaufbau.

Als Ku durch die Öffnung kam, schlug ich mit dem Lauf meiner Waffe auf das Gelenk seiner rechten Hand, in der er die Pistole hielt. Er schrie auf und ließ die Waffe fallen, stolperte über Padillo und fiel in die Dunkelheit. Padillo erhob sich auf die Knie. Sein linker Arm hing schlaff herab. Er drehte sich um und sah mich an. «Halte Maas in Schach», zischte er mir zu. Mühsam erhob er sich, und aus der Dunkelheit heraus sprang Ku ihn von der Seite an. Ich kam nicht zum Schuß. Kus linke Hand, mit der Handfläche nach oben, schlug nach Padillos Nasenwurzel. Padillo blockierte den Schlag mit dem rechten Arm und trat gleichzeitig mit dem linken Fuß zu. Der Tritt lag tief und traf Ku gegen den Oberschenkel. Ku taumelte zurück, und Padillo setzte hinter ihm her. Ich wollte ihnen folgen, hörte aber Klappern auf der Treppe. Ich preßte mich wieder an den Kajütenaufbau. Das Geräusch auf der Treppe brach ab. Aus der Dunkelheit hörte ich Stampfen, und dann konnte ich zwei eng verschlungene Gestalten ausmachen, die vor der niedrigen Reling miteinander rangen. Dann erfolgte ein Schrei, und sie verschwanden über Bord. Das Aufklatschen war leiser, als ich erwartet hatte. Und dann war nichts mehr zu hören. Absolut nichts. Ich rannte zur Reling hin, und die Flinte knallte hinter mir. Mit dem Knall bohrten sich etwa tausend glühende Nadeln in meinen linken Oberschenkel. Ich taumelte und fiel auf Deck, wälzte mich herum und sah Maas im Türrahmen stehen. Ich hob den Revolver und zielte. Ich drückte ab, aber die Waffe klickte nur.

Maas lächelte und kam vorsichtig auf mich zu. Ich warf den Revolver nach ihm, und er wich aus. Es fiel ihm nicht schwer. Er hielt die Flinte gelassen, zielte gerade nur so weit, daß er sicher war, die Ladung würde mir den Kopf abreißen. Ich sah erst die Flinte an, dann Maas.

«So, McCorkle, jetzt geht es nur noch um Sie und mich.»

«Das ist ein schlechter Text, Maas, selbst für Sie», antwortete ich und reckte mich so weit auf, daß meine Schulter gegen die Heckreling lehnte. Mein Oberschenkel war feucht und warm und wie von flüssigem Feuer bedeckt.

«Sie sind verletzt», sagte er, und es klang wirklich besorgt.

«Nur ein Kratzer – nichts Ernstes. Kein Grund zur Panik.»

«Ich versichere Ihnen, Herr McCorkle, daß ich weit von jeder Panik entfernt bin. Alles hat sich weit besser entwickelt, als wir überhaupt geplant hatten.»

«Was ist mit Symmes und Burchwood?»

«Im Augenblick schlafen sie friedlich. Ein leichter, sorgfältig plazierter Schlag. Vielleicht haben sie nachher etwas Kopfschmerzen, aber mehr nicht.»

«Und der Blonde mit der Flinte?»

«Der Schiffer? Er ist tot.»

«Und jetzt?»

«Jetzt treffe ich einfach ein anderes Arrangement für die Übergabe der Herren Symmes und Burchwood in Amsterdam. Wo Ku versagt hat, werde ich erfolgreich sein, und ich darf annehmen, daß ich angemessen honoriert werde.»

«Können Sie denn den Lastkahn steuern?»

«Selbstverständlich nicht. Ich werde sie einfach in ein

Auto setzen und nach Amsterdam bringen. An der Grenze wird es keine Schwierigkeiten geben. Ich habe die ausgezeichneten Papiere geprüft, mit denen Sie sie aufmerksamerweise versehen haben.»

«Damit ist für alle gesorgt, außer für mich», sagte ich.

«Ich fürchte, Herr McCorkle, daß unsere Bekanntschaft hiermit ihr Ende findet.»

«Und wir waren auf dem besten Weg, so gute Freunde zu werden.»

Maas lächelte flüchtig. «Immer haben Sie einen Witz parat, selbst in diesem Augenblick.»

«Ich kennen einen, den Sie noch nicht gehört haben.»

«Und welchen?»

«Die Flinte, mit der Sie auf mich zielen, ist nur einschüssig. Ich glaube nicht, daß Sie sie wieder geladen haben.»

Maas drückte ab, und der Hammer verursachte ein beruhigendes Klicken. Er schwang die Flinte nach mir, aber ich war schon in Bewegung, und ihr Lauf knallte gegen die eiserne Reling. Mein rechter Fuß traf Maas in den Magen. Es war ein harter, befriedigender Tritt. Er rülpste, taumelte vorwärts und stürzte auf die Reling. Die Flinte fiel klatschend ins Wasser. Ich wälzte mich herum und versetzte ihm einen weiteren Tritt, der ihn über die Kante beförderte, aber er blieb mit den Armen an der Reling hängen. Ich schlug mit der rechten Hand schwächlich nach ihm, und er rutschte weiter ab, bis er über dem Wasser baumelte und nur noch mit den Händen die Reling umklammert hielt.

«Bitte, Herr McCorkle, ich kann nicht schwimmen.

Ziehen Sie mich hinauf. Ich flehe Sie an, ziehen Sie mich hinauf.»

Ich kroch zur Reling vor und blickte zu ihm hinunter. Irgend etwas scharrte auf Deck. Es war meine linke Hand. Sie hielt noch den abgebrochenen Flaschenhals.

Ich starrte auf Maas hinab. Er starrte zurück. Sein Mund bildete kleine, runde O-Formen, als er verzweifelt versuchte, sein Gewicht hochzuziehen. Sein Kopf zuckte nach beiden Seiten. Seine Schuhe scharrten an der Bordwand. Hinaufziehen konnte er sich nicht, aber er konnte die ganze Nacht über da hängen.

«Ersaufe, verdammtes Schwein», murmelte ich, hob die Flasche und schlug damit wieder und wieder auf seine Hände, bis sie blutig wurden und sich dann nicht mehr an die Reling klammerten.

21

Die Krankenwärter steckten mich in eine Zwangsjacke und schwatzten dabei wie Elstern darüber, mit welchen Knoten sie sie zuknüpfen sollten, als die Schmerzen wiederkamen und ich tief unten in meiner Kehle die Bitterkeit schmecken konnte.

Aber es war gar keine Zwangsjacke, es war nur eine Schwimmweste, und Burchwood und Symmes mühten sich damit ab, sie mir anzulegen.

«Er wird noch verbluten», sagte Symmes ernst.

«Aber wir haben kein Ruderboot, und ich bin nicht in all diesen Ferienlagern gewesen, ohne dabei etwas zu lernen.» Das war Burchwood.

«Ich weiß, was du da gelernt hast», kicherte Symmes.

«In welcher Stadt sind wir?» fragte ich.

«Er ist zu sich gekommen», sagte Burchwood.

«Das sehe ich auch.»

«Wir werden Sie an Land bringen, Mr. McCorkle.»

«Das ist nett von Ihnen.»

«Deshalb legen wir Ihnen die Schwimmweste an», erklärte Symmes. «Russ war mal Rettungsschwimmer.»

«Gut», sagte ich. «Haben Sie auch eine für Padillo? Er ist verletzt.» Noch ehe ich die Frage aussprach, wußte ich, daß sie unsinnig war, aber sie kam trotzdem heraus.

«Mr. Padillo ist nicht hier», sagte Symmes. Sein Ton klang bedauernd.

«Er ist fort?»

«Alle sind fort, Mr. McCorkle.»

«Alle sind fort», wiederholte ich träumerisch. «Weatherby ist fort, Bill-Wilhelm ist fort. Der blonde Bursche auf der Mauer von vor langer Zeit, ist der auch fort? Der Hauptmann ist fort, und Maas ist fort, und Ku ist lange fort. Und die Albaner sind fort. Und mein alter Partner Padillo ist fort. Verdammt, das ist was. Mein alter Partner Padillo.»

Das Wasser brachte mich wieder zum Bewußtsein. Jemand stützte mich am Hals und schwamm irgendwo. Ich lag auf dem Rücken. Mein linkes Bein klopfte, und ich fühlte mich leicht im Kopf. Ich legte mich auf die

Schwimmweste und blickte zu den Sternen hinauf. Das Wasser mußte kalt sein, denn meine Zähne klapperten. Aber ich bemerkte es kaum. Ich war zu sehr davon in Anspruch genommen, die Sterne zu zählen.

Sie schleppten mich das Rheinufer hinauf und hielten einen Lastwagen an, der mit einer Ladung Hühnern auf dem Weg zur Markthalle in Bonn war. Ich mußte mit dem Fahrer sprechen, weil er nur Deutsch verstand. Von Symmes und Burchwood gestützt, stand ich da, durchnäßt und verdreckt, und versuchte etwas Glaubwürdiges zusammenzulügen; daß ich mit meinen Freunden am Rhein spazierengegangen und dabei in den Fluß gefallen wäre. Schließlich gab ich es auf und zog alles Geld aus der abgegriffenen Brieftasche, die ich von Wohlgemuth bekommen hatte, und nannte ihm eine Adresse. Für 154 Dollar ließ er uns hinten bei den Hühnern sitzen.

Burchwood und Symmes zerrten mich von dem Lastwagen herunter und schleppten mich die zwölf Stufen zu meiner Eingangstür hinauf. «Unter der Matte liegt der Schlüssel. Mein raffiniertes Versteck.»

Burchwood fand den Schlüssel und öffnete die Tür. Halb trugen, halb schoben sie mich hinein und ließen mich in meinen Lieblingssessel fallen, damit ich eine Weile ungestört bluten konnte.

«Sie brauchen einen Arzt», sagte Symmes. «Sie bluten wieder.»

«Whisky», sagte ich. «An der Bar. Und Zigaretten.»

Symmes ging hinter die Bar und kam mit einem halbvollen Wasserglas Whisky und einer brennenden Zigarette zurück. Ich griff gierig nach dem Glas, und es gelang mir auch, es an den Mund zu setzen, wo es auf meinen Zähnen eine Melodie zu klimpern begann. Ich schluckte etwas herunter. Es war Bourbon. Das war mir recht, ich mochte Bourbon. Ich bekam noch ein paar Schlucke hinunter, griff dann nach der Zigarette und machte einen tiefen, dankbaren Zug. Danach noch etwas Whisky und eine weitere Lunge voll Rauch.

«Geben Sie mir das Telefon», befahl ich Burchwood.

«Wen wollen Sie anrufen?»

«Einen Arzt.»

Er reichte mir das Telefon, und ich ließ es fallen. Burchwood hob es auf und fragte: «Welche Nummer?» Ich sagte sie ihm, und er wählte.

Es klingelte eine Weile, bis sich eine verschlafene Stimme meldete.

«Willy?»

«Ja.»

«Hier McCorkle.»

«Schon wieder betrunken, du und dein nichtsnutziger Partner?»

«Noch nicht betrunken. Nur angeschossen. Kannst du helfen?»

«Ich komme sofort», schnauzte er und hängte ein.

Ich schlabberte weiter an meinem Whisky. Die Schmerzen wollten nicht nachlassen. «Wählen Sie noch eine Nummer», befahl ich Burchwood. Er sah Symmes an, der nickte. Er wählte, und das Rufzeichen erklang. Es dauerte eine ganze Weile, bis sich jemand meldete.

«Friedl?» sagte ich. «Hier ist Mac.»

«Wo bist du?» fragte sie.

«Zu Hause.»

Als ich erwachte, lag ich zwischen frischen, sauberen Laken in meinem eigenen Bett, und das Tageslicht kroch durch die Spalten der zugezogenen Vorhänge. Friedl saß in einem Sessel neben meinem Bett, rauchte eine Zigarette und trank eine Tasse Kaffee. Ich bewegte mich versuchshalber, und mein linker Oberschenkel reagierte mit einer Schmerzwelle. Mein Magen fühlte sich an, als ob jemand eine Baseballkeule dagegengewuchtet hätte.

«Du bist wach», stellte Friedl fest.

«Aber lebe ich noch?»

Sie beugte sich vor und küßte mich auf die Stirn. «Und wie. Dr. Klett brauchte eine ganze Stunde, um die Schrotkörner aus deinem Bein zu picken. Er sagte, du hättest nur die Randladung abbekommen. Dein Magen wird dir auch noch ungefähr eine Woche Beschwerden machen, und du hast viel Blut verloren. Und endlich, was, um Gottes willen, hast du eigentlich angestellt?»

«Zuviel. Wo sind Symmes und Burchwood?»

«Diese zwei!» Sie schnaubte verächtlich.

«Bist du eifersüchtig?»

«Sie waren so erschöpft und bedauernswert hilflos, fand ich.»

«Sie haben eine Menge durchgemacht, aber sie sind in Ordnung. Ich möchte wirklich nicht, daß ihnen etwas passiert.»

«Der eine schläft im Arbeitszimmer, der andere auf der Couch im Wohnzimmer.»

«Wie spät ist es?»

«Beinahe Mittag.»

«Wann habe ich dich angerufen?»

«Gegen drei Uhr heute morgen. Gleich danach bist du ohnmächtig geworden, sagen sie. Dann kam der Doktor und fing an, dich zu verarzten. Er sagte, du hättest viel Blut verloren. Ein paar Tage lang wirst du sehr schwach sein.»

Ich strich mir mit der Hand übers Gesicht. «Wer hat mich rasiert?»

«Ich. Und ich habe dich auch gebadet. Seit wann bist du eigentlich Sergeant?»

«Seit gestern morgen – oder gestern nachmittag. Es ist sehr lange her.»

«Eine lange Geschichte?»

«Es reicht. Ich erzähle sie dir, während ich mich anziehe.»

«Wozu? Zu deinem Begräbnis?»

«Nein. Um auszugehen. In die Welt hinauszuziehen. Dinge zu erledigen. Mein Brot zu verdienen. Eine Kneipe zu betreiben.»

Friedl erhob sich, ging durch das Zimmer zur Kommode und nahm ein Hemd heraus. Sie drehte sich zu mir um und sah mich, das Hemd gegen die Brust gedrückt, mit einem seltsamen Blick an.

«Die existiert nicht mehr.»

«Was existiert nicht mehr?»

«Dein Restaurant. Vorgestern ist es in die Luft gesprengt worden.»

Ich warf die Decke zurück und versuchte, die Beine über die Bettkante zu schwingen. Sie gehorchten mir nicht, und ich fühlte mich schwach und etwas schwindlig.

Schließlich begriff ich, was die Worte bedeuteten. Ich schloß die Augen und sank in die Kissen zurück. Es zerbrach alles zu schnell. Eine hübsche, bequeme, stille, angenehme Welt zerfiel in Stücke, und McCorkle war für eine andere Welt nicht hart genug.

«Wer hat es gesprengt?» fragte ich zögernd und hielt die Augen geschlossen.

«Ich glaube nicht, daß sie es schon wissen. Es geschah in den ganz frühen Morgenstunden.»

«Um welche Zeit?»

«Gegen drei Uhr.»

«Womit wurde es gesprengt? Mit Knallfröschen?»

«Mit Dynamit. Sie schienen so viel Zeit gehabt zu haben, wie sie wollten. Sie legten es an den verschiedensten Stellen, wo es den größten Schaden anrichten mußte. Inspektor Wentzel meint, es wäre wegen des Mannes geschehen, der neulich dort erschossen worden ist. Jemand hat dir und Padillo die Schuld an dem Überfall gegeben, sagt Wentzel. Er sucht nach euch beiden.»

«Hast du mit ihm gesprochen?»

«Nein. So stand es in den Zeitungen.»

«Man sollte ihm raten, mal im Rhein zu suchen», sagte ich.

«Wonach?»

«Nach Padillo. Dort ist er nämlich: tot im Rhein.»

Ich öffnete die Augen. Friedl stand noch an der gleichen Stelle, das Hemd fest an sich gedrückt. Sie legte es behutsam aufs Bett, kam auf meine Seite herum und setzte sich neben mich. Sie sagte kein Wort. Das brauchte sie nicht. Es stand alles in ihren Augen und in der Art, wie sie die Hände bewegte und die Unterlippe mit den Zähnen festhielt.

«Willst du darüber sprechen?»

Ich dachte einen Augenblick nach und erkannte, daß es nur ein einziges Mal die Möglichkeit geben würde, es ihr ungeschminkt und ohne Beschönigungen zu erzählen, so, wie ich es erlebt hatte. Und so erzählte ich es ihr, und beim Sprechen wurde es leichter, und als ich zum Schluß und zum Ende Padillos kam, bestand kein Grund mehr, die Tränen zurückzuhalten.

Später saßen wir in dem verdunkelten Zimmer, ohne zu sprechen. Ich bat sie um eine Zigarette, und sie zündete mir eine an. Sie schmeckte gut, und darum fragte ich laut, ob ich Kaffee bekommen könne und einen Kognak. Während sie beides holte, lag ich in dem verdunkelten Zimmer und dachte über das nach, was ich zu tun hatte, und fragte mich, ob ich die Kraft dazu besitzen würde.

Friedl kam mit dem Kaffee, und ich trank ihn und nippte an dem Kognak und trank dann noch einen.

«Sind sie wach?» fragte ich.

«Ich glaube, ja.»

«Warum gibst du ihnen nicht ein paar Kleider von mir. Sie könnten es brauchen.»

«Das habe ich schon getan.»

«Dann hilf mir jetzt beim Anziehen.»

Es war anstrengend, aber es gelang mir, in Hose und Hemd zu kommen. Auf die Unterhose verzichtete ich. Friedl kniete vor mir und mühte sich damit ab, meine Füße in Socken und Schuhe zu stecken. Ich strich ihr mit der Hand übers Haar. Sie blickte auf und lächelte.

«Willst du mich heiraten?» fragte ich.

«Müßtest du nicht erst einmal eine Menge anderer Dinge in Ordnung bringen?»

«Mag sein, aber das ist mir das allerwichtigste.»

«Also gut», sagte sie. «Ich werde dich heiraten.»

Ich erhob mich mit zitternden Knien. «Gehen wir hinüber und bestellen wir das Aufgebot.»

Wir gingen in mein Wohnzimmer. Symmes saß auf dem Sofa.

«Holen Sie auch Burchwood», sagte ich zu ihm. «Wir müssen einiges klären.»

«Wie geht es Ihnen?» fragte er.

«Ganz gut.»

«Sie sehen einfach entsetzlich aus – wie eine aufgewärmte Leiche.»

Er ging ins Arbeitszimmer, um Burchwood zu holen, und beide setzten sich auf die Couch. Mein Anzug sah an Symmes passabel aus. Er war groß genug, wenn er auch nicht meine Breite – oder mein Fett – besaß. Aber an Burchwood schlotterten Jacke und Hose. Sie saßen nahe nebeneinander auf der Couch, ohne sich zu berühren, und erinnerten mich sehr daran, wie sie damals in dem leeren Saal in Ostberlin ausgesehen hatten.

«Möchten Sie Kaffee?» fragte Friedl. Die beiden nickten. Friedl war eine große Hilfe. Ich wäre nicht auf den Gedanken gekommen, die beiden zu fragen.

An meine Manieren gemahnt, bot ich ihnen Zigaretten an, obwohl ich wußte, daß sie nicht rauchten. «Ich möchte Ihnen dafür danken», begann ich förmlich, «daß Sie mich von dem Lastkahn heruntergebracht haben. Das hätten Sie nicht zu tun brauchen, besonders nicht nach dem, was Sie durchgemacht haben.»

«Wir hatten ein Abkommen mit Ihnen und Padillo, vergessen Sie das nicht», erwiderte Burchwood.

«Das ist der Punkt, über den ich mit Ihnen sprechen wollte. Sie dürfen vor Miss Arndt unbesorgt reden. Sie könnte zu Ihrer Sicherheit vielleicht beitragen. Es kommt alles darauf an.»

«Worauf?» fragte Symmes.

«Auf das, was zu tun ist. Sie können dieses Haus mit meinem Segen verlassen und hingehen, wohin es Ihnen gefällt. Oder Sie können sich selbst stellen, und dann werde ich für Sie die Vereinbarung durchsetzen, die Padillo Ihnen versprochen hat.»

«Können Sie das wirklich?» fragte Symmes.

«Wenn nicht, steht es Ihnen immer noch frei, durch diese Tür fortzugehen.»

Sie verharrten einen Augenblick schweigend. Friedl kam mit dem Kaffee und stellte ihn vor sie auf einen niedrigen Tisch. Dann setzte sie sich in einen Sessel neben mir.

«Wir haben darüber gesprochen, und wir haben uns entschlossen zurückzugehen», begann Symmes langsam. «Wir glauben nach wie vor, daß wir recht gehandelt haben», fügte er dann hastig hinzu. «Wir sind keine reuigen Sünder. Bilden Sie sich das nicht ein.»

«Ich bilde mir überhaupt nichts ein», erwiderte ich. «Ich wüßte nicht, was ich an Ihrer Stelle täte.»

«Verstehen Sie, Mr. McCorkle, wir können nirgendwo anders hin als zurück. Wir sprechen keine andere Sprache als Englisch, wir haben kein Geld, keine Freunde, und ich bezweifle, daß unsere Familien noch etwas von uns wissen wollen. Der Gedanke, wieder nach Moskau zu gehen, ist ... Also, wir können einfach nicht mehr. Aber wir wollen nicht in die Vereinigten Staaten zurück, nur um dort umgebracht zu werden. Und die letzten Tage haben uns gezeigt, wie billig Menschenleben sind.»

«Sie wollen also, daß ich es für Sie arrangiere?»

Sie nickten.

«Ist es Ihnen recht, wenn ich es gleich versuche?»

Sie sahen einander an. «Gleich» war viel früher als morgen oder übermorgen. Sie telegraphierten sich ihre Antworten zu, und diesmal übernahm es Symmes, für sie zu nicken. Ich griff nach dem Telefon und wählte die Nummer, die ich vor langer Zeit einmal bekommen hatte. Eine Männerstimme meldete sich.

«Mr. Burmser, bitte», sagte ich.

«Am Apparat.»

«Hier ist McCorkle. Ich habe eine Nachricht von Padillo für Sie.»

Am andere Ende folgte eine Stille. Er mußte wohl das Tonbandgerät einschalten. «Wo sind Sie, McCorkle?»

«Padillo läßt Ihnen sagen, daß er tot ist.»

Ich hängte ein.

Sie brauchten fünfzehn Minuten, um zu meinem Haus zu kommen, und das war eine recht gute Zeit. Es wurde an die Tür geklopft, und Friedl öffnete. Ich wäre für niemanden aufgestanden.

Hatcher, der Mann, den ich in meinem Restaurant kennengelernt hatte, begleitete Burmser. Sie kamen schnell herein, trugen ordentliche graue Anzüge zu schwarzen Schuhen und die Hüte in der Hand. Sie blieben stehen, als sie Symmes und Burchwood bemerkten, die sie nur stumm ansahen und dann fortblickten.

«Dies ist Gerald R. Symmes und dies ist Russell C. Burchwood», sagte ich. «Dieser Mann ist Mr. Burmser und der andere Mr. Hatcher. Wenn Sie es wünschen, zeigen sie Ihnen ihre kleinen schwarzen Büchlein, die Ihnen bestätigen, für wen die Herren tätig sind.»

Burmser ging auf Symmes und Burchwood los. «Was wollen Sie tun – ihnen Handschellen anlegen?» Burmser hielt inne und sah Hatcher an.

«Möchten Sie vielleicht Kaffee? Oder auch einen Drink?» fragte Friedl.

«Dies ist Miss Arndt, meine Verlobte», sagte ich. «Mr. Burmser und Mr. Hatcher.»

Hatcher nickte. «Bitte», sagte er.

«Ich nehme einen Drink», sagte Burmser.

«Wo ist Padillo?» fuhr Burmser mich an.

«Wie ich Ihnen schon sagte, er ist tot. Sie können im Rhein nach dem fischen, was von ihm übriggeblieben ist. Aber auch nach einem Mann namens Jimmy Ku und einem Mann namens Maas. Sie sind alle tot; und noch ein paar mehr auf einem holländischen Frachtkahn, der etwa eine Meile flußaufwärts verankert liegt, sind auch tot.»

«Haben Sie Ku gesagt?»

«Ja, ich habe Ku gesagt.»

Hatcher griff nach meinem Telefon und wählte eine Nummer. Er sprach leise in die Muschel. Ich achtete nicht auf das, was er sagte.

«Jetzt kommen wir zu dem Problem, vor dem Mr. Symmes und Mr. Burchwood stehen», sagte ich. «Padillo hatte mit ihnen ein Abkommen getroffen. Ich beabsichtige, dafür zu sorgen, daß diese Vereinbarung gehalten wird.»

«Wir machen keine Geschäfte, McCorkle», erklärte Burmser. «Padillo tut mir leid, aber er hat nicht in unserem Auftrag gehandelt.»

«Sie sind ein gottverdammter Lügner, Burmser», erwiderte ich schroff. «Padillos Auftrag lautete, Symmes und Burchwood nach Westberlin zu bringen. Hatten Sie ihm das nicht gesagt? Hatten Sie ihm nicht auch gesagt, es sei nur eine Routineaufgabe? Daß er die beiden lediglich durch Checkpoint Charlie zu bringen hätte? Daß die beiden alle notwendigen Papiere und Pässe in den Taschen ihrer hübschen neuen Anzüge haben würden? Und haben Sie nicht mit dem KGB ein Geschäft abgeschlossen, Padillo gegen Symmes und Burchwood zu tauschen? Und haben Sie das nicht getan, ohne daß Sie die erforderliche Zustimmung dafür eingeholt haben? Das sollte Ihr eigener großer Coup werden. Mein Gott, Burmser, Sie wissen genau, auf was für einen miesen Handel Sie sich eingelassen haben. Und Padillo ist dem entgangen oder hat es wenigstens versucht: Er benutzte dabei jedes Mittel, das er in die Hände bekommen konnte. Er wollte aussteigen, wollte irgendwo in Los Angeles eine Bar betreiben, oder am Ende hätte er sich auch damit zufriedengegeben, wenn man ihn nur in Ruhe gelassen hätte. Doch das konnten Sie ihm nicht zugestehen. Sie hatten ihn als den Preis für Ihren großen Coup ausersehen, und am Ende kam er ums Leben, und Sie haben ihn genauso gut umgebracht, als ob Sie ihm eine Pistole gegen den Rücken gehalten und dreimal abgedrückt hätten.»

Friedl kam mit den Drinks. Burmsers angespannter Gesichtsausdruck veränderte sich nicht. Er nahm das Glas entgegen, ohne sich zu bedanken, trank einen tiefen Zug und stellte das Glas ab. Und wenn verdünnte Cola darin gewesen wäre, er hätte es nicht bemerkt.

«Manche dieser Dinge, dieser Operationen, verstehen Sie einfach nicht, McCorkle. Das können Sie unmöglich, weil nicht einmal Padillo sie verstand. Ich habe Ihnen in Berlin gesagt, Sie sollten sich draußen halten – daß es um eine sorgfältig geplante Sache ging, deren Erfolg von der exakten Einhaltung des Zeitplans abhing. Aber Sie mußten sich plump einmischen …»

«Ich habe mich nicht plump eingemischt. Ich wurde von meinem Partner zu Hilfe geholt. Übrigens, haben Sie sich kürzlich mit Cook Baker befaßt? Er ist tot, müssen Sie wissen. Padillo hat ihn in Ostberlin erschossen. Er hat ihn umgebracht, weil er herausgefunden hatte, daß Baker einen Mann namens Weatherby erschossen hat. Er hat ihn aber auch erschossen, nachdem er festgestellt hatte, daß Baker für die Gegenseite arbeitete, doch glaube ich nicht, daß Padillo sich deswegen besondere Sorgen machte.»

Hatcher griff wieder nach dem Telefon und wählte. Für ihn war es ein arbeitsreicher Tag.

«Und erinnern Sie sich an Ihren Berliner Spitzel, Bill-Wilhelm? Maas und Baker legten ihn rein, und jemand schoß ihn nieder und warf ihn mir unmittelbar vor dem

Café Budapest in Ostberlin vor die Füße. Gehörte das alles zu Ihrer so sorgfältig geplanten Operation?»

Burmser warf Hatcher einen Blick zu: Der signalisierte, daß er auch diese Kunde vernommen habe und sie nachprüfen werde.

«Also gut. Kommen wir jetzt zu einer freundschaftlichen Erpressung.»

«Wir lassen uns auf keine Erpressung ein, McCorkle.»

«Diesmal werden Sie es tun, sonst können Sie diese ganze Riesenschweinerei in einem Artikel von Miss Arndt in einer Frankfurter Zeitung lesen. Sie weiß über alles Bescheid, bis ins letzte Detail.»

Ein dünner Schweißfilm trat Burmser auf die Stirn. Er kaute an seiner Oberlippe, erinnerte sich daran, daß er einen Drink hatte, und nahm einen großen Schluck.

«Was ist mit Symmes und Burchwood?»

«Diese beiden jungen Männer überlisteten trotz unvorstellbarer Schwierigkeiten ihre teuflischen kommunistischen Häscher und entkamen dank ihrer bemerkenswerten Entschlossenheit und Kühnheit über, unter oder durch die Berliner Mauer in die Freiheit und Sicherheit.»

Symmes kicherte. Burmser hatte wieder sein Glas am Mund und verschluckte sich.

«Das kauft uns keiner ab.»

«Warum nicht? Die Russen hatten sie hinter Schloß und Riegel, und ihre Flucht wird bekannt werden. Schon jetzt wissen zu viele darüber Bescheid. Ich könnte Ihnen ein halbes Dutzend Leute nennen, die noch heute nachmittag die Geschichte für einen Drink preisgeben würden.»

«Sie erwarten von uns, daß wir Helden aus ihnen machen?»

Symmes kicherte wieder; Burchwood fiel ein.

«Sie haben ihre Flucht ermöglicht. Sie können für sich selbst so viel aus der Geschichte herausschlagen, wie Sie wollen.»

Burmsers angespannter Ausdruck milderte sich. «Vielleicht könnte sich etwas auf der Linie, die Sie gerade skizziert haben, entwickeln lassen ...»

«Stellen Sie sich nicht dümmer, als Sie sind, Burmser. Und noch etwas. Ich wünsche, alle drei Monate von den beiden Nachricht zu bekommen. Vielleicht werde ich sogar auf dem Recht bestehen, sie zu besuchen. Diese Geschichte wird jahrelang heiß bleiben. Besonders, wenn Sie diese Schutzbehauptung bekanntgeben.»

Burmser seufzte. Er wandte sich an Hatcher. «Haben Sie das verstanden?»

«Es ließe sich machen», antwortete Hatcher. «Wir könnten hier und da etwas durchsickern lassen.»

«Rufen Sie an», sagte Burmser.

«Noch ein paar Kleinigkeiten», unterbrach ich. «Sie könnten sich dadurch ein oder zwei Telefongespräche sparen. Zunächst, diese Geschichte war kostspielig. Mich hat sie sehr viel gekostet. Und in Berlin hängt noch einiges ungeklärt in der Luft – Weatherby zum Beispiel, der tot in meinem Hotelzimmer gefunden wurde. Ich wünsche, daß das geklärt wird. Und dann ist da die Frage der Finanzierung dieser Operation. Jemand hat mein Restaurant in die Luft gesprengt, und es würde mir nicht schwerfallen, Ihnen den Anschlag anzuhängen, aber das werde ich nicht tun. Wir waren sowieso überversichert, dafür hat Padillo gesorgt. Aber der vorgeschossene Betrag beläuft sich auf …» Ich machte eine Pause und griff dann einen Betrag aus der Luft. «Fünfzehntausend Dollar. Ich wünsche ihn in bar. In kleinen Scheinen.»

Burmser holte japsend Luft. «Und woher, glauben Sie, soll ich das Geld nehmen?»

«Das ist Ihr Problem.»

Er überlegte einen Augenblick. «Also gut. Fünfzehntausend. Was sonst noch?»

Ich sah ihn volle fünfzehn Sekunden fest an. «Vergessen Sie eines nicht: Mich wird es noch lange geben, und auf die eine oder andere Weise werde ich Sie im Auge behalten. Und eines Tages könnte ich meine Meinung ändern, nur um Padillo postum einen Gefallen zu tun. Es kann auf einen Impuls hin geschehen, aus schlechter Laune vielleicht. Aber es ist etwas, worüber Sie nachts nachdenken sollten oder wenn Sie sich vor Augen führen, wie schön sich Ihre Karriere entwickelt und welche Chancen Sie haben, GS 17 oder Colonel zu werden – oder wie die Dienstgrade in Ihrem Verein sonst heißen mögen. Und vor allem dann, wenn Ihnen ein ganz besonders raffinierter Plan einfällt, bei dem jemand mehr bezahlen müßte, als er gern will. Dann denken Sie nur an mich, den freundlichen Kneipenwirt, und fragen Sie sich, wie lange ich wohl noch den Mund halten werde.»

Burmser erhob sich steif. «Ist das alles?»

«Das ist alles.»

«Die beiden sollten mit uns kommen», sagte er und deutete auf Symmes und Burchwood.

«Darüber müssen die beiden selbst entscheiden. Wenn Sie es genau bedenken, brauchen sie es nicht, falls sie nicht wollen.»

Er dachte darüber nach und wandte sich ihnen zu. «Nun?»

Die beiden standen zusammen auf. Es gelang mir, mich aus meinem Sessel zu erheben. Sie nickten mir und Friedl scheu zu. Ich nickte zurück. Die Hand gaben wir uns nicht. Sie sahen sehr jung und sehr müde aus, und sie taten mir beinahe leid.

Ich sah sie nie wieder.

22

Wahrscheinlich kann man ein paar tausend Lokale wie Mac's Place in New York, Chicago oder Los Angeles finden. Sie sind dunkel und still, die Möbel schon etwas abgewetzt, der Teppich zu einem unbestimmten Farbton verblaßt, der Barmann freundlich und flink, aber taktvoll genug, keine Bemerkung zu machen, wenn man mit der Frau eines anderen hereinkommt. Die Getränke sind gut gekühlt, reichlich bemessen, wenn auch etwas kostspielig, der Service ist bemerkenswert, und die Küche, obwohl sich die Speisenkarte auf Hähnchen und Steaks beschränkt, serviert wirklich sehr gute Hähnchen und Steaks.

In Washington kann man durch die K-Street zur Connecticut Avenue gehen, nach links abbiegen, um etwa zwei Blocks weiter Mac's Place zu finden. Ihm mag ein leichter Dunst von Sauerkraut anhaften, aber der Chefbarmann plaudert wirklich fließend und unterhaltsam und fährt in einem Lincoln Continental aus der Vorkriegszeit herum. Der Oberkellner ist von der alten Schule und leitet das Lokal mit der festen Hand eines preußischen Zuchtmeisters, was er auch einmal war.

Der Besitzer, jetzt etwas grauer und etwas fülliger um die Taille, kommt im allgemeinen zwischen halb elf und elf, und seine Augen schießen zur Bar hinüber. Man sagt ihm nach, er sei immer etwas enttäuscht, denn wen er dort auch sucht, der Betreffende ist nie da. Und manchmal, an regnerischen Tagen, kommt es vor, daß er selbst an die Bar geht, die Pinch-Flasche aus dem Regal nimmt und für sich allein ein oder zwei Gläser trinkt, während er auf das Mittagsgeschäft wartet. Gewöhnlich ißt er mit einer blonden Frau, die an die junge Dietrich erinnert und von der er behauptet, daß sie mit ihm verheiratet sei. Aber dafür scheinen die beiden sich zu sehr zu lieben.

Wenn man sich die Mühe machen will, kann man die Schanklizenz nachprüfen, und dann stellt man fest, daß sie auf den Besitzer, der McCorkle heißt, und einen Mann namens Michael Padillo, als dessen Adresse ein Apartment im Mayflower Hotel angegeben wird, ausgestellt ist. Doch wenn man in dem Hotel nachfragt, bekommt man die Auskunft, daß Mr. Padillo verreist sei.

Der Besitzer erhielt einmal eine Postkarte aus Dahomey in Westafrika. Es stand nur «Well» darauf, und sie war mit einem «P» unterzeichnet. Seither erscheint in der Londoner *Times* jeden Dienstag in den Personalnachrichten die gleiche Anzeige. Sie lautet:

Mike: Alles vergeben. Komm nach
Hause. Der Weihnachtshelfer.

WUNDERLICH
TASCHENBUCH

Das nächste, bitte!

Im Februar 98. 3-499-26017-4

Im März 98. 3-499-26020-4

Im April 98. 3-499-26018-2

Jeden Monat neu als Wunderlich Taschenbuch.

Garantiert spannend. Preisgekrönte Kriminalromane von Meistern des Fach

Wir wünschen gute Unterhaltung!

5007/1

WUNDERLICH TASCHENBUCH

Das nächste, bitte!

uar 98. 3-499-26028-X | Im Februar 98. 3-499-26027-1 | Im März 98. 3-499-26032-8

den Monat neu als Wunderlich Taschenbuch.

Bestseller zu attraktiven Preisen.

ir wünschen gute Unterhaltung!

5005/1

WUNDERLICH TASCHENBUCH

Das nächste, bitte!

Im Januar 98. 3-499-26006-9

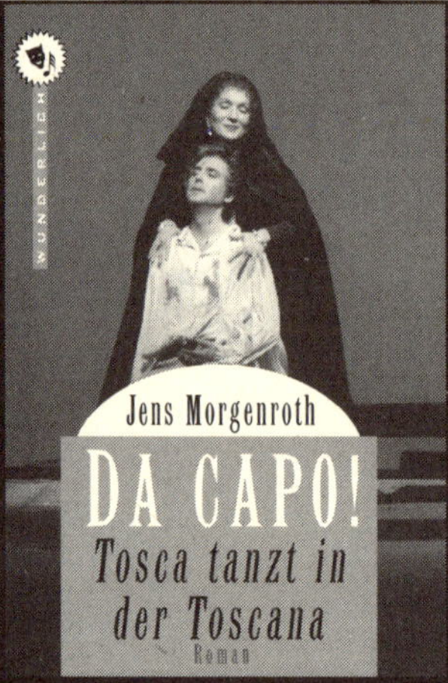

Im Februar 98. 3-499-26007-7

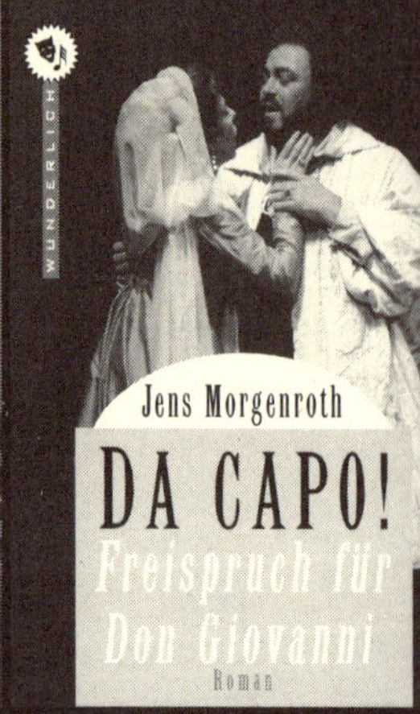

Im März 98. 3-499-26008-5

Jeden Monat neu als Wunderlich Taschenbuch.

Da capo, die Geschichten um ein großes Operhaus.

Wir wünschen gute Unterhaltung!